Tod im Schatten der Tower Bridge

John Mackenzies vierter Fall

Emma Goodwyn

Im Gegensatz zu den Schauplätzen
sind alle Personen und Ereignisse der Handlung rein fiktiv,
mögliche Ähnlichkeiten zu echten Personen und Geschehnissen
keinesfalls beabsichtigt.

Mehr von Emma Goodwyn:

Tod im Tower
Tod im Kilt
Tod im Museum
Tod im Schatten der Tower Bridge
Tod in Westminster
Tod im Tropenhaus
Tod in Tintagel
Tod im House of Lords
Tod auf dem Campus

Besuchen Sie die Autorin unter
www.emma-goodwyn.com!

Emma Goodwyn
c/o Hartmut Albert Fahrner
Am Tannenburganger 36
84028 Landshut

Kontakt: emma@emma-goodwyn.com

Druck: Amazon Media EU

Veröffentlichungsdatum: 28. Juni 2014

(V4.1)

All the world's a stage
and all the men and women merely players

Die ganze Welt ist eine Bühne
und alle Männer und Frauen nur Spieler

William Shakespeare,
1564-1616
„Wie es euch gefällt", 1623

Prolog

Anne Boleyn saß aufrecht unter dem Baldachin ihrer prunkvoll geschmückten Barke und strich sich mit einem Lächeln über den runder werdenden Bauch, in dem die künftige Königin Elizabeth I. heranwuchs. Ihr goldgewirktes Kleid leuchtete in der Sonne. An diesem Frühsommertag des Jahres 1533 wurde die Themse zur Bühne eines wahrhaft royalen Spektakels.

Jahrelang hatte der Tudorkönig Henry VIII hartnäckig um Anne geworben. Schließlich hatte er um ihretwillen nicht nur seine Ehe mit Katharina von Aragon annullieren lassen, sondern auch mit der römischen Kirche gebrochen und sich selbst als Oberhaupt der neu gegründeten anglikanischen Kirche installiert. Nun sollten Gott und die Welt bei diesem Triumphzug sehen, wen der Herrscher erwählt hatte, Englands neue Königin zu sein.

Hunderte von Schiffen geleiteten Anne auf dem Weg zu ihrer Krönung vom Palast in Greenwich in das Herz der Stadt. Die einflussreichen Gilden der Stadt, allen voran die Händler von Tuchen und Pelzen, die Goldschmiede, Fisch- und Gewürzhändler hatten sich einen Wettstreit geliefert, wer sein Boot am prachtvollsten ausstaffierte. Kunstvoll bestickte Banner und Fahnen flatterten im Wind und gaben ein farbenprächtiges Bild. Die eigens kreierte Figur eines feuerspeienden roten Drachen – dem königlichen Emblem der Tudors – führte den Festzug an, dahinter folgte der Lord Mayor der Stadt, der sein Boot mit den Wappen der Familien Tudor und Boleyn geschmückt hatte. Trommelwirbel und Trompetenklänge erfüllten die Luft. Tausend Kanonen schossen ihr Salut.

Als die Barke auf das Ziel, den Tower von London zuglitt, wo Henry VIII sie bereits erwartete, hätte Anne Boleyn sich nicht träumen lassen, dass sie nicht einmal drei Jahre später abermals die Flussreise hierher antreten würde. Dann jedoch als Gefangene der Krone, unter dem Verdacht des Hochverrats.

Während auf sie, die dem König keinen Sohn gebären konnte, 1536 das Schafott wartete, rüstete die Stadt sich bereits für die nächste feierliche Flussprozession. Wiederum wählte Henry die Themse zur grandiosen Bühne, auf der er dem Volk die nächste Frau an seiner

Seite präsentierte. Für Jane Seymour, genauso wie für seine späteren Ehefrauen, sollte es eine schicksalhafte Fahrt werden.

Fast ein halbes Jahrtausend später bestieg eine andere junge Frau ein Themseschiff, das sie von Greenwich zum Tower von London brachte. Eine Fahrt, die auch für sie voller Erwartungen begann, aber mit dem Tod endete.

Kapitel 1

Eine winzige Luftblase durchbrach die Oberfläche und zerplatzte. Dann verharrte die hellgrau-bräunliche Masse wieder regungslos. Langsamer als eine Schnecke kroch, wuchs sie um wenige Millimeter pro Stunde empor.

Trübsinnig starrte John durch den Glasdeckel in die Schüssel, in der der Sauerteig, einem Schlammtümpel nicht unähnlich, leise vor sich hin blubberte. Dann sah er aus dem Küchenfenster. Draußen im Innenhof des Towers konnte er um diese Zeit normalerweise seine Kollegen von den Yeoman Warders, gemeinhin Beefeater genannt, beobachten, wie sie Touristengruppen durch den Tower von London führten. Auch die neun Raben, um die John sich als Assistent des Ravenmasters George Campbell kümmerte, ließen sich immer wieder auf dem Tower Green blicken. Heute jedoch waberte wie schon seit Tagen vor der Fensterscheibe undurchdringlicher Nebel, der alles in seinem einförmigen Grau verschluckte.

Ein tiefer Seufzer entrang sich Johns Brust. Wie gern wäre er trotz der Nässe und Kälte jetzt draußen gewesen und seiner gewohnten Arbeit nachgegangen. Stattdessen saß er wie ein Gefangener in seinen vier Wänden. Zugegebenermaßen komfortabler, als die Heerscharen namenloser wie auch bekannter Inhaftierter, die in den letzten Jahrhunderten im Tower ihr Dasein gefristet hatten. Einige von ihnen hatten die Zeit hinter diesen Mauern sogar sinnvoll nutzen können, wie Sir Walter Raleigh, der in den dreizehn Jahren, die er Anfang des siebzehnten Jahrhunderts im Bloody Tower verbracht hatte, sein Werk *History of the World* verfasst hatte. John dagegen hatte bisher noch nichts gefunden, was ihn in diesen langen Tagen wirklich ausfüllte.

Dieser elende Kreuzbandriss. Drei Wochen war das nun her. Er konnte das Schnalzen immer noch spüren, mit dem die Bänder in seinem linken Knie nachgegeben hatten. Es war ein Dienstagmorgen gewesen. George hatte frei gehabt und John hatte den soeben gekauften Sack mit Trockenfutter für die Raben allein aus der Tiefgarage zur Voliere schleppen wollen. Auf der von einem der vielen Sturzregen in diesem elend nasskalten Spätwinter glitschigen Treppe aus der Garage war es dann passiert: Er war ausgerutscht und mit Wucht hingeschlagen, ein Bein unter sich verdreht.

„Totalschaden“, hatte der Arzt lakonisch festgestellt und eine schnelle Operation empfohlen. Danach war er eine Woche lang bei seinen Eltern in Kew gewesen, da er erst einmal lernen musste, ohne Hilfe mit seinen Krücken im Alltag zurechtzukommen. Er schaffte es nicht einmal, sich die Thrombosestrümpfe alleine anzuziehen und musste sich wohl oder übel von seiner Mutter dabei helfen lassen, die vermaledeit engen Dinger über seine langen Beine zu streifen. Eine recht würdelose Prozedur für einen Mittvierziger, wie er fand.

Abgesehen davon waren die ersten Tage bei James und Emmeline Mackenzie recht angenehm gewesen. Seine Mutter hatte sich über die Gelegenheit gefreut, ihn nach Strich und Faden zu verwöhnen. Beständig hatte sie ihn mit frischen Eisbeuteln für sein Knie versorgt und ihm alles gekocht, was er gern mochte. Mit seinem Vater gemeinsam hatte er sich die ersten Staffeln von *Downton Abbey* noch einmal auf DVD angesehen. Familienkater King Edward, der die zusätzlichen Streicheleinheiten genoss, war ihm kaum von der Seite gewichen. Am Wochenende waren seine beiden Geschwister mit ihren Familien zu Besuch gekommen.

„Na, Bruderherz, wie geht's dir?“ Maggie drückte John einen Kuss auf die Stirn und setzte sich zu ihm auf das Wohnzimmersofa.

„Es geht schon. Die Schmerzen halten sich in Grenzen.“

„Wann startet die Krankengymnastik?“

„Ich hatte schon zweimal Lymphdrainage und am Mittwoch geht es nun richtig los mit den Übungen, vorerst dreimal die Woche. Es war gar nicht so einfach, eine Praxis aufzutun, die kurzfristig freie Termine hatte, sage ich dir. Ich habe wohl ein halbes Dutzend Praxen durchtelefoniert, bis ich endlich eine fand.“

„Ist sie in der Nähe des Towers?“, erkundigte sich Maggies Ehemann Alan.

„Nein, sie liegt in der Guilford Street. Das ist in dem Klinikviertel östlich vom Russell Square. Diese Woche hat Dad mich von hier aus hinkutschiert, aber das geht auf Dauer natürlich nicht –“

„Unsinn, Junge. Das macht er doch gern. Ich weiß wirklich nicht, warum du schon übermorgen zurück in die Stadt willst. Hier hättest du es doch viel bequemer. Warum bleibst du nicht hier, so lange du krankgeschrieben bist?“ Emmeline war mit einer Tortenplatte ins Wohnzimmer gekommen.

Bei der Vorstellung, weitere sechs Wochen in seinem alten Kinderzimmer zu verbringen, während seine Mutter wie eine besorgte Glucke um ihn herumflatterte, wurde John ein wenig flau.

„Mum, sieh mal, ich bin euch beiden sehr dankbar, dass ihr euch so großartig um mich kümmert. Aber ich muss wirklich wieder zurück in die Stadt. Bonnie versorgt meine Pflanzen zwar gut, aber ich möchte doch gerne selbst zuhause nach dem Rechten sehen. Du weißt ja, dass ich ein paar Exemplare habe, die viel Pflege brauchen."

Bonnie Sedgwick, die rechte Hand des Kommandanten der königlichen Wachtruppe Chief Mullins, war eine gute Freundin von John. Ihr hatte er schon in der Vergangenheit die Versorgung seiner zahlreichen Zimmerpflanzen anvertraut, wenn er einige Tage weggewesen war.

Maggie zwinkerte ihrem Bruder zu. Beide wussten, dass ihre Mutter, die ein großes Herz für alles Grünzeug hatte, dieses Argument verstehen musste.

„Du hast recht", räumte Emmeline ein. „Es wäre sehr schade, wenn dir eine von deinen Raritäten eingehen würde. Aber wie willst du zur Krankengymnastik kommen? Jemand wird dich fahren müssen."

„So lange ich das Bein noch nicht belasten darf, werde ich mir einfach ein Taxi nehmen. Oder einer meiner Kollegen fährt mich", entgegnete John gleichmütig. „Und später kann ich dann selbst mit der U-Bahn hinfahren. Die Haltestelle ist gleich in der Nähe."

„Genau. Du musst nur mit der Circle nach King's Cross und dann mit der Piccadilly Line noch eine Station zum Russell Square und schwupps bist du schon da", mischte Renie sich nun ein.

Johns älteste Nichte war bisher erstaunlich still gewesen. Nun erhob sie sich vom Boden, wo sie mit ihrem kleinen Cousin Christopher gespielt hatte und holte tief Luft. Mit einem Blick auf ihre Eltern sprudelte sie dann heraus, „Vielleicht kann auch ich John öfters dort hinfahren. Ganz in der Nähe am Torrington Square ist nämlich mein Schauspiellehrer. Da werde ich in den nächsten Wochen viel Zeit verbringen."

Die Wirkung ihrer Worte war durchschlagend. Bis auf ihre Eltern, die offenbar in Renies Pläne eingeweiht waren, starrten alle im Raum die junge Frau an.

Bella, Renies zehnjährige Schwester, erholte sich als erste. „Du wirst Schauspielerin? Das ist ja cool. Kannst du mir dann ein Autogramm von Miley Cyrus besorgen?"

Ihr Bruder Tommy, bekennender Technik- und Medienfreak, fiel ein, „Echt abgefahren. Pass auf, dann werde ich dein Kameramann. Oder noch besser gleich Regisseur."

Renie wehrte lachend ab. „Immer langsam. Bis jetzt wissen wir ja noch gar nicht, ob ich es überhaupt schaffe, an der Schauspielschule genommen zu werden. Momentan bereite ich mich erstmal auf die Aufnahmeprüfung Ende April vor. Dann sehen wir weiter."

„Auf welche Schule möchtest du? Auf die Royal Academy of Dramatic Art? Die ist ja dort gleich um die Ecke, soviel ich weiß", erkundigte sich Johns jüngerer Bruder David, der mit seiner Frau Annie und dem kleinen Christopher aus Cambridge gekommen war.

Renie schüttelte den Kopf. „Dahin würde ich es niemals schaffen. Chris – also Chris Fuller, mein Lehrer – hat einen Lehrauftrag an der Academy. Er hat uns klipp und klar gesagt, dass wir dort keine Chance haben werden. Die meisten von uns wollen es erstmal am Drama Centre versuchen. Das ist auch eine sehr renommierte Schule, aber nicht ganz so elitär wie die Academy."

„Es sind also mehrere junge Leute, die bei diesem Mr. Fuller unterrichtet werden?", fragte David.

„Chris hat massenhaft Schüler, die ganz bunt gemischt sind. Dabei sind fertige Schauspieler, die er bei der Vorbereitung auf eine bestimmte Rolle coacht, genauso wie Akademiestudenten, die sich von ihm den letzten Schliff holen wollen. In unserem Vorbereitungskurs sind wir zu sechst. Die anderen haben schon Anfang des Jahres damit angefangen, ich bin jetzt als letzte noch mit eingestiegen. Chris hat uns von Anfang an gesagt, dass wir uns nicht zu große Hoffnungen machen sollen, es im ersten Anlauf auf die Schule zu schaffen. Wenn es ihm gelingt, dass einer oder zwei von uns aufgenommen werden, wäre das schon ein riesiger Erfolg, sagt er."

Emmeline Mackenzie hatte ihre Sprache wiedergefunden. „Und was machst du, wenn es nicht klappt?"

Renie zuckte die Achseln. „Das überlege ich mir dann, wenn es soweit ist. Wenn ich in den kommenden Monaten merke, dass die Schauspielerei wirklich etwas ist, was mir liegt, dann kämpfe ich solange, bis mich irgendwo im Land eine Schule annimmt. Und falls sich herausstellt, dass das für mich doch nichts ist, studiere ich eben etwas anderes."

Emmeline sah ihre Tochter an. „Maggie, was sagst du dazu?"

Maggie und Alan tauschten einen Blick. „Wir haben unser Einverständnis dazu gegeben und werden Renie auch finanziell unterstützen. Bedingung dafür war aber, dass sie nebenher arbeitet, um zumindest einen Teil zu den Gebühren beitragen zu können."

„Genau. Und deshalb jobbe ich weiterhin im Natural History Museum, zwanzig Stunden die Woche. Wer weiß, vielleicht gefällt es mir ja auf Dauer so gut, dass ich dann doch auf Biologie oder so etwas umschwenke", fuhr Renie fort.

„Oder du gehst vielleicht doch wieder zurück zur Anthropologie? Da könntest du auf den Grundstock aufbauen, den du dir in den ersten beiden Semestern erarbeitet hast", ließ sich ihr Großvater hoffnungsvoll vernehmen. Er selbst hatte jahrzehntelang als Kurator in der Saurierabteilung des Naturhistorischen Museums gearbeitet.

„Vielleicht auch das, Granddad. Ich habe wirklich keinen Schimmer. Ich weiß nur, dass ich das mit der Schauspielerei gerne ausprobieren möchte. Wann, wenn nicht jetzt, solange ich jung bin." Sie schielte zu ihrem Onkel hinüber, der bis jetzt geschwiegen hatte. Auf seine Meinung legte sie viel Wert.

„Was denkst du, John? Wenn ich sehe, dass andere in meinem Alter schon ihren Bachelor in der Tasche haben und ich habe noch gar nichts und nicht einmal eine richtige Ahnung, was ich mit meinem Leben anstellen will …"

„Du hast viele unterschiedliche Talente, Renie. Da verstehe ich, dass es dir schwerfällt, dich zu entscheiden", sagte er bedächtig. „Du wirst dich irgendwann auf einen Weg festlegen müssen. Aber anders als viele andere hast du – auch dank deiner Eltern – die Möglichkeit, Verschiedenes auszutesten. Also nutze die Chance."

„Das gleiche hat Geoff auch gesagt", strahlte Renie. „Er unterstützt mich voll, meint aber, dass ich mich im Lauf des Jahres für etwas entschließen und das dann auch durchziehen muss."

„Ein Hoch auf Geoff", murmelte Maggie. Während Renie den anderen in epischer Breite erklärte, wie die ersten Stunden ihres Schauspielunterrichts abgelaufen waren, beugte Maggie sich zu ihrem Bruder.

„Ich finde Geoff wirklich toll. Er ist in jeder Hinsicht das Gegenteil von Renies Exfreund. Höflich, bodenständig, verlässlich. Obwohl sie erst ein paar Monate zusammen sind, habe ich das Gefühl, dass er schon einen positiven Einfluss auf sie hat."

Dr. Geoffrey Tomlinson war Insektenkundler am Natural History Museum und einige Jahre älter als Renie.

John grinste. „Umgekehrt gilt dasselbe. Renie hat ihn ganz schön aus seinem Schneckenhaus geholt. Das letzte Mal, als ich ihn gesehen habe, hätte ich ihn kaum wiedererkannt. Er hat ein ganz anderes Auftreten jetzt."

Maggie nickte. „Ich hoffe, die beiden bleiben länger zusammen. Renie hat zwischendurch schon fallen lassen, dass sie vielleicht sogar zu ihm ziehen will. Aber warten wir's ab."

„Wie findest du ihre Idee mit der Schauspielerei? Ich muss sagen, ich war überrascht vorhin. Sie hat zwar schon manchmal anklingen lassen, dass es ihr gefallen würde, auf der Bühne zu stehen, aber ich hätte nicht gedacht, dass es ihr damit wirklich ernst ist."

„Ach, John, du kennst doch unser Mädchen. Man weiß bei ihr nie, wie lange ihre Begeisterung für etwas anhält. Aber wir wollen ihr keine Steine in den Weg legen. Wer weiß, vielleicht ist so ein Beruf mit seinen ständigen Herausforderungen und der Möglichkeit, in immer neue Rollen schlüpfen zu können, ja wirklich etwas für sie. Das wird sich in den nächsten Monaten schon zeigen."

Als John nun, einsam mit seiner Sauerteigschüssel in der Küche sitzend an dieses Gespräch zurückdachte, musste er lächeln. In den vergangenen Wochen hatte Renie sich mit ihrem üblichen überschäumenden Ausmaß an Energie in das Schauspielprojekt gestürzt. Sobald sie einen neuen Text zu lernen hatte, kam sie zu ihrem Onkel, um sich von ihm abhören zu lassen oder auch einen Dialog zu üben.

„Du hast momentan ja sowieso Zeit ohne Ende. Bestimmt langweilst du dich. Also kannst du mir ebenso gut helfen", hatte sie festgestellt und ihm eine Kopie ihres Textes in die Hand gedrückt.

John musste eingestehen, dass er froh um die Abwechslung war. Momentan erlaubten die Ärzte ihm nicht mehr als dreimal die Woche je eine Stunde Krankengymnastik. Jedes der neuen Bücher, die Maggie und David ihm mitgebracht hatten, war ausgelesen. Aus der kleinen Bibliothek der Beefeater hatte er bereits zwei Abhandlungen über die Geschichte des Towers im Mittelalter durchgeackert. Seine Pflanzen waren bestens gepflegt, selbst das letzte Körnchen Staub, das es gewagt hatte, sich auf einem Blatt niederzulassen, war beseitigt. Er hatte seine CDs und die alten Schallplatten sortiert und alle seine

Fotoalben durchgesehen. Zu kochen brauchte er sich auch nichts, da seine Mutter bereits zweimal vorbeigekommen war, um sauberzumachen und ihn mit einer Unmenge fertig gekochten Essens in Gefrierboxen zu versorgen, das er sich nur aufzuwärmen brauchte.

Einmal hatte er versucht, George bei der Arbeit im Rabenhaus ein wenig zur Hand zu gehen, hatte aber einsehen müssen, dass er für den Ravenmaster keine Hilfe war, solange er auf die Krücken angewiesen war. Außerdem hatte Chief Mullins John gleich nach dem Unfall, als er ihn im Krankenhaus besucht hatte, eindeutig zu verstehen gegeben, dass er ihn nicht bei der Arbeit sehen wollte, so lange er krankgeschrieben war.

Er hatte einzig und allein – und nur mit Bauchgrimmen – zugestimmt, dass John den schon lange geplanten Testlauf seiner speziellen Rabenführungen für Schulklassen durchführen durfte. Dabei durfte er jedoch nur den Part im Schulungsraum des Towers übernehmen, wo er mit hochgelegtem Bein vor der Klasse sitzen konnte, während George dafür zuständig war, den Kindern das Rabenhaus zu zeigen und sie draußen herumzuführen.

Bei diesem ersten Probelauf, der kommende Woche stattfinden sollte, würde John zu seiner Erleichterung eine überaus nette und tatkräftige Frau an seiner Seite haben: Sophie Nichols, Lehrerin an der Primarschule im Stadtteil Tottenham, die ihre Klasse mit Freuden als Versuchskaninchen für das neue Konzept angeboten hatte, das John im Sommer entwickelt hatte.

John hatte Sophies Mann Mike, Vogelforscher am Naturhistorischen Museum, einige Monate zuvor kennengelernt, als beide bei den Nachforschungen zu dem spektakulären Mordfall im Museum geholfen hatten. Die Männer hatten sich schnell angefreundet. John freute sich schon darauf, dass Mike morgen zu Besuch kam. Er hoffte, ihm dann sein erstes selbstgebackenes Sauerteigbrot vorsetzen zu können.

Den Teigansatz wie auch das Rezept hatte er von einer Nachbarin seiner Mutter bekommen, als er in Kew gewesen war.

„Nicht vergessen: Jede Woche muss er mit einem Löffel Roggenmehl und einem Esslöffel Wasser gefüttert werden, damit er sich hält“, hatte sie ihm eingeschärft und ihm feierlich ein Marmeladengläschen mit einer unansehnlichen schlammfarbenen

Masse darin übergeben. „Dann werden Sie dauerhaft Freude an ihm haben."

Johns Mutter hatte ihm zugezwinkert und nachdem die Nachbarin gegangen war, hatte sie gemeint, „Du wirst es nicht glauben, John, aber Elsie behandelt dieses Zeug hier wie ein Haustier. Ich habe sogar schon einmal gehört, wie sie mit ihm gesprochen hat. Sie nennt ihn Georgie." Sie kicherte. „Aber ich muss zugeben, das Brot, das sie damit bäckt, schmeckt ausgezeichnet."

Also hatte John sich die restlichen Zutaten – Roggen- und Dinkelmehl sowie Brotgewürz – von Renie besorgen lassen und beschlossen, sein erstes Brotexperiment zu wagen. Heute Morgen hatte er den Teigansatz in die Rührschüssel umgefüllt und ein erstes Mal Mehl und Wasser zugesetzt, sechs Stunden später ein zweites Mal. In der Zwischenzeit hatte er nicht viel mehr gemacht, als wechselweise in den Topf und aus dem Fenster zu schauen, dazwischen ein wenig Zeitung zu lesen und Musik zu hören.

Gott, dieses Nichtstun hing ihm wirklich zum Hals heraus. Als das Telefon klingelte, stürzte er sich geradezu begierig darauf.

„Hallo Jungchen, wie geht es dir? Ich höre, du hattest einen kleinen Unfall?"

„Tante Isabel! Wie schön, von dir zu hören", rief er, ehrlich erfreut, als die Stimme der betagten Patriarchin des Mackenzie-Clans, die in den schottischen Highlands lebte, an sein Ohr drang. Wenn er aber erwartet hatte, sie hätte ihn angerufen, um ihm Trost zu spenden, hatte er sich getäuscht.

„Jungchen, nun hab dich nicht so", beschied sie ihm, nachdem er ein wenig lamentiert hatte. „Ich bin schon mit vierzig Grad Fieber und Lungenentzündung draußen in der Scheune gestanden und habe bei der Schafschur geholfen. Erst einen stärkenden Schluck – *Mit Whisky trotzen wir dem Satan,* wie unser großer Robert Burns schon wusste, und los ging's. Geschadet hat es mir offenbar nichts, sonst wäre ich nicht so alt geworden, oder?"

John stimmte seiner Großtante, die mit ihren über neunzig Jahren immer noch voller Tatkraft steckte, kleinlaut zu.

„Außerdem hast du in deinen Jahren bei der Armee wohl gravierendere Verletzungen gesehen. Dagegen ist so ein dickes Knie ja wohl lächerlich", fuhr sie schonungslos fort.

John schluckte und kam sich nun endgültig wie ein jämmerliches Weichei vor. In seinen zwanzig Jahren beim psychologischen Dienst der britischen Armee hatte er bei seinen Auslandseinsätzen wahrlich Schlimmeres gesehen.

„Du hast vollkommen recht, Tante Isabel. Lass uns nicht weiter darüber reden. Nun erzähl, wie geht es dir?“

Darauf hob Isabel an, ihn in aller Ausführlichkeit über die Arthrosebeschwerden in Sir Walter Scotts Hüfte zu informieren. Walter gehörte mittlerweile wohl zu den ältesten Scotch Terriern des Vereinigten Königreichs. In jüngeren Jahren hatte er ebenso wie seine Vorgänger aus Tante Isabels Terrierzucht etliche Championatstitel errungen.

„Aber wenn Dr. Flynn Walter mit diesem horrend teuren neuen Medikament wieder einigermaßen fit bekommt, werde ich mit ihm dieses Frühjahr noch ein letztes Mal zu einem Wettbewerb gehen“, schloss sie.

„Du willst den alten Burschen wirklich noch einmal aus seinem Ruhestand reißen? Ihn wieder aufputzen wie eine Laufstegschönheit und zu einer Hundeschau schleppen, wo er stundenlang in seiner Transportbox sitzen muss?“, rutschte es John heraus.

„Erstens, mein lieber John, lass dir gesagt sein, dass ein Champion vom Rang eines Sir Walter Scott kein „Aufputzen“ benötigt, wie du es zu nennen beliebst“, erwiderte Isabel kühl. „Seine Klasse, sein edler Körperbau und seine Ausstrahlung sprechen für sich. Zweitens liebt er es, in den Ring zu gehen. Du solltest ihn sehen, wie er vor dem Richter auf- und abparadiert. Da ist er wie ein altes Zirkuspferd, das wieder zum Leben erwacht, wenn es die Musik spielen hört. Und drittens wird er in der Superveteranenklasse antreten, wo die Konkurrenz sehr klein ist und es daher keine langen Wartezeiten gibt. Genauer gesagt, sind außer ihm nur zwei andere Hunde gemeldet.“

John musste grinsen, bemühte sich aber um einen ernsthaften Ton. „Dann hat er ja schon einen Pokal sicher.“

„Genau. Und mit diesem letzten Auftritt für uns beide könnte seine glänzende Karriere einen würdigen Abschluss finden. Aber nun genug davon. Der Grund, warum ich dich anrufe, ist folgender: Ein alter Freund von mir, Dr. Michael Arbroath, einer unserer Abgeordneten im Parlament in Edinburgh und Historiker an der Universität in St. Andrews, ist kommende Woche in London und würde sich über die Gelegenheit freuen, sich im Tower ein wenig genauer umzusehen, als man dies als Tourist kann. So eine Hinter-den-Kulissen-Führung wäre schön, verstehst du?"

„Was meinst du genau, Tante Isabel? Wenn er sich die Kronjuwelen in Ruhe betrachten möchte, muss ich dich enttäuschen. Um dort gesonderten Zutritt zu erhalten, müsste er schon ein Staatsgast sein."

„Pah! Die Insignien eurer imperialistischen Bestrebungen – von wegen, *Rule, Britannia* und so weiter – sind für Michael mit Sicherheit kein Grund, den Tower zu besuchen. Darauf kannst du Gift nehmen."

John seufzte unhörbar. Isabel Mackenzie war eine glühende schottische Patriotin, die auch eine der großen Vorkämpferinnen für das Regionalparlament in Edinburgh gewesen war. Es hatte Jahrzehnte gedauert, bis sie Johns Vater verziehen hatte, dass er aus Inverness fort „in den Süden" gegangen war und zu allem Überfluss auch noch eine Engländerin geheiratet hatte.

„Was möchte er denn dann sehen?", fragte er geduldig.

„Die Räume, in denen König John Balliol drei Jahre lang gefangengehalten wurde, bevor er ins Exil gehen musste."

John kramte in seinem Gedächtnis.

„Warte mal. Er war im Salt Tower untergebracht. Das ist kein Problem, dort kann ich oder einer meiner Kollegen durchaus eine Besichtigungstour mit deinem Bekannten machen. Warum interessiert er sich speziell dafür?"

„Er ist Historiker und schreibt an einem neuen Buch über die schottischen Unabhängigkeitskriege, die euer schrecklicher Edward über uns gebracht hat. Es reichte diesem … ruchlosen Schuft ja nicht, dass er Wales unter das Joch der englischen Krone gezwungen hatte, nein, er musste seine gierigen Finger auch zu uns herauf in den Norden ausstrecken, unzählige Männer, Frauen und Kinder abschlachten und unseren Krönungsstein stehlen."

Isabel geriet immer mehr in Fahrt.

„Der Hammer der Schotten – diesen Beinamen hat er sich redlich verdient. Aber wenigstens haben wir ihm in Bannockburn ordentlich den Hintern versohlt", schloss sie befriedigt. „Also kann ich Michael sagen, dass er dich anrufen kann? Und vielleicht könntest du ihm ja noch weitere Orte im Tower zeigen, wo unglückselige Landsleute von mir eingekerkert waren?"

„Ich muss natürlich erst mit Chief Mullins darüber sprechen, wenn es um Räumlichkeiten geht, die normalerweise nicht für die

Öffentlichkeit zugänglich sind. Aber ich werde sehen, was ich tun kann", versprach er.

Nachdem er aufgelegt hatte, rief er auch sogleich in Mullins' Büro an. Der Kommandant zeigte sich wie so oft entgegenkommend.

„Nun, wir wollen einen angesehenen Wissenschaftler selbstverständlich in seiner Arbeit unterstützen", versicherte er. „Ich habe tatsächlich schon zwei von Dr. Arbroaths Büchern gelesen. Sie stehen hier irgendwo bei mir herum, falls Sie sie ausleihen möchten."

„Sehr gern, Sir."

„Und dann könnten Sie einmal mit dem Kollegen Armstrong reden. Es gibt wohl keinen unter uns Beefeatern, der mehr über die Geschichte des Towers weiß. Er wäre sicher der geeignete Mann, unseren Gast herumzuführen, vor allem, da Sie ja durch Ihr Bein immer noch gehandicapt sind."

„Das ist eine gute Idee, Sir."

„Und geben Sie mir Bescheid, wann Dr. Arbroath hier sein wird. Wenn ich es einrichten kann, würde ich ihn gern persönlich begrüßen. Nun sagen Sie mir noch, wie geht es bei Ihnen voran?"

„Ich hoffe, dass ich die Krücken bald los bin. Momentan darf ich das Bein nur mit bis zu vierzig Pfund Gewicht belasten. Übermorgen habe ich wieder einen Termin beim Arzt, dann wird entschieden, ab wann ich es wieder voll belasten darf. Dann bekomme ich eine Schiene, die das Knie vorerst noch stützen soll."

„Wenn alles gutgeht, wann können wir damit rechnen, Sie wieder auf den Dienstplan zu setzen?"

„Ursprünglich sprach der Doktor von sechs Wochen, dann verblieben jetzt noch drei, aber vielleicht geht es ja doch ein wenig schneller –"

„Papperlapapp, Mackenzie. Ich werde einen Teufel tun und Sie täglich stundenlang mit Touristengruppen kreuz und quer und treppauf, treppab durch den Tower jagen, falls Sie nicht vollkommen genesen sind. Also seien Sie ein braver Patient, tun Sie das Ihrige, damit Sie wieder fit werden und üben Sie sich ansonsten in Geduld."

„Ja, Sir", antwortete John seufzend.

Kapitel 2

Wenig später klingelte das Telefon abermals.

„John, ich stehe in einer halben Stunde bei dir auf der Matte. Wir müssen einen neuen Text üben, es ist brandeilig. Und ich würde mich freuen, wenn du etwas zu essen für mich hättest, ich muss mir dringend was hinter die Kiemen schieben. Also bis gleich."

John legte kopfschüttelnd den Hörer hin. Seine Nichte hatte ihn nicht einmal zu Wort kommen lassen. Er machte sich daran, seine Vorräte zu sichten.

Bereits nach fünfundzwanzig Minuten stand Renie vor der Tür. Sie gab ihm einen flüchtigen Kuss, warf ihren Rucksack auf einen Stuhl und ließ sich häuslich am Küchentisch nieder.

„Puh, ich bin fix und fertig. Seit sieben heute früh bin ich nur am Rumfetzen. Im Museum bereiten wir gerade das Abschiedsfest für unseren Direktor vor. Das macht zwar total Spaß, aber ist auch unglaublich viel Arbeit. Also: Was hast du uns Feines gekocht?"

John ließ sich vorsichtig auf einen Stuhl sinken, legte die Krücken weg und grinste seine Nichte an.

„Ich dachte, du bekochst deinen armen invaliden Onkel wenigstens, wenn du schon hier bist. Ich hätte sehr gern zur Abwechslung etwas Frisches statt immer die eingefrorenen Sachen von Mum. Die Zutaten für Spaghetti Marinara habe ich schon hergerichtet, das geht ganz schnell."

Er wies auf die Arbeitsplatte, wo ein Paket aufgetaute Meeresfrüchte, Zwiebeln und Tomaten bereitlagen. „Du kennst ja das Rezept."

Renie warf ihm einen gespielt entsetzten Blick zu, stand aber mit einem Grunzen auf und machte sich daran, einen Topf mit Wasser für die Nudeln aufzusetzen.

„Was ist das denn für ein Zeug?" Sie zog die Nase kraus, als sie die Schüssel mit dem Sauerteig erspähte.

„Daraus backe ich morgen früh ein Brot. Und jetzt erzähl, warum musst du so dringend einen Text lernen?"

„Stell dir vor, ich soll für Natalie einspringen. Sie hatte gestern einen Fahrradunfall und muss jetzt einen Riesengips tragen, die Arme. Ich soll am Freitag eine Hofdame in Henry VIII spielen, ist das nicht toll?"

John räusperte sich. „Ähem, nicht, dass ich dein Talent schmälern möchte, Renie, aber ist eine Rolle in einem Shakespeare-Drama nicht eine Nummer zu groß für dich? Und wie willst du dir das Stück in so kurzer Zeit aneignen?“

„Keine Sorge, John. Wir führen ja nicht alle fünf Akte auf, sondern nur ein paar ausgewählte Szenen, wobei ich selbst nur in einer einzigen vorkomme. Und auch nicht in einem Theater, sondern auf einem Ausflugsschiff.“

„Wie bitte? Wer möchte sich denn auf einem Bootsausflug ein Theater ansehen? Ich würde mir da lieber in Ruhe die Gegend betrachten.“

„Was wir machen, ist ein sogenannter Theater-Dinnercruise. Eine ganz neue Idee des Tourismusverbands speziell für die dunkleren Monate, um mehr Besucher auf die Themseschiffe zu locken. Dabei wird auch nicht besonders weit gefahren, nur von Greenwich bis hierher. Während wir das Stück aufführen, liegen wir direkt vor dem Tower vor Anker.“

Sie begann, die Zwiebeln in der Pfanne anzubraten. „Natürlich muss sich erst zeigen, ob das Angebot angenommen wird oder nicht. Vorerst sind nach der Premiere am Freitag vier weitere Fahrten geplant.“

John wog nachdenklich den Kopf.

„Ich könnte mir schon vorstellen, dass so etwas Interesse weckt. Jetzt, wo die Tage immer noch kurz sind und es um vier, fünf Uhr oft schon stockdunkel ist, dümpeln die Touristenschiffe am Nachmittag oft halbleer vor sich hin. Da könnte eine zusätzliche Attraktion durchaus für mehr Zulauf sorgen.“

Renie kippte die gewürfelten Tomaten in die Pfanne.

„Natürlich wollten die Veranstalter für die ganze Sache möglichst wenig Geld ausgeben und haben deshalb keine Profis engagiert.“ Sie grinste. „Preislich sind wir unschlagbar: Wir bekommen nämlich überhaupt keine Gage bis auf ein Essen an Bord.“

„Überhaupt keine Gage? Da opfern eine Menge junge Leute ihre Freizeit, um ein Stück einzustudieren und aufzuführen und bekommen gerade mal ein Essen dafür? Und das, obwohl der Veranstalter wahrscheinlich gesalzene Eintrittsgelder von den Leuten kassiert?“

Renie zuckte gleichmütig die Schultern.

„So ist das nun mal in diesem Business. Chris sagt, die Bühnenerfahrung ist ungeheuer wertvoll für uns. Außerdem muss jeder Bewerber am Drama Centre einen kurzen Film vorlegen, der einen Einblick in seine bisherige Schauspielpraxis gibt. Also wird ein Teil der Auftritte aufgezeichnet, damit wir Material dafür haben. Und was meinst du, wer das für uns macht?“

„Tommy?“, riet John.

„Genau. Echt cool, dass mein Bruderherz jetzt diesen Medienkurs an der Schule belegt. Eigentlich ist der Kurs nur für die höheren Jahrgangsstufen offen, aber als er dem Lehrer den Rabenfilm gezeigt hat, den er letzten Sommer für dich gemacht hat, war der so begeistert, dass er ihn trotzdem aufgenommen hat. Und nachdem Dad ihm jetzt diese Superausrüstung gekauft hat, ist er der perfekte Mann für den Job. Er kommt mit Mum und Dad zur Premiere und zeichnet alles auf. Sag mal, hast du Tomatenmark da?“

„Im Kühlschrank ist noch eine offene Tube.“

Renie rührte das Mark ein. „Für uns ist das echt praktisch, dass Tommy das übernehmen kann. Chris hätte zwar einen Kameramann an der Hand gehabt, aber es wäre uns natürlich teurer gekommen, einen Profi mit den Aufnahmen zu beauftragen. Tommy bekommt zwar schon etwas Geld dafür, aber natürlich nicht sehr viel. Und er selbst hat auch etwas davon, weil er das Material für seinen Kurs an der Schule verwenden kann.“

„Das hast du wieder mal gut eingefädelt, Renie. Wie kommt deine Truppe zu diesem Auftrag auf dem Schiff?“

„Chris kennt die Leute vom Tourismusbüro. Er und ein Teil seiner Schüler haben auch beim Thames Festival im September mitgewirkt. Sie haben einige Walking Acts gemacht und das kam wohl sehr gut an.“

John sah seine Nichte verständnislos an. „Was ist ein Walking Act?“

„Da stehen die Schauspieler nicht auf einer Bühne, sondern mitten unter den Leuten und es wird viel improvisiert, oft in Richtung Comedy oder Pantomime. Ein weiterer Grund, dass die Tourismus-Leute sich für Chris entschieden haben ist, dass er einen guten Namen als Shakespeare-Darsteller hat. Gut, er ist nicht Kenneth Brannagh, aber in der Szene ist er sehr bekannt. Und ich sage dir, er ist auch wirklich ein Shakespeare-Aficionado, unglaublich. Er bewirft uns ständig mit Zitaten und erwartet dann, dass wir sie sofort zuordnen können. Nicht nur zu dem Stück, aus dem es stammt, nein, auch noch zu der Szene und der entsprechenden Person. Und nicht nur so einfache Sprüche, die jeder kennt, wie *Sein oder Nichtsein* oder *Ein*

Königreich für ein Pferd, nein, ganz vertrackte Dinger müssen es sein. Heute zum Beispiel: *Weinen kann ich nicht, aber mein Herz blutet.*“

Erwartungsvoll sah sie ihn an.

John zuckte ratlos mit den Schultern.

„Wintermärchen, 3. Aufzug, 6. Szene, es spricht Antigonus“, dozierte sie in oberlehrerhaftem Ton und kicherte dann. „Ich hatte auch keinen blassen Schimmer. Okay, neuer Versuch. Das kennst du bestimmt: *Das erste, was wir tun, lasst uns alle Anwälte töten.*“

John grinste.

„Auf jeden Fall weiß ich, dass Simon und auch deine Mutter sofort dafür wären. Und dass der Ausspruch ursprünglich von Shakespeare stammt, war mir auch bewusst, aber ich habe keine Ahnung, aus welchem Stück.“

Renie seufzte. „Heinrich VI, 2. Teil, 4. Akt, 2. Szene. So, jetzt kriegst du noch eine letzte Chance: *Auch du, Brutus?*“

John musste lachen. „Jetzt hast du es mir aber einfach gemacht. Das muss ja wohl aus Julius Cäsar sein.“

Renie klatschte spöttisch Beifall.

„Na, wenigstens ein bisschen was weißt du. Damit ich nicht genauso blank bin wie du, bin ich gerade dabei, mir jede Woche mindestens zwei Stücke von unserem Großmeister reinzuziehen.“

„Respekt, Renie. Ich habe eine Gesamtausgabe seiner Werke im Wohnzimmer stehen, die kannst du dir gerne ausleihen“, bot John seiner Nichte an.

Sie warf ihm einen mitleidigen Blick zu.

„Ich habe mir längst alles auf meinen E-Reader geladen. Die Klassiker werden einem oft für 99 Pence bei den Online-Shops nachgeworfen. Einen Teil höre ich mir auch an oder schaue mir Aufzeichnungen von Theateraufführungen an. Gerade dieses Jahr kommt man an Shakespeare ja sowieso nicht vorbei und es war auch der ausdrückliche Wunsch der Veranstalter, etwas von dem alten Will aufzuführen. Na, auf jeden Fall hat Chris angeboten, ein passendes Stück für die Aufführung auf dem Schiff auszusuchen und mit ein paar von seinen Schülern von der Academy und uns einzustudieren. Nachdem ich viel später als die anderen in den Kurs eingestiegen bin, waren da schon alle Rollen besetzt und ich habe bisher lediglich bei den Proben zugesehen und ein wenig souffliert.“

Sie schüttete als letztes noch die Meeresfrüchte in die Pfanne.

„Ich finde, es wirkt schon ganz professionell, was Chris da auf die Beine gestellt hat. Das liegt sicher auch an den phantastischen Kostümen. Chris kann als Mitglied des Lehrerkollegiums auf den Fundus der Royal Academy zurückgreifen. Das ist eine wahre Schatzgrube, sage ich dir. Ich durfte mit seiner Assistentin Julie dort hingehen und die Kostüme, die wir für *Henry VIII* brauchen, abholen. Es ist der Wahnsinn, was dort alles lagert. Für jede einzelne Epoche nicht nur die Kleider, sondern auch das passende Schuhwerk und Perücken und Schmuck und Fächer und was weiß ich noch alles."

Sie schmeckte die Soße ab und gab noch ein paar Kräuter dazu.

„Fast alle anderen bei mir im Kurs können schon auf Erfahrung auf der Bühne oder vor der Kamera verweisen. Veronica Fitch – wir nennen sie Bitch, weil sie echt ein Biest ist – arbeitet als Model und hat schon in einigen Musikvideos mitgemacht. Natalie Sinclair – das ist die, die jetzt diesen Unfall hatte – spielt seit ihrer Kindheit Theater in einer Laientruppe. Sie hat bei Chris schon einen Riesen-Stein im Brett, weil sie genauso ein Shakespeare-Freak ist wie er. Beim Zitate-Quiz hat sie meistens sofort die Antwort parat. Dann Harry Morland, der in unserem Stück Henry VIII spielt. Er moderiert seit zwei Jahren bei einem Radiosender. Frankie Byrd –" Sie kicherte.

„Frankie ist die letzten Jahre mit einer Truppe so ähnlich wie die Chippendales durch Europa gezogen. Er ist es also gewöhnt, auf einer Bühne zu agieren, aber dabei hatte er bis jetzt keinen Text zu sagen. Und dann ist da noch Lily Carruthers. Soweit ich weiß, ist sie ausgebildete Krankenschwester. Sie ist eigentlich ziemlich schüchtern, hat aber Balletterfahrung und eine phantastische Stimme. Chris sagt, sie wäre wie geschaffen fürs Musical." Sie verstummte kurz.

„Dagegen habe ich nicht viel zu bieten. Weder kann ich tanzen noch besonders gut singen oder sehe aus wie ein Model. Ich habe gerade mal im Schultheater mitgespielt, sonst nichts", fuhr sie dann ein wenig bedrückt fort.

„Als Schaf in der Weihnachtsgeschichte warst du aber großartig", meinte John ernsthaft. „Ich weiß es noch genau. Du musst etwa in der dritten Klasse gewesen sein. Ich hatte in dem Jahr Heimaturlaub über den Jahreswechsel und die ganze Familie war gemeinsam bei der Aufführung in deiner Schule. Alle waren nachhaltig beeindruckt von deiner Darstellung. Das tiefgründigste, beste und schlicht … schafsartigste Schaf, das London je gesehen hat."

Renie brach in Gelächter aus.

„Danke, John. Du kannst meine empfindliche Künstlerseele wirklich immer wieder aufbauen. Und jetzt lies dir doch schon mal den Text durch. Zweiter Akt, dritte Szene. Du bist Anne Boleyn. Nach dem Essen üben wir.“

„Trotz eurer süßgewürzten Heuchelei: Ihr, die Ihr alle Reize habt des Weibs, … äh …“ Renie stockte.

„Habt auch ein Weiberherz“, half John.

„Okay, nochmal. Trotz eurer süßgewürzten Heuchelei: Ihr, die Ihr alle Reize habt des Weibs, habt auch ein Weiberherz, das immer noch nach Hoheit geizte, … verdammt.“

„Reichtum, Herrschermacht.“

„Okay. Nochmal von vorn.“

Diesmal schaffte Renie es, den Satz fehlerfrei zu Ende zu sprechen.

„Nein, auf Treu“, las John seinen nächsten Part vor. Dann sah er Renie erwartungsvoll an.

„Äh, bin ich schon wieder dran?“

„Mhm. Jetzt käme: Treu’hin, Treu’her, Ihr wärt nicht gerne Fürstin?“

Renie schlug sich an die Stirn.

„Mist, Mist, Mist. Allmählich kriege ich echt Zweifel, ob ich das hinbekomme. Chris sagte, ich müsste den Text morgen schon beherrschen, damit wir eine Durchlaufprobe machen können. Es ist zwar nur diese eine lange Szene mit Anne Boleyn, in der ich vorkomme, aber was, wenn ich das vergeige?“

Sie sprang auf und schritt erregt in der Küche hin und her.

„Chris will mir diese Chance geben, obwohl ich ganz neu dabei bin und er die Rolle genauso gut mit einer anderen hätte besetzen können.“

Sie fuhr sich frustriert durch ihre kurzen roten Haare.

„Und Bitch, also Veronica, die macht mich platt, wenn der Dialog nicht klappt. Sie spielt die Anne und ich sage dir, sie genießt es in vollen Zügen, die Frau darzustellen, die den König so weit gebracht hat, dass er sich sogar gegen den Papst gestellt hat und seine eigene Kirche gründen musste, um sie zu heiraten. Echt eine Glanzrolle für sie. Wenn ich ihr diesen Auftritt vermassle, dann gute Nacht. Und was, wenn ich es zwar in der Probe kann, aber dann vor den ganzen Leuten einen Blackout habe? Ich schwöre dir, ich versinke auf der Stelle in den Erdboden.“

„Wenn, dann höchstens in die Themse“, gab John trocken zurück. „Komm, wir versuchen es noch einmal ganz von vorn.“

Aber diesmal verlor Renie schon beim ersten Satz den Faden.

„Oh Mann, ich bin total konfus, John. Das wird nichts mehr“, klagte sie und ließ den Kopf auf den Küchentisch sinken.

John sah seine Nichte einen Augenblick nachdenklich an. Dann sagte er entschieden, „Pass auf, du musst jetzt erstmal ein bisschen zur Ruhe kommen. Ich weiß, dass du es schaffst, diesen Text zu lernen, aber dafür brauchst du volle Konzentration. Deshalb legen wir jetzt eine kleine Pause ein –“

„Nein, wir haben keine Zeit für eine Pause. Sonst werden wir ja nie fertig“, fuhr sie auf.

John nahm wortlos seine Krücken und stand auf.

„Du kommst jetzt mit ins Wohnzimmer. Dort legst du dich auf den Boden und ich leite dich bei einer kleinen Achtsamkeitsübung an. Das wird dir helfen, wieder voll bei der Sache zu sein, glaub mir.“

„Achtsamkeitsübung? So was Ähnliches haben wir an der Uni schon mal gemacht. In so einem Seminar, das hieß Antistresstraining für Studenten oder so. Na gut, wenn du meinst.“

John setzte sich auf das Sofa. Renie streckte sich auf dem Teppich aus und schloss die Augen. Während er sie instruierte, in Gedanken durch ihren Körper zu wandern und wahrzunehmen, wo Spannungen zu spüren waren und diese bewusst zu lösen, merkte er, wie die Worte, die er in seinem früheren Leben als Psychologe bei den Streitkräften der britischen Armee unzählige Male gesprochen hatte, wie selbstverständlich zu ihm zurückkamen.

„Richte deine Aufmerksamkeit nun auf deinen Atem. Versuche nichts zu verändern oder zu kontrollieren. Dein Atem hat seinen eigenen Rhythmus. So wie dein Atem kommt und geht, ist es gut. Nur spüren und wahrnehmen …“

Nach einigen Minuten beendete er die Übung mit einem „Und nun strecke und dehne dich kräftig und kehre mit deiner Aufmerksamkeit wieder in diesen Raum zurück.“

Renie tat wie ihr geheißen, räkelte sich wohlig, öffnete die Augen und lächelte ihren Onkel an.

„Du könntest dich echt für einen Nebenjob als Sprecher für Entspannungs-CDs oder Einschlafgeschichten für Kinder bewerben. Ich hätte es ja nicht für möglich gehalten, aber jetzt glaube ich, bin ich wieder fit im Kopf.“

Tatsächlich dauerte es nicht einmal eine halbe Stunde und Renie beherrschte den gesamten Text fehlerlos.

„Gut. Und nun holst du eine Orange von der Anrichte“, wies John sie an.

Renie stand auf. „Soll ich dir auch ein Messer bringen?“

„Nein, ich will sie nicht essen. Du stellst dich jetzt da vorn neben die Tür und wir werfen uns die Orange zu, während du den Text sprichst.“

„Häh? Was soll das?“

„Wart’s ab. Also nochmal. Stichwort: Oh, ’s ist zum Erbarmen und rührt wohl Ungeheu’r.“

Nach kurzem Zögern warf Renie ihm die Frucht zu, so dass er sie im Sitzen fangen und zurückwerfen konnte und begann, „Die härt’sten Seelen zerschmelzen in Wehklage.“ Fangen, zurückwerfen. „Arme Fürstin!“ Fangen, zurückwerfen. „Zur Fremden ward sie wieder.“ Sie kicherte, als die Orange unter den Tisch rollte, fing sich aber gleich wieder. „Ja, Zufriedenheit ist unser bestes Gut.“

Sie erreichten das Ende des Dialogs, ohne dass in der Küche etwas zu Bruch ging oder Renie einen Hänger hatte. Triumphierend streckte sie die Faust in die Luft. „Yihaa, das ging super.“

Auch John nickte zufrieden. „Dass du den Text auch konntest, während du dich zusätzlich auf die Orange konzentrieren musstest, zeigt, dass du ihn schon gut verinnerlicht hast.“

„Du bist echt der beste Coach, den man sich wünschen kann, John. Hey, doch ganz praktisch, wenn man einen Onkel hat, der mal Seelenklempner war. Und jetzt ziehen wir uns diese Orange rein.“

Renie holte ein Messer und einen kleinen Teller und machte sich daran, die Frucht von der Schale zu befreien, während John müßig das Textbuch durchblätterte.

„Ich finde, das Stück ist gut gewählt für den Anlass und den Ort der Aufführung. Gerade bei Anne Boleyn wird der enge Bezug zum Tower und auch zur Themse deutlich.“

„Du meinst, weil Anne hier im Tower hingerichtet wurde?“

„Nicht nur das. Henry hat hier einen Palast extra für sie bauen lassen, der heute nicht mehr erhalten ist. Er befand sich neben dem White Tower, in etwa dort, wo heute die Wiese hinter dem Rabenhaus ist. Von hier aus trat sie, wie es die Tradition war, ihre Prozession nach Westminster an, wo sie 1533 gekrönt wurde. Nachdem sie bei Henry in Ungnade gefallen war, ließ er sie mit einem Boot von

Greenwich hierherbringen, auf derselben Strecke, die sie auf dem Weg zu ihrer Krönung zurückgelegt hatte. Hier in diesen Mauern verbrachte sie die letzten Tage ihres Lebens. Und sie fand ihre letzte Ruhestätte keine zwanzig Schritte von meinem Küchentisch entfernt in unserer Kapelle."

Renie sah überrascht auf. „Sie ist in St. Peter ad Vincula begraben? Das wusste ich gar nicht. "

„Genauso wie ihre Cousine Katherine Howard, die Henrys fünfte Ehefrau war und dasselbe Schicksal erlitt wie Anne."

„Dieser Henry! Das war wirklich ein – bleib sitzen, John, ich hole dir das Telefon." Renie sprang auf, als ein Klingeln aus dem Flur drang.

Sie sprach kurz und reichte dann den Hörer weiter.

„Simon!", zischte sie und zog eine Grimasse „Ich muss jetzt sowieso los, John. Bis bald und danke nochmal." Sie schnappte sich die Hälfte der Orange, winkte und war schon draußen.

John fragte sich, warum sein Cousin, Scotland Yard-Superintendent Simon Whittington, wohl anrief. Seit der spektakuläre Museumsmord aufgeklärt war, hatte er bis auf eine Postkarte, die Simons Frau, die Ehrenwerte Patricia Whittington-Armsworth an Weihnachten aus Barbados geschickt hatte, nichts von ihm gehört. An diesem Zustand hätte sich nach Johns Meinung auch vorerst nichts zu ändern brauchen.

„Hallo, Simon. Schön, von dir zu hören", meldete er sich dennoch freundlich.

„Guten Abend, John. Du darfst mir gratulieren", verkündete sein Cousin ohne Umschweife.

„Ah ja?" Hatte Simon wieder eine neue Golf- oder Segeltrophäe errungen? Hatte er bei einer der zahllosen Wohltätigkeits-veranstaltungen, die Patricia organisierte, das große Los gezogen und war nun stolzer Besitzer eines brillantbesetzten Füllfederhalters? War er von irgendeinem Klatschblatt zum bestgekleideten Mann des Jahres gewählt worden?

„Der Commissioner hat mich für die nächste Beförderungsrunde vorgeschlagen. Damit habe ich gute Chancen, in absehbarer Zeit Chief Superintendent zu werden."

„Herzlichen Glückwunsch! Das ist ja großartig", gratulierte John aufrichtig. Er wusste, dass Simon mit Leib und Seele Polizist war. Im letzten Jahr hatte sein Cousin sich beruflich mit einigen Widrigkeiten herumschlagen müssen – die größte davon war der schottische

Kriminalermittler Ian Briarson gewesen, mit dem Simon eine herzliche Abneigung verband und dem es fast gelungen wäre, die Karriere des Superintendenten in Gefahr zu bringen – und John vergönnte Simon nun diesen Triumph, der ihn auf Augenhöhe mit dem verhassten Schotten brachte. Als Simon weitersprach, schwand Johns Wohlwollen jedoch zunehmend.

„Damit wäre ich der Jüngste, der bei der Metropolitan Police je in diesen Rang aufgenommen worden wäre, wie schon damals, als ich zum Superintendent ernannt wurde. Nun ja, ich habe mir diese Beförderung auch redlich verdient. Meine Aufklärungsquote ist unerreicht und ich darf wohl behaupten, die Täter der kniffligsten und aufsehenerregendsten Mordfälle der jüngeren Geschichte eigenhändig zur Strecke gebracht zu haben – mit der mir eigenen Effizienz, Hartnäckigkeit und Raffinesse. Der Commissioner dürfte sich durchaus bewusst sein, dass ich quasi im Alleingang dem in letzter Zeit manchmal doch ramponierten Image von Scotland Yard wieder zu alter Größe verholfen habe."

Der Telefonhörer triefte geradezu vor Selbstgefälligkeit, während Simon Whittington sich in seinem eigenen Glanz sonnte. John fuhr sich über die Stirn und überlegte kurz, ob er seinen Cousin daran erinnern sollte, dass er mehrere seiner Fälle im letzten Jahr nur mit tätiger Mithilfe einiger Familienmitglieder zum Abschluss gebracht hatte. Dann entschied er sich dagegen. Mit Sicherheit hätte Simon ohnehin nur entgegnet, dass er die Täter nicht *wegen*, sondern *trotz* der Einmischung des Mackenzie-Clans gefasst hatte.

Stattdessen fragte er, „Was meinst du damit, du *wärst* dann der Jüngste? Steht die Beförderung noch nicht fest?"

„So gut wie. Ich muss nur noch einen einwöchigen Lehrgang hinter mich bringen. Dort wird man von hochkarätigen Referenten geschult, die am Ende bei jedem Kandidaten die Eignung für die nächste Führungsebene beurteilen. Allerdings dürfte das eine Formsache sein. Bisher ist noch jeder, der zu so einem Lehrgang gefahren ist, hinterher auch tatsächlich in der Hierarchie nach oben gerückt. Der einzige Nachteil bei der Sache ist, dass ich ab Montag die ganze Woche in einem ganz abgelegenen Hotel oben in Northumberland festsitzen werde. Früher fanden diese Vorbereitungslehrgänge immer hier in London statt, aber diesmal haben sie sich für so ein gottverlassenes Nest entschieden, angeblich, damit wir uns besser auf die Inhalte der Seminare konzentrieren können. Pff, in Wirklichkeit hat die Regierung wieder mal den Rotstift angesetzt. Eigentlich ein Skandal, dass gerade bei den Leistungsträgern dieser Gesellschaft gespart wird …“

John zog ein Kreuzworträtsel heran, während Simon erst über die in seinen Augen mangelnde Wertschätzung seitens der Regierung lamentierte, um dann nahtlos die gesunkene Qualität in seinem karibischen Fünfsternedomizil zu beklagen, in dem er zum Jahreswechsel zehn Tage Golfurlaub verbracht hatte.

„Ich sage dir, die Zigarrenauswahl war unter aller Kanone. Die Schirme am Strand hatten einen widerlichen knallbunten Bezug und das Schlimmste war, dass es am neunten Loch einen Fleck mit mehreren Yards Durchmesser gab, wo das Gras vollkommen vertrocknet war. So richtig gelb war das, unglaublich. Und dann diese Amerikaner mit ihrer hemdsärmeligen Art! Einfach schrecklich. Nein, also für nächstes Jahr müssen wir uns wirklich eine neue Destination suchen. Du hättest da wohl keinen Tipp für uns, oder? Nein, vermutlich nicht. Die Gegenden, in denen du warst, dürften für uns kaum reizvoll sein. Und die Unterkünfte, die unsere Army für die Auslandsaufenthalte zur Verfügung stellt, hatten wahrscheinlich nicht mal einen Einsterne-Standard. Dafür musstest du dich zum Dinner aber auch nicht umkleiden.“

Simon amüsierte sich köstlich über seinen eigenen Scherz. John schwieg und dachte nach, welcher der zehn längsten Flüsse der Erde sechs Buchstaben hatte. Ah, Mekong. Er griff nach einem Kugelschreiber. Jüngste Tochter von Queen Victoria, zweiter Buchstabe ein E …. Hm …

„… Selbstmanagement, Evaluation gruppendynamischer Prozesse, Mitarbeitermotivation, lauter Unsinn ist das, wenn du mich fragst. Dann noch *transformationale Führung* – was soll das denn wieder für ein Quark sein?“

John hatte während der letzten Minuten von Simons Monolog eine Strategie angewandt, die er und seine Geschwister schon als Kinder perfektioniert hatten, wenn ihnen das Geschwätz ihres eingebildeten Cousins zu sehr auf die Nerven ging: Er hatte auf Durchzug geschaltet. Nun brauchte er einen Moment, um zu kapieren, wovon Simon sprach. Dann merkte er, dass der Superintendent offensichtlich aus den Seminarinhalten seines Lehrgangs vorlas.

„Und dann soll es auch noch *teambildende Maßnahmen* geben, bei denen zu allem Überfluss so eine Psychotante unsere *Interaktionen* beobachtet und *Chancen optimaler Ressourcennutzung und Persönlichkeitsentwicklung* aufzeigt. Grundgütiger!"

John gluckste unhörbar. Die kommende Woche versprach, für den Superintendenten eine strapaziöse Erfahrung zu werden.

„Sei einfach du selbst, Simon", empfahl er ernsthaft.

Kaum hatte er den Hörer aufgelegt, konnte er nicht mehr an sich halten und brach in schallendes Gelächter aus. Dann fiel ihm unvermutet das fehlende Wort des Kreuzworträtsels ein: Beatrice.

Kapitel 3

Am nächsten Tag betrachtete John mit Spannung, wie Mike Nichols eine Scheibe Brot mit Butter bestrich und einen herzhaften Bissen davon nahm. Mike kaute und schloss genießerisch die Augen.

„Mensch, das schmeckt ja hervorragend." Mit gespieltem Erstaunen sah er John an. „Respekt, Kumpel, ehrlich. Hätte ich dir gar nicht zugetraut."

Während John geschmeichelt lächelte, wurde Mikes Gesicht nachdenklich.

„Warte mal. Dieser Geschmack kommt mir irgendwie bekannt vor. Wann habe ich mal so etwas gegessen?" Er schob sich ein weiteres großes Stück in den Mund. „Jetzt fällt es mir wieder ein! Du weißt ja, dass ich als Junge in Texas gelebt habe, bevor ich mit meiner Mutter nach Kalifornien zog?"

John nickte.

„Die Ranch meines Vaters lag südlich von Austin, vielleicht dreißig Meilen oder so. In der Gegend gibt es eine Menge Nachfahren deutscher Einwanderer. In einem Ort namens New Braunfels gibt es da jährlich ein riesiges Volksfest, das nennen sie Wurstfest. Wir waren nur einmal da, aber ich sage dir, da steppt der Bär. Massenhaft Leute in diesen ulkigen Trachten und dann Bier ohne Ende."

Er schüttelte lachend den Kopf.

„Mein Vater hatte da vielleicht einen in der Krone. Wir haben ihn auf den Rücksitz gepackt und dort hat er die ganze Heimfahrt gesungen. So ausgelassen habe ich ihn sonst nie erlebt."

Er sah einen Moment aus dem Fenster.

„Aber eigentlich wollte ich ja von dem Brot erzählen. Eine deutsche Familie hatte im nächsten Ort eine Bäckerei, wo Mum manchmal eingekauft hat. Und deren Brot hat genauso geschmeckt wie das hier!"

„Das könnte am Sauerteig liegen. Damit wird auf dem Kontinent traditionell viel mehr gebacken als bei uns. Ich war ja jahrelang in Deutschland stationiert, dort habe ich solches Brot oft gegessen. Bei uns bekommt man es nur selten. Es freut mich, dass der erste Versuch gleich gelungen ist."

„Könnte ich noch eine Scheibe haben?"

„Aber gern! Erzähl mal, wie läuft es im Museum?"

„Ganz gut. Das Konzept für die neue Sonderausstellung nimmt allmählich Formen an und es sieht so aus, als könnte mein Antrag auf eine Forschungsexpedition nach Kolumbien im nächsten Jahr genehmigt werden. Neben der normalen Arbeit halten mich momentan die Vorbereitungen für die große Abschiedsparty von Sir Edward und seiner Sekretärin auf Trab."

„Ah ja, Renie sagte bereits etwas davon. Sir Edward und Ms. Evans gehen Ende des Monats in den Ruhestand, nicht wahr?"

Mike nickte.

„Beide sind sehr beliebt. Du weißt ja, dass Ms. Evans ein Urgestein des Museums und seit über dreißig Jahren im Haus ist. Also haben die Mitarbeiter beschlossen, eine Party für die beiden auf die Beine zu stellen, zusätzlich zur offiziellen Verabschiedung. Und irgendwie ist die Aufgabe, das Ganze zu organisieren, mir in den Schoß gefallen."

John lächelte. „Bestimmt trittst du dabei auch mit deiner Band auf und bringst ordentlich Schwung in die Bude."

„Aber logisch. Das Programm wird ziemlich vielfältig, jede Abteilung trägt etwas bei. Die Paläontologen machen zum Beispiel ein Schwarzlichttheater, bei dem natürlich Saurier die Hauptrolle spielen. Und etliche von uns Biologen haben sich zusammengetan und bilden einen Chor. Wir singen für jeden der beiden ein extra getextetes Lied zu einer bekannten Melodie."

Mike goss sich Tee nach und fuhr fort, „Renie ist mir bei dem Ganzen eine große Hilfe. Sie hängt sich echt voll rein. Sie hat klasse Ideen und bringt auch etwas voran. Momentan interviewt sie alle möglichen Leute vom Personal zu ihren Erinnerungen an Ms. Evans und Sir Edward und sie gräbt auch in den Archiven nach alten Fotos. Aus all dem gestaltet sie dann Abschiedsbüchlein für die beiden. Die ersten Entwürfe habe ich schon gesehen, das wird wirklich sehr schön."

Plötzlich grinste er.

„Das Mädel ist echt ein Phänomen. Obwohl sie erst seit ein paar Monaten für das Museum arbeitet und nur eine Teilzeitstelle hat, ist sie im ganzen Haus schon bekannt wie ein bunter Hund."

John schnaubte belustigt. „Das glaube ich dir aufs Wort."

Als ob sie geahnt hätte, dass gerade von ihr die Rede war, klingelte in diesem Moment das Telefon und die soeben Gelobte war dran.

„Hallo, lieber Onkel! Wie geht's dir heute? Ich hoffe, du bist wohlauf", flötete sie.

John zog die Augenbrauen nach oben. „Gut, danke, liebe Nichte. Könnte es sein, dass du etwas von mir willst?“

„Wie kommst du denn darauf? Ich rufe nur an, weil ich mich nach deinem Wohlbefinden erkundigen möchte“, empörte sie sich. „Tatsächlich hätte ich etwas für dich, damit es dir noch besser geht.“

„Ah ja?“

„Ja! Ich weiß doch, dass du dich langweilst, weil du momentan nichts Vernünftiges zu tun hast, wenn du mir nicht gerade beim Textlernen hilfst. Wenn du eine sinnvolle Aufgabe hättest, wärst du besser drauf und das würde deine Genesung sicher beschleunigen.“

Bei John läuteten die Alarmglocken.

„Jetzt rück schon mit der Sprache raus, Renie. Was versuchst du gerade, mir aufs Auge zu drücken?“

„Hah, als ob ich dir schon jemals etwas aufs Auge gedrückt hätte! Ich möchte dir nur die Chance geben, deine brachliegenden, aber hervorragenden beruflichen Kompetenzen wieder einmal einzusetzen. Also pass auf: Wir hatten heute früh Probe und es hat wirklich gut geklappt. Chris hat mich vor versammelter Mannschaft gelobt, wie schnell ich den Text gelernt habe und mich in die Rolle einfinden konnte. Und so ein Lob ist selten, kann ich dir sagen. Er ist wahnsinnig anspruchsvoll. Na, ehrlich wie ich bin, habe ich erzählt, dass du mir dabei geholfen hast. Dann haben auf einmal alle gesagt, sie hätten auch gerne so einen Coach. Du weißt schon, so was wie einen Mentaltrainer, wie ihn auch Leistungssportler haben. Chris war total interessiert und hat mich gebeten, dich anzurufen. Vielleicht könntest du vorbeikommen und dir alles einmal ansehen und mit ihm sprechen? Der Fairness halber muss ich aber gleich dazusagen, dass wir ja alle arm sind wie die Kirchenmäuse und es sowas wie ein Ehrenamt wäre. Also, was meinst du?“

John war schon im Begriff, abzulehnen. Dann jedoch hielt er inne und sagte lediglich, „Lass mich kurz nachdenken, Renie. Ich rufe dich gleich zurück.“

Er legte den Hörer weg und erzählte Mike, der in der Zwischenzeit sein drittes Brot verdrückt hatte, von Renies Vorschlag.

Mike, spontan wie immer, meinte, „Hey, mach das, John. Die Idee klingt doch gut. Du kommst ein bisschen aus deiner Bude raus und kriegst einen Einblick in die Schauspielszene. Außerdem kommst du dadurch wieder mal *back to the roots*, nicht wahr?“

John nickte langsam.

„Du hast recht. Ich habe es zwar bis heute nicht bereut, umgesattelt zu haben – der Beruf eines Beefeaters ist großartig und nach bald zwanzig Jahren im Ausland ist es wundervoll, wieder in England zu sein – aber … manchmal vermisse ich meine Arbeit als Psychologe auch.“ Er verstummte.

„Und nun kannst du mit dem, was du gelernt hast, ein paar jungen Leuten weiterhelfen. Also, ruf an und sag, du bist dabei.“

„Nicht so schnell, Mike“, bremste John. „Ich muss erst einmal mit Chief Mullins darüber sprechen, ob ich während der Zeit, in der ich noch krankgeschrieben bin, überhaupt außerdienstlichen Aktivitäten nachgehen darf.“

„Dann ruf ihn an.“

Nach einem Moment des Überlegens griff John zum Hörer und wählte Mullins’ Nummer. Der Kommandant beschied ihm energisch, „Was Sie in Ihrer Freizeit machen, Mackenzie, ist Ihre Sache. Solange Sie Ihre Genesung und damit die möglichst schnelle Wiederherstellung Ihrer Diensttauglichkeit nicht gefährden, ist es mir vollkommen schnurz, was Sie tun. Es handelt sich ja auch nicht um eine bezahlte Tätigkeit, wenn ich das recht verstehe?“

„Nein, Sir.“

„Also, dann sehe ich keinen Hinderungsgrund. Cheerio.“

Zwei Stunden später stand John vor einem stattlichen Gebäude am Torrington Square. Nach der Stunde Krankengymnastik, zu der Mike ihn gefahren hatte, war er das kurze Stück hierher zu Fuß gekommen. Ein Blick auf die Klingelschilder sagte ihm, dass hier neben einem Dentallabor und einigen Arztpraxen auch das private Schauspielstudio von Chris Fuller, M.A. im obersten Stock residierte. Erleichtert sah er, dass es einen Aufzug gab. Er fuhr hinauf. Oben am Treppenabsatz gab es nur eine Tür. Da sie halb offen stand, ging er nach kurzem Zögern hinein.

Drinnen erstreckte sich ein schier endlos langer Flur, von dem zu beiden Seiten Türen abgingen. Aus verschiedenen Räumen waren gedämpft Stimmen zu hören, aber niemand war zu sehen. Eine der langen Wände war mit schwarzem Stoff bespannt. Eine Unzahl Fotos hing dort. Bei den meisten handelte es sich offenbar um Bühnenaufnahmen. Winzige Bildunterschriften gaben das Stück und das Aufführungsjahr an. John ging langsam den Gang hinunter und besah sich die Aufnahmen.

Hamlet 1985, Der Sturm 1994, Richard III. 1999, Der Kaufmann von Venedig 2010, Warten auf Godot 1967 … 1967! Wenn die Fotos Chris Fuller zeigten, musste Renies Schauspiellehrer ja schon ein älterer Herr sein, annähernd im Alter von Johns Vater.

„Tat dir was weh?“, erklang hinter ihm eine volltönende Stimme.

John wandte sich um. „Äh, Verzeihung?“

Erstaunt musterte er den recht jugendlich wirkenden schlanken Mann, der vor ihm stand. Er war von Kopf bis Fuß schwarz gekleidet. Sein volles, graumeliertes Haar reichte ihm bis zu den Schultern.

„Ihr Einsatz als Wladimir wäre gewesen: *Weh! Er fragt mich, ob mir was wehtat.“* Der Mann bemerkte Johns verwirrten Blick und wies auf das Foto von 1967 mit den beiden etwas abgerissenen Gestalten, vor dem John stand. „Sie wollen ja wohl nicht sagen, dass Sie Becketts Bühnenklassiker nicht kennen? Ich war Estragon. Meine erste Hauptrolle. Das waren Zeiten damals, sage ich Ihnen.“

Er hielt John die Hand hin. „Chris Fuller. Nennen Sie mich Chris. Beim Theater sind wir nicht so förmlich. Und Sie müssen Renies Onkel, der Wunder-Coach sein.“

John ergriff die dargebotene Hand. „John. John Mackenzie. Ich freue mich, Sie kennenzulernen, aber ich fürchte, Renie hat Ihnen ein falsches Bild von mir gezeichnet –“

„Das kann ich mir nicht vorstellen. Renie ist zwar eine immens begeisterungsfähige und temperamentvolle junge Frau, aber gewiss hat sie keinen Hang zum Schwindeln. Sie sind doch Psychologe, oder nicht?“

„Das ist wahr.“

„Na also. Kommen Sie in mein Büro, dann unterhalten wir uns ein wenig.“

John folgte Chris Fuller den Gang hinunter. Da öffnete sich eine der Türen und eine junge Frau, die sich auf zwei Krücken lehnte, spähte heraus.

„Chris! Ich dachte mir schon, ich hätte deine Stimme gehört. Pass auf: Simon sollte in der Sommersonne sieben Säcke Saat säen. War das gut?“

„Hervorragend, Natalie. Mach so weiter.“

Die junge Frau lächelte beglückt und zog sich in das Zimmer zurück. John begann sich allmählich wie in einem surrealen Stück zu fühlen. Fuller spürte offenbar die Verunsicherung seines Besuchers und lächelte leicht.

„Das war eine Übung für das stimmhafte S."

Er öffnete eine Tür und sie betraten ein etwas chaotisch aussehendes Büro. Fuller setzte sich hinter seinen Schreibtisch und bedeutete John, im Besuchersessel Platz zu nehmen.

„Professioneller Sprechunterricht ist einer der Grundpfeiler der Schauspielausbildung", fuhr er fort. „Sie würden gar nicht glauben, wie viele Menschen Probleme mit ihrer Aussprache haben. Im Alltag fällt das häufig gar nicht auf, aber für die Bühne ist eine makellose Artikulation unabdingbar. Dafür beschäftige ich eigens eine Logopädin, die mit meinen Schülern die Feinheiten herausarbeitet. Aber genug davon. Kommen wir zu Ihnen –"

Es klopfte an der Tür, die gleich darauf aufging.

„Chris, ich bringe dir das Textbuch zurück – oh …" Ein Poltern war zu hören. Das Mädchen, das in der Tür stand, hatte ein Buch fallen lassen und stand nun mit aufgerissenen Augen da, die Hände vor den Mund gepresst.

John rätselte, ob dieser Auftritt wieder Teil einer Schauspielübung war. Wenn die junge Frau „ungläubiges Erstaunen" ausdrücken wollte, war es ihr hervorragend gelungen. Dann aber machte sie auf dem Absatz kehrt und verschwand. Chris sah ihr einen Moment stirnrunzelnd nach, dann stand er auf. „Entschuldigen sie mich einen Augenblick. Ich muss kurz nach Deborah sehen."

Wenige Minuten später war er wieder zurück, ein breites Grinsen im Gesicht.

„Das kleine Gänschen hat Sie nur im Profil gesehen und glatt mit einem Oscarpreisträger verwechselt. Deswegen wäre sie eben fast in Ohnmacht gefallen." Er gluckste erheitert. Dann studierte er John aufmerksam. „Naja, eine gewisse Ähnlichkeit haben Sie tatsächlich mit ihm."

„Oscar für The King's Speech, ich weiß", erwiderte John ergeben. „Ich kann Ihnen gar nicht sagen, wie viele Rentierpulli-Witze ich schon gehört habe."

Fuller lachte. „Ah ja, die Rolle des Mark Darcy, in der ihm alle Frauenherzen zugeflogen sind. Wussten Sie, dass Colin am Drama Centre studiert hat? Genau die Schule, für die Renie sich bewirbt. Aber lassen wir das. Ich freue mich auf jeden Fall sehr, dass Sie so kurzfristig gekommen sind. Wenn ich Renie recht verstanden habe, hätten Sie in den kommenden Wochen krankheitsbedingt etwas Zeit?"

John nickte. „Ab nächsten Montag werde ich jeweils halbtags zur Reha sein, aber ansonsten bin ich momentan relativ frei in meiner Zeiteinteilung. Allerdings habe ich keine rechte Vorstellung, wie unsere Zusammenarbeit aussehen könnte."

„Renie sagte, Sie wären ausgebildet, Entspannungsverfahren durchzuführen?"

John nickte abermals.

„Sehr gut. Viele meiner Schüler, die ja noch am Anfang ihres Schauspielerlebens stehen, leiden unter Auftrittsängsten. Nun ja, das ist natürlich, denn *Erfahrung wird aus Fleiß und Müh erlangt*, wie schon unser unsterblicher Dichter sagte. In ‚Die beiden Veroneser'", setzte er mit einem Blick auf John hinzu. „Nun, wie ich aus eigener Erfahrung weiß, sind Entspannungsverfahren sehr hilfreich, um mit Lampenfieber umzugehen und sich vor einem Auftritt zu zentrieren. Vielleicht könnten Sie einige Gruppenstunden anbieten?"

„Das wäre kein Problem. Allerdings werden die Schüler innerhalb der rund drei Wochen, in denen ich noch krankgeschrieben bin, weder die Progressive Muskelentspannung noch das Autogene Training wirklich erlernen können. Dafür ist nach meiner Erfahrung eine Zeitspanne von rund zwei Monaten regelmäßigen Übens notwendig."

„Selbstverständlich. Das erwarte ich auch gar nicht. Ich sehe den Sinn eher darin, den jungen Leuten einen ersten Einblick zu geben und einen Einstieg in die Techniken zu ermöglichen."

„Das ist sicher möglich", stimmte John zu.

„Damit haben die jungen Leute auch eine gute Grundlage für das, was sie – sofern sie es auf eine anerkannte Schule schaffen – noch viel vertiefter lernen werden. Gerade im *method acting* spielen Entspannungs-, Konzentrations- und Visualisierungsübungen als fundamentales Handwerkszeug für das Schauspielen eine große Rolle."

„Tatsächlich?", fragte John interessiert.

„Sind Sie mit den Lehren des großen Stanislawski vertraut?"

„Nein. Ich habe den Namen schon gehört, aber das ist auch schon alles."

Fuller warf ihm einen schmerzvollen Blick zu und murmelte, „Bedauerlich, höchst bedauerlich …" Dann hob er an zu einem Schnelldurchlauf über Schauspieltheorien vom achtzehnten bis zum einundzwanzigsten Jahrhundert unter besonderer Betonung der schöpferischen Schauspielästhetik im Naturalismus. Johns Blick wurde zunehmend glasig. Er war froh, als Fuller seine Abhandlung endlich beendete und ihm ein Buch in die Hand drückte.

„Hier, tun Sie etwas für Ihre Bildung und lesen Sie das. Ein Klassiker.“

John sah den dicken Wälzer in seiner Hand an – *Die Arbeit des Schauspielers an sich selbst* von Konstantin Sergejewitsch Stanislawski – und murmelte, „Faszinierend.“

Fuller fuhr fort, „Ich würde es auch begrüßen, wenn Sie einigen meiner Schützlinge Einzelcoachings anbieten würden.“ Er schwieg einen Moment.

„Sehen Sie, ich will ehrlich sein. Ich kann und will mich nicht zu sehr mit dem Geisteszustand meiner Schüler beschäftigen. Das ginge auch gar nicht. Jeder Psychiater wird Ihnen bestätigen können, dass die Häufigkeit von Störungen jeglicher Couleur gerade in den darstellenden Berufen relativ hoch ist. Wie schon der große Aristoteles feststellte: *Nie gab es ein großes Genie ohne einen Anflug von Wahnsinn.* Nicht wahr? Ich sage Ihnen, da könnte ich stundenlang aus dem Nähkästchen plaudern. Mein alter Monologlehrer am Lee Strasberg-Institute in New York zum Beispiel. Der war in den Sechzigern ein absoluter Star und hat an allen bedeutenden Theatern der Welt gespielt. Der hatte eine Präsenz auf der Bühne, der hatte eine Ausdruckskraft, das hat einem schier den Atem genommen. Aber er hatte auch schwer einen an der Klatsche, wenn ich das so sagen darf. Komplett durch den Wind, der Mann. Vom Wahnsinn umnachtet … Sie verstehen, was ich meine.“

John unterdrückte ein Grinsen. „Sie drücken sich sehr klar aus.“

„Na, wie dem auch sei. Zurück zu meinen Schülern. Ich will, dass sie sich auf ihre Aufgabe fokussieren und ihr gesamtes Potenzial abrufen. Einigen von ihnen gelingt dies jedoch nach meiner Einschätzung nicht. Konkret würde ich Ihnen drei aus meinem Vorbereitungskurs ans Herz legen: Da wäre zum einen Harry Morland. Er hatte bis vor kurzem eine Beziehung zu einem der Mädchen, Veronica Fitch. Offenbar hat sie diese Beziehung beendet und nun leidet er wie ein Hund. Ich habe gehört, dass sogar bei dem Radiosender, bei dem er arbeitet, Anrufe eingegangen sind, weil er seit Tagen beständig melodramatische Liebeslieder über den Äther schickt. Auch hier ist kaum etwas mit ihm anzufangen. Das muss sich schnell ändern. Immerhin habe ich ihm die Rolle von Henry VIII gegeben und da kann ich ihn nicht als winselndes Hündchen gebrauchen. Dann Lily Carruthers. Sie hat eine unglaubliche Singstimme und eine großartige, zerbrechliche Ausstrahlung. Aber sie kommt nicht richtig aus sich heraus. Es fehlt ihr wohl an Selbstvertrauen. Und schließlich Natalie Sinclair, die Sie eben kurz gesehen haben und die momentan so etwas wie eine Leidensgenossin von Ihnen ist."

Er wies auf Johns Krücken.

„Natalie könnte eine wirklich gute Darstellerin werden, wenn sie ihre Rivalitätsgefühle nicht so in den Vordergrund stellen würde. Gerade Veronica ist ein rotes Tuch für sie. Ich muss zugeben, ich war fast erleichtert, als das Mädchen sich nun das Bein gebrochen hat. Die beiden hätten die Szene zwischen Anne Boleyn und ihrer Hofdame spielen müssen. Es war von Anfang an ein Fiasko, weil die gesamte Situation derart mit Emotionen aufgeladen war, dass die Luft schon flirrte." Er beugte sich vor und sah John eindringlich an.

„Was denken Sie? Können Sie den dreien helfen?"

„Das kann ich vorab nicht sagen. Es hängt natürlich davon ab, ob die Betreffenden überhaupt ein Interesse an Gesprächen haben."

In Fullers Augen blitzte es auf.

„Die *werden* Interesse haben. Dafür sorge ich schon. Und dann wäre ich Ihnen dankbar, wenn Sie mir Ihre Einschätzung mitteilen könnten."

John lächelte den Schauspiellehrer milde an.

„Bei allem Respekt, Sir, aber dazu wird es definitiv nicht kommen. Das Vertrauensverhältnis zwischen Therapeut und Klient ist heilig. Wenn die Schüler über die Ergebnisse der Sitzungen mit Ihnen sprechen möchten, steht ihnen dies selbstverständlich frei. Von mir jedoch wird absolut niemand etwas darüber erfahren. Und ich erkläre mich ausschließlich dazu bereit, mit jemandem zu arbeiten, der dies von sich aus möchte, ohne jeglichen Zwang. Das sind meine Bedingungen."

Er lehnte sich im Stuhl zurück und verschränkte die Arme.

Einen Moment herrschte Schweigen. Dann lächelte Fuller plötzlich und stand auf.

„In Ordnung. Ich respektiere Ihre professionelle Einstellung, John. Nun lassen Sie uns hinübergehen, damit Sie die Rasselbande kennenlernen können."

Er schritt voran bis zum Ende des Ganges.

„Sie proben gerade unter Leitung meiner Assistentin Julie die letzte Szene des Stücks. Wir gehen hinein und setzen uns hin, solange das Geschehen auf unserer Probenbühne läuft.“

Behutsam öffnete er die Tür. Dahinter lag ein langgestreckter Raum. Das entgegengesetzte Ende diente offensichtlich als Bühne und war hell erleuchtet. Im Halbdunkel davor standen einige Reihen Stühle. Weiter vorne konnte John den Rotschopf seiner Nichte ausmachen, die auf einem Stuhl neben einem Mädchen mit langem schwarzem Haar fläzte. Die beiden Männer setzten sich ganz hinten hin und lauschten.

John fiel auf, dass er der Einzige im Raum war, der nicht komplett in Schwarz gekleidet war. Als hätte Fuller seine Gedanken erraten, flüsterte er, „Ich bestehe darauf, dass alle meine Schüler relativ einheitlich gekleidet sind. Es soll nichts Ablenkendes geben. In einem tollen Kostüm ist es nicht schwer, einen großen Auftritt hinzulegen, aber so ist die Wahrnehmung ganz auf den darstellerischen Ausdruck reduziert.“

John nickte verstehend.

„Das ist Harry Morland“, raunte Fuller nach einigen Minuten und deutete auf einen mittelgroßen und etwas untersetzten jungen Mann, der umringt von einigen anderen das Schicksal pries, das ihm königlichen Nachwuchs – hier in Gestalt einer Plastikpuppe – beschert hatte. Besonders beglückt wirkte er dabei jedoch nicht.

„Und das Mädchen, das das Baby hält, ist Lily Carruthers. Sie spielt mehrere weibliche Nebenrollen im Stück.“

John beobachtete eine blasse junge Frau in einem übergroßen Pullover, die hingebungsvoll an Henrys – oder Harrys? – Lippen hing.

„Wer sind die anderen?“, wisperte er.

„Der Lord Mayor ist Frankie Byrd, unser Stripperkönig. Sicher nicht das hellste Licht am Firmament und auch kein Oscaranwärter, aber mit seinem Äußeren und dem nötigen schauspielerischen Handwerkszeug wird er sicher sein Geld bei irgendwelchen Daily Soaps verdienen können. Renie und Veronica haben in dieser Szene keinen Auftritt. Die anderen Jungs dort vorn sind Studenten der Royal Academy. Ich habe sie gebeten, hier einzuspringen, weil ich noch einige männliche Darsteller brauchte. Ich selbst spiele auch in einigen Szenen mit, unter anderem als Kardinal Wolsey.“

„Heut soll keiner des Hauses warten, alle bleibt als Gäste. Durch diese Kleine wird der Tag zum Feste“, sprach der König auf der Bühne schließlich den letzten Satz.

Eine junge Frau, die mit einem Textbuch ein wenig abseits gesessen war, stand auf. „Gut gemacht, Leute. Ohne Hänger durchgekommen. An den Feinheiten arbeiten wir noch."

Das halbe Dutzend Leute, das im Zuschauerraum saß, applaudierte begeistert.

Chris Fuller jedoch seufzte vernehmlich. „Wir haben noch viel zu tun bis zur Premiere übermorgen", meinte er halblaut und stand auf. Er ging nach vorn und klatschte in die Hände.

„Danke, Julie. Ich übernehme jetzt wieder. Herrschaften, die Szene machen wir gleich nochmal. Da ist noch einiges zu optimieren. Aber, um es mit den Worten des unsterblichen Dichters zu sagen: *Glücklich sind, die erfahren, was man an ihnen aussetzt und sich danach bessern können."*

Renie fuhr in ihrem Stuhl herum und rief triumphierend, „Viel Lärm um nichts!"

Fuller lächelte beifällig. „Gut, Renie. Bevor wir mit der Arbeit fortfahren, möchte ich euch nun jemanden vorstellen."

Kapitel 4

Zwei Abende später saß John über den Aufzeichnungen, die er sich zu seinen neuen Schützlingen gemacht hatte. Gestern und heute hatte er bereits mit den sechs jungen Leuten aus Fullers Vorbereitungskurs die ersten Einheiten des Entspannungstrainings hinter sich gebracht. Da Chris Fuller die Gruppe darauf eingestimmt hatte, dass das Erlernen einer Entspannungstechnik zum Rüstzeug eines Schauspielers gehörte, waren alle motiviert bei der Sache und hatten sich auch bereit erklärt, die notwendigen Übungen zu Hause durchzuführen. Ob sie diese guten Vorsätze auch umsetzen würden, blieb abzuwarten.

„Genauso wie das Zehnfingersystem beim Tippen oder das Fahrradfahren oder Schwimmen ist diese Entspannungstechnik von so gut wie jedem Menschen erlernbar. Die einzige Voraussetzung ist, dass ihr übt, übt und nochmal übt", hatte John ihnen am Ende der ersten Sitzung eingeschärft.

„Nehmt euch nun am Anfang täglich mindestens eine Viertelstunde Zeit dafür. Keine Sorge, je mehr euch die Technik in Fleisch und Blut übergeht, desto mehr könnt ihr die Übung verkürzen. Am Ende werdet ihr in der Lage sein, innerhalb weniger Minuten den Körper auf Entspannung umzuschalten und den Kopf freizukriegen. Also: Sucht euch zum Üben einen ruhigen Ort, wo ihr möglichst nicht gestört werdet und schaltet euer Handy aus." Hier hatte es entsetzte Blicke gegeben. „Dann braucht ihr nur noch einen halbwegs bequemen Stuhl und es kann losgehen."

„Warum machen wir das im Sitzen? Im Liegen wäre es doch viel bequemer?", fragte Natalie Sinclair.

„Die Übung soll es euch ermöglichen, im Alltag kurze Pausen effizient zur Entspannung zu nutzen. Und da wir zwar in vielen Situationen sitzen, uns aber selten richtig hinlegen können, sollt ihr es von Haus aus im Sitzen lernen. Außerdem seid ihr so schon auf die sogenannte Stuhlübung vorbereitet, die in der Schauspielausbildung eine Rolle spielen wird. Das zumindest habe ich in dem Buch gelesen, das Chris mir geliehen hat."

Das leuchtete offenbar allen ein.

„Könnten Sie uns eine CD oder eine Audiodatei geben, wo die Anleitung für die Übung gesprochen wird? Ich finde, damit kann man sich besser konzentrieren“, meinte Harry Morland. „Sie könnten sogar selbst eine einsprechen. Bei uns im Sender wäre das kein Problem, das könnte ich schon deichseln –“

John schüttelte entschieden den Kopf. „Ich möchte, dass ihr total unabhängig seid von äußeren Hilfsmitteln. Ihr bekommt das hin, wenn ihr euch den Ablauf selbst im Kopf vorsagt und euch nicht auf die Stimme eines Anderen, sondern auf euch selbst und das, was ihr spürt, konzentriert.“

„Aber ich kann nicht so lange bei der Sache bleiben. Mir geht ständig etwas anderes im Kopf herum“, wandte Lily Carruthers zaghaft ein.

John lächelte sie freundlich an.

„Das ist am Anfang völlig normal. Aber jeder von euch kann es lernen, sich soweit zu fokussieren, dass für eine gewisse Zeit alles andere ausgeblendet wird. Passt auf, ich erzähle euch von einem Kurs, den ich für Truppenangehörige zur Vorbereitung auf einen Auslandseinsatz durchgeführt habe. In der ersten Sitzung beschwerte sich einer der Teilnehmer, dass die Uhr in meinem Behandlungszimmer so laut tickte, dass er sich nicht konzentrieren könnte. Um des Friedens willen nahm ich die Uhr ab. Einige Wochen später dann gab es direkt unter meinem Fenster einen kleinen Unfall im Kasernengelände, während wir die Übung gemacht haben. Ein Rekrut hatte seinen Wagen beim Einparken gegen einen Pfosten gesetzt und es schepperte ziemlich. Ich dachte, jetzt ist es vorbei und alle sind aus der Entspannung herausgerissen. Aber nein, keiner zuckte auch nur mit der Wimper. Nachdem wir am Ende angelangt waren und alle wieder die Augen geöffnet hatten, fragte ich in die Runde, ob niemand etwas gehört hätte. Alle waren sehr erstaunt, tatsächlich hatte kein Einziger etwas mitbekommen.“

„Hey, das wäre ja toll, wenn ich das auch könnte, dann würde ich vom Geschnarche meines Freundes nichts mitbekommen“, kicherte Veronica.

„Von welchem deiner aktuellen Lover sprichst du?“, zischte Natalie giftig, während Harry den Kopf senkte und vor sich auf den Boden stierte.

„Nur keinen Neid, Miss Hinkebein“, gab Veronica lässig zurück, warf ihre lange schwarze Mähne nach hinten und stand auf.

„Ich muss jetzt weg. Castingtermin für das neue Video von – ach nein, das sage ich euch lieber nicht, sonst rennt ihr vielleicht auch alle dorthin und steht euch sinnlos die Beine in den Bauch. Traumtypen sind das auf jeden Fall, das kann ich euch verraten. Also bis morgen, Leute. John – ich freue mich schon auf die nächste Stunde mit Ihnen." Sie suchte ihre Sachen zusammen, unter anderem die Thermoskanne, die sie stets mit sich herumschleppte, schenkte ihm ein routiniertes Lächeln und verschwand.

Kaum war sie aus der Tür, fauchten die drei restlichen Mädchen wie aus einem Mund, „Bitch" hinter ihr her. Dann hob Natalie eine ihrer Krücken in die Höhe und fuchtelte drohend hinter Veronica her.

„Du schlechtes Hundepack! Des Hauch ich hasse wie fauler Sümpfe Dunst; des Gunst mir teuer wie unbegrabner Männer totes Aas, das mir die Luft vergift't. Ich banne dich!"

„Nicht schlecht", meinte Renie. „Gefällt mir. Wo hast du das her?"

„Coriolanus", erwiderte Natalie.

Offensichtlich wollte Lily beim Zitatenwettstreit nicht hintenanstehen. *„Oh Schlangenherz, von Blumen überdeckt. Wohnt in so schöner Höhl' ein Drache je?",* deklamierte sie.

Natalie murmelte, „Romeo und Julia" und nickte anerkennend. Renie hob grinsend den Daumen nach oben. „Volltreffer, Lily. *Gut gebrüllt, Löwe.*"

Alle drei Mädchen brachen in Kichern aus. Frankie war dem Wortwechsel mit leicht ratlosem Blick gefolgt, während Harry immer noch mürrisch vor sich hinstarrte.

Lily legte eine Hand auf seinen Arm. „Sei froh, dass du sie los bist. Du siehst ja, was für ein Biest sie ist."

Harry schüttelte sie ab und stand ebenfalls auf. „Ich muss jetzt auch los, zum Sender." Auch Frankie erhob sich. „Bei mir steht heute noch ein Fotoshooting an. Ciao, Mädels. Wiedersehen, John."

„Veronica ist wirklich eine Zimtzicke, die führt sich schon wie eine richtige Diva auf. Ich frage mich, wie du es mit ihr aushältst, Lily", meinte Renie. „Lily und Veronica teilen sich nämlich eine Wohnung", erklärte sie John.

„Naja, es ist so verflucht schwierig, in London allein etwas Bezahlbares zu finden. Sonst hätte ich mir schon längst etwas Eigenes gesucht." Lily wandte sich John zu. „Denken Sie, Sie hätten ein bisschen Zeit für mich? Ich … würde mich gern mit Ihnen unterhalten, unter vier Augen."

„Ich auch", ließ Natalie sich vernehmen. „Wir können uns darauf verlassen, dass Sie mit niemandem darüber reden?"

„Hundertprozentig. Egal, was ihr mir erzählt, es bleibt alles ausschließlich bei mir. Da kann selbst meine neugierige Nichte mich löchern, so lange sie will.“ Er warf einen bedeutungsvollen Blick zu Renie hinüber. Die grinste unschuldig. „Ich, neugierig? Wie kommt ihr nur darauf?“

Zugrundeliegende Geschwisterrivalität? notierte John sich abschließend zu Natalie Sinclair. Mit ihr und Lily Carruthers hatte er bisher zweimal einzeln in Fullers Studio gearbeitet, wo Chris ihm einen der zahlreichen Räume zur Verfügung gestellt hatte.

Beiden Mädchen war bewusst, dass sie sich in irgendeiner Art selbst im Weg standen und sie waren ehrlich daran interessiert, etwas über sich zu lernen und sich weiterzuentwickeln. John war zuversichtlich, dass er über die nächsten Wochen mit beiden etwas voranbringen konnte.

Harry Morland dagegen hatte sein Gesprächsangebot mit den Worten, „Ich weiß, dass Chris meint, ich soll mit Ihnen reden. Aber ich glaube nicht, dass ich einen Seelenklempner nötig habe, echt. Nichts für ungut, John“, abgelehnt. „Aber das mit dem Entspannungstraining ist ’ne gute Sache. Gestern Abend habe ich die Übung nochmal gemacht und dann hab ich zum ersten Mal seit längerem wieder mal richtig gut geschlafen“, hatte er noch hinzugefügt, bevor er zur abschließenden Kostümprobe verschwunden war.

John legte den Stift weg und machte sich daran, sein Abendessen herzurichten. Bei der Untersuchung heute früh hatte der Arzt entschieden, dass das Gelenk nun stabil genug war, um wieder voll belastet zu werden. Nun, da er die Krücken nicht mehr brauchte, ging alles wieder wesentlich leichter. Dafür trug er nun eine Schiene, die über Ober- und Unterschenkel ging und das Bein fixierte. Während er Salatzutaten schnitt und mischte, schaltete er seinen Laptop ein und rief das Video-Telefon-Programm auf. Just als er sich an den Tisch setzte, blinkte auf dem Bildschirm „Pauline online“ auf. Freudig drückte er die Verbindungstaste und erblickte Pauline Murray, die soeben nach einem Stück Käse griff.

Seit einiger Zeit trafen sich beide jeden Freitagabend zum Essen – wenn auch nicht persönlich, da eine Entfernung von zweihundert

Meilen sie trennte. Zu Johns Leidwesen war Pauline zu Beginn des Herbsttrimesters von Richmond nach York gewechselt, wo ihr der Posten als stellvertretende Schulleiterin angeboten worden war.

„Ich habe die Prüfung geschafft", erzählte sie stolz, nachdem sie sich begrüßt hatten und hielt ein rundes Abzeichen in die Kamera, auf dem die Silhouette der Kathedrale von York zu sehen war und dazu das Kürzel YMV. „Nun bin ich geprüfte Gästeführerin der *York Minster Volunteers.*"

„Gratuliere, Pauline! Allerdings hatte ich daran auch keinen Zweifel. Als Geschichtslehrerin bist du ja wirklich prädestiniert für diese Tätigkeit."

„Trotzdem kann ich beim Detailwissen noch lange nicht mit einigen aus unserer Gruppe mithalten, die zum Teil seit Jahrzehnten ehrenamtlich den Besuchern unsere wunderbare Kathedrale näherbringen. Ich habe in den letzten Wochen unglaublich viel gelernt. Allein schon über die drei verschiedenen Stile der Gotik, die man bei uns in einem einzigen Kirchenbau sehen kann, könnte ich mittlerweile eine Abhandlung schreiben."

Sie schnitt sich eine Scheibe Brot ab.

„Aber unsere Kathedrale ist nicht nur ein Eldorado für jemanden mit Interesse an Kultur und Architektur, sondern auch für jeden, der sich auch nur ansatzweise für Geschichte interessiert. Wir haben eine grandiose Ausstellung in den Gewölben unterhalb der Kirche, wo man Spuren aus allen Epochen der Bevölkerungsgeschichte sehen kann. Von den Römern über die Wikinger zu den Normannen und Angelsachsen, alle waren sie hier in York."

Ihre Augen leuchteten.

„Es ist einfach ein erhabenes Gefühl, genau an der Stelle zu stehen, wo Konstantin der Große im Jahr 306 zum römischen Kaiser gekrönt wurde. Dort umweht dich förmlich der Atem der Geschichte."

John musste über ihren Enthusiasmus lächeln.

„Wann wirst du deine erste eigene Führung machen?"

„Gleich nächsten Donnerstag geht es los. Dann habe ich den ersten Termin für einen eineinhalbstündigen Rundgang. Ich bin schon ganz kribbelig, sage ich dir."

John grinste. „Das wird sicher eine angenehme Abwechslung für dich. Da tappt dann ein Dutzend Leute hinter dir her, die sich wirklich dafür interessieren, was du zu sagen hast."

Pauline lachte. „Da hast du recht. Wenn ich bedenke, welche Schwerstarbeit ich gerade leiste, um meine Mittelstufenschülerinnen für die Hintergründe der Rosenkriege zu begeistern, wird das eine richtige Erholung für mich werden. Oh, apropos Schüler: Hattest du nicht in der Zwischenzeit deine erste Rabenführung?"

„Ja, das war heute. Und es lief einfach perfekt, ich war überrascht. George hat Sophies Klasse erst einmal das Rabenhaus gezeigt und den Kindern einiges über die Pflichten des Ravenmasters erzählt. Dann ist er mit ihnen über das Gelände spaziert, damit sie Ausschau nach unseren Rackern halten konnten. Buchstäblich den Vogel abgeschossen hat natürlich wieder einmal Gworran."

Gworran, der jüngste Rabe der neunköpfigen Gruppe, hatte zu John eine besonders enge Bindung aufgebaut. Mike Nichols, der am Naturhistorischen Museum Papageien erforschte, hatte im letzten Herbst einige Lernexperimente mit ihm gemacht und Gworran eine selbst für Rabenvögel außergewöhnliche Intelligenz bestätigt.

„Er hat eine richtige Show abgezogen, draußen auf dem Tower Green. Zuerst hat er sein übliches Repertoire an Geräuschen abgespult, die er nachahmen kann und zur Krönung hat er dann einen Spruch geschmettert, den Tommy ihm offenbar klammheimlich beigebracht hat, als er im Sommer einige Male hier war, um Aufnahmen zu machen: „Schule ist doof." Spätestens da hatte er natürlich die Herzen aller Kinder gewonnen. Danach kam die Klasse zu mir in unseren Schulungsraum und ich zeigte ihnen den Film, den Tommy gemacht hat und erzählte ihnen etwas über das Leben der Raben. Hinterher ließ ich sie das Wissensquiz machen – du kennst es ja – und so gut wie alle konnten es fehlerfrei lösen."

Pauline hatte ihm bei der Entwicklung der Quizfragen für verschiedene Altersstufen geholfen.

„Die Kinder haben ein dickes Lob von Sophie bekommen und waren natürlich mächtig stolz auf sich. Ich glaube, da haben wir etliche Freunde für unsere Vögel gewinnen können. Alle wollten zum Abschluss unbedingt in den Shop und Rabensouvenirs kaufen."

„Das kann ich mir gut vorstellen. Als ich im vorletzten Jahr mit meiner Klasse im Tower war, war es genauso, wenn du dich erinnern kannst."

Oh ja, John hatte die denkwürdige Führung, die er für Paulines Schülerinnen gemacht hatte, noch bestens im Gedächtnis. Damals hatten sie sich zum ersten Mal getroffen.

„Zum Abschied bekam ich von Sophies Klasse sogar noch eine riesige, selbstgebastelte *Get well soon*-Karte. Ach, warte einen Moment, ich habe sie da.“ Er ging ins Wohnzimmer und holte sie.

„So, da ist sie.“ Er hielt die überdimensionale Karte, auf die ein Rabe mit einem Gipsfuß gezeichnet war, vor das kleine Kameraauge des Computers.

„Die ist ja süß. Die Kinder haben sich offenbar viel Mühe gegeben“, urteilte Pauline. „Nun hast du deine Premiere also gut hinter dich gebracht. Was hast du für Pläne für die nächsten Wochen, solange du noch nicht wieder arbeiten kannst?“

„Oh, momentan kann ich mich nicht über fehlende Abwechslung beklagen. Ich mache gerade einen Ausflug in meinen früheren Beruf. Mir ist der Job in den Schoß gefallen, eine Handvoll Schauspielschüler ehrenamtlich ein wenig zu betreuen.“

„Schauspielschüler? Lass mich raten: Renie hatte die Finger im Spiel bei diesem Engagement.“

„Richtig getippt – was ist das denn?“ Aus dem Hintergrund war auf einmal eine Art durchdringendes Quäken zu hören.

„Das sind die Gänse, die vor meiner Wohnung öfter auf und ab patrouillieren. Du weißt ja, dass ich direkt am Kanal wohne. Vor allem zur Frühstückszeit kommen sie in Schwärmen an, weil sie genau wissen, dass dann oft Brothappen für sie abfallen. Manchmal drehen sie abends auch noch einmal eine Runde. Aber nun zurück zu dir – was machst du mit dem Bühnennachwuchs?“

John erzählte ihr in groben Zügen, wie seine Arbeit mit den jungen Leuten aussah und schloss, „Jetzt gerade läuft die Premiere von *Henry VIII* auf dem Themseschiff. Ich bin gespannt, ob alles klappt.“

„Und du bist nicht dabei? Hättest du dir nicht ansehen wollen, wie Renie ihren ersten Auftritt meistert?“

„Es gab keine Tickets mehr. Aber Renies Eltern und ihr Bruder sind ja auf dem Schiff und Tommy zeichnet alles auf. Das kann ich mir dann ansehen. Außerdem hätte ich auch unsere Verabredung nicht verpassen wollen.“

Pauline lächelte geschmeichelt.

„Es freut mich auf jeden Fall, dass sich etwas gefunden hat, womit du deine Zeit sinnvoll verbringen kannst, bis du wieder deinen Beefeater-Dienst aufnehmen kannst.“

John nickte. „Die Arbeit mit Chris Fullers Schülern ist eine gute Sache –“

„Chris Fuller? Das ist Renies Lehrer?“, fiel Pauline ihm aufgeregt ins Wort.

John nickte. „Kennst du ihn?“

„Ich habe ihn einige Male auf der Bühne gesehen. Er ist großartig. Vor einigen Jahren war ich mit meinen Oberstufenschülerinnen bei einer Aufführung von *Richard III.* im Globe Theatre. Fuller hat die Titelrolle gespielt – und wie er den alten Schuft gespielt hat! Einfach hinreißend. Ehrlich gesagt fand ich ihn sogar besser als Laurence Olivier in der Verfilmung aus den fünfziger Jahren. Sag mal, wusstest du, dass der Attentäter von Abraham Lincoln, John Wilkes Booth, vor hundertfünfzig Jahren ebenfalls ein bekannter Richard-Darsteller war? Er wurde vom Darsteller eines Mörders selbst zu einem.“

„Donnerwetter, Pauline. Davon hatte ich noch nie gehört. Du kennst dich ja hervorragend aus in der Welt des Theaters. Ich war bis jetzt eigentlich kein großer Theatergänger, muss ich zugeben. Aber ich finde es faszinierend, jetzt durch Renie ein paar Einblicke in diese Welt zu bekommen.“

„Ich liebe das Theater. Du weißt ja, dass ich in der Nähe von Edinburgh aufgewachsen bin. Meine Eltern haben mich und meine Geschwister oft mit ins Lyceum oder ins King’s Theatre genommen. Ich habe in früheren Jahren auch unsere Schulspielgruppe betreut, was mir viel Freude gemacht hat.“

Pauline beugte sich zum Bildschirm vor und schaute ein wenig verlegen drein. „Denkst du, du könntest mir ein Autogramm von Chris Fuller besorgen?“

„Natürlich. Gleich nach dem Wochenende, wenn ich wieder dort bin. Ab Montag sind meine Tage wieder richtig ausgefüllt. Vormittags bekomme ich jeweils drei bis vier Stunden medizinische Anwendungen und Krankengymnastik und nachmittags bin ich im Schauspielstudio.“

Er schob seine leere Salatschüssel von sich.

„Weißt du, Pauline, die Arbeit mit Fullers Nachwuchstruppe macht mir richtig Spaß. Als ich noch beim Psychologischen Dienst der Armee war, stand zumindest in den letzten Jahren meist die Krisenintervention im Vordergrund. Meine Hauptaufgabe war, den Soldaten zu helfen, traumatische Erlebnisse zu bewältigen. Hier dagegen geht es endlich einmal nicht um Leben und Tod.“

Mit dieser hoffnungsfrohen Einschätzung sollte John jedoch falsch liegen.

Kapitel 5

Am Samstagmorgen wurde John vom Läuten seines Telefons aus dem Schlaf gerissen.

„Oh Gott, John, Veronica ist tot.“ Herzzerreißendes Schluchzen drang aus dem Hörer. John ließ sich auf einen Hocker im Flur fallen und rieb sich ungläubig über die Stirn.

„Wie? Was sagst du da, Renie? Was ist passiert?“

Er hörte, wie im Hintergrund jemand murmelte. Gleich darauf schnäuzte Renie sich kräftig.

„Sie … sie ist gestern einfach eingeschlafen und nicht mehr aufgewacht. John, wie kann das sein? Sie war erst zweiundzwanzig, ein Jahr älter als ich. Und … und nun … ist sie tot!“ Sie verlor erneut die Fassung. Dann war auf einmal Geoff am Apparat.

„Guten Morgen, John. Es tut mir leid, dass wir dich so früh aus den Federn reißen, aber Renie wollte dich unbedingt sofort verständigen.“

„Das ist doch überhaupt kein Problem, Geoff. Kannst du mir sagen, was geschehen ist?“

„Wir wissen beide nichts Genaueres, nur das, was Julie sagte, als sie vorhin anrief. Nach der Premiere gestern gab es noch eine Party auf dem Schiff, von der ich Renie wie vereinbart gegen elf abgeholt habe. Sie wollte zeitig gehen, weil wir beide heute den ganzen Tag bei einem Kinder-Aktionstag im Museum sein müssen. Nach dem, was Julie gesagt hat, muss die Party bis in die frühen Morgenstunden gegangen sein. Währenddessen ist Veronica scheinbar eingenickt, was niemandem groß aufgefallen ist. Als schließlich die letzten gingen, wollten sie sie aufwecken, was ihnen aber nicht gelang. Daraufhin holten sie den Notarzt und sie kam in ein Krankenhaus. Die Ärzte versuchten, sie wiederzubeleben, aber es war vergeblich.“

Für John klang dieses Szenario wie ein klassischer Fall von Überdosis. Er behielt diesen Gedanken jedoch vorerst für sich.

„Was denkst du, John? Soll ich Renie nach Hause zu ihren Eltern bringen oder sie mit ins Museum nehmen? Auf jeden Fall möchte ich sie jetzt nicht sich selbst überlassen“, fragte Geoff besorgt.

„Natürlich gehe ich mit zur Arbeit“, schniefte Renie aus dem Hintergrund. „Ich kann doch die anderen nicht hängen lassen.“

„Okay, damit ist die Entscheidung wohl gefallen. Renie meldet sich dann bestimmt später nochmal bei dir, John, sobald sie Näheres weiß.“

„Wenn ihr mögt, könntet ihr zum Abendessen zu mir kommen, wenn ihr im Museum fertig seid.“

„Das klingt gut. Warte, ich frage Renie schnell. Eigentlich wollte sie mich heute Abend mit ein paar Freunden durch die Clubs schleifen, aber dazu hat sie nun bestimmt ohnehin keine Lust.“

Nach kurzer Zeit war Geoff wieder am Apparat.

„Dein Vorschlag ist sehr gut angekommen. Wir freuen uns beide. Renie sagt, wir holen dann nach unserem Dienstende schnell das Video, das Tommy gestern gemacht hat. Er hat es zwar sicher noch nicht geschnitten, aber wir können uns ja die Rohfassung ansehen. Ach ja, und sie wünscht sich Apple Crumble, wenn das möglich ist.“

John musste lächeln. Apple Crumble war Renies ultimatives Trost-Futter. „Den kann ich uns gerne machen. Dann bis später, Geoff.“

Nachdem er aufgelegt hatte, starrte er einige Minuten nachdenklich vor sich hin, bis er merkte, dass er in seinem Schlafanzug fröstelte. Eine halbe Stunde später saß er beim Frühstück und las die Times, wobei er immer wieder merkte, dass seine Gedanken abschweiften. Vor seinem geistigen Auge tauchte immer wieder das lebenslustige Mädchen mit dem rabenschwarzen Haar auf, das gestern erst inmitten der anderen vor ihm gesessen hatte, um vor der Generalprobe noch eine Einheit Entspannungstraining einzulegen. Während Harry, Frankie, Lily und Renie vor der abendlichen Premiere sichtlich nervös gewesen waren, hatte Veronica lediglich erwartungsvolle Vorfreude ausgestrahlt. Traurig schüttelte er den Kopf und schob seinen Teller von sich. Er brauchte jetzt frische Luft.

Draußen war die Luft nach einer klaren Nacht beißend kalt, aber es versprach, ein schöner Vorfrühlingstag zu werden. John durchquerte den Innenhof des Towers und verließ die Festung durch einen Nebenausgang. Die Sonne, die sich um diese Jahreszeit nur langsam über den Horizont erhob, blinzelte zwischen den beiden Türmen der Tower Bridge hindurch. Er lenkte seine Schritte dorthin.

Selbst um diese frühe Stunde hatten schon etliche Touristen ihren Frühstückstisch im Hotel verlassen und weideten sich nun, die Sonne im Rücken, am einzigartigen Panorama. Auch John blieb mitten auf der Brücke stehen und genoss die Aussicht hinunter zur London Bridge. Zu seiner Rechten wurden die sandsteinfarbenen Mauern des Towers von den Bürotürmen der City überragt. Norman Fosters „Gürkchen“, das sich zu einem Wahrzeichen der Stadt entwickelt hatte, hatte vor einiger Zeit seinen Platz als aufsehenerregendstes Bauwerk des Finanzdistrikts an das „Walkie Talkie“ abgeben müssen. John konnte sich erinnern, wie der Guardian geschrieben hatte, das sich nach oben hin verbreiternde Gebäude wirke wie ein breitschultriger Banker, der im Begriff war, aus seinem feinen Nadelstreifenanzug zu quellen. Damit passte es genau in das Bankenviertel, in dem – Finanzkrise hin, Finanzkrise her – über fünfzigtausend Investmentbanker täglich mit Milliarden Pfund, Dollars, Yen und Euro jonglierten. Schon in der Bauphase hatte das „Walkie Talkie“ für weltweite Schlagzeilen gesorgt, als sich herausstellte, dass die gekrümmten gläsernen Außenwände wie ein Brennglas wirkten und bei Sonnenschein eine solche Hitze erzeugten, dass man sich auf dem normalerweise schattigen Bürgersteig ein Spiegelei brutzeln konnte.

Aber auch das gegenüberliegende Ufer von Southwark konnte sich einer ganzen Reihe bemerkenswerter Gebäude rühmen. Gleich gegenüber des Towers direkt am Ufer residierte der Bürgermeister der Stadt in der futuristischen City Hall, die John aus dieser Perspektive an die windschnittige Rückenflosse eines Fisches erinnerte. Dominiert wurde das Südufer der Themse seit einiger Zeit jedoch von der über dreihundert Meter hohen spitz zulaufenden Pyramide von The Shard mit ihren glitzernden Glasfassaden.

Nicht weit davon entfernt lag die HMS Belfast seit gut vierzig Jahren vor Anker, nachdem sie vom Kriegsdienst für die Royal Navy ausgemustert worden war. Gegenüber, am Anlegesteg des Towers entdeckte John ein offenbar nagelneues, blendendweißes Ausflugsschiff, die Pride of the Thames. Wo hatte er den Namen nur schon gehört? Plötzlich dämmerte ihm, dass dies das Schiff war, auf dem gestern der Theater-Dinnercruise stattgefunden hatte. Die erste Vorstellung von Fullers Truppe, und gleichzeitig Veronicas letzte.

Wie magisch angezogen setzte er sich wieder in Bewegung und wanderte zum Anlegeplatz hinunter.

Es war kurz vor neun und vor dem Ticketstand am Pier hatte sich schon eine lange Menschenschlange aufgereiht, die auf die erste Rundfahrt des Tages wartete. John ging ganz nach vorn, wo die Ufermauer steil abfiel und spähte zu dem Schiff hinüber. Gerade kamen einige Männer über die Gangway herab, die große Kisten schleppten. Hinterher wankte eine zierliche Person unter einem Berg an Kleidersäcken. John musste einen Augenblick überlegen, dann erkannte er die junge Frau und rief, „Julie! Kommen Sie zurecht?“

Chris Fullers Assistentin blickte verwirrt um sich. Dann hatte sie ihn in der Menschenmenge ausgemacht.

„John! Sie kommen wie gerufen. Vielleicht könnten Sie mir kurz behilflich sein?“

„Natürlich, einen Moment. Ich komme.“

Der Kontrolleur ließ ihn durch die Absperrung und John ging hinüber zu Julie Walker, die ihm erleichtert einen Teil der Kleidersäcke in die Arme legte.

„Uff! So geht es besser. Ohne Ihre Krücken hätte ich Sie ehrlich gesagt fast nicht erkannt. Brauchen Sie sie nicht mehr?“

John schüttelte den Kopf.

„Ich kann zwar noch lange nicht laufen oder springen, aber gehen kann ich jetzt ohne die Dinger, solange ich die Schiene trage.“

„Das ist schön. Wir müssen hier entlang zu unserem LKW. Wir mussten zweihundert Yards weiter vorn parken. Geht das?“

„Selbstverständlich. Sind das die Kostüme?“

Julie nickte. „Sie sind sehr wertvoll und müssen genauso wie die Requisiten des Stücks in den Fundus der Royal Academy zurück, bis sie zur nächsten Aufführung wieder gebraucht werden. Es war eine ganz schöne Hetze, das ganze Zeug sauber zu verpacken, bevor die ersten Ausflügler heute wieder an Bord gehen. Eigentlich sollte ich schon eine Stunde eher dran sein, aber ...“ Sie sah John an und schluckte. „Haben Sie gehört, was gestern Nacht passiert ist?“

„Renie hat mich angerufen. Das ist eine schreckliche Sache mit Veronica.“

Sie hatten den LKW erreicht und reichten ihre Last nach oben auf die Ladefläche, wo zwei stämmige Burschen alles entgegennahmen.

„Verstaut die Sachen gut. Ich komme gleich“, wies Julie die beiden an, zündete sich eine Zigarette an und wandte sich John zu. Ihre Augen waren gerötet und verquollen, als hätte sie geweint.

„Ich kann es immer noch nicht begreifen. Sie ist einfach eingeschlafen und nicht mehr aufgewacht. Auf einem Sofa, das in der Garderobe steht. Und wir … haben gefeiert, während sie nur ein paar Schritte entfernt von uns …“ Sie brach in Tränen aus. John kramte in seiner Jacke nach einem Taschentuch und reichte es ihr.

„Uns war gar nicht aufgefallen, dass sie nicht mehr da war. Wir haben sie erst gefunden, als wir aufbrechen wollten. Chris und ich sind mit ins Krankenhaus gefahren“, fuhr sie nach ein paar Minuten fort, nachdem sie sich wieder etwas gefasst hatte. „Die Ärzte haben gesagt, sie hätten alles versucht, aber …“ Sie schüttelte den Kopf und atmete tief durch.

John sah sie forschend an. „Konnten die Ärzte einen Grund für ihren plötzlichen Tod feststellen?“

Julie zuckte mit den Schultern. „Die sagen einem ja nichts, weil wir keine Angehörigen sind. Aber wir sind befragt worden, ob sie viel getrunken hatte oder … andere Sachen eingeworfen hatte.“

John nickte. „Die Frage liegt nahe. Und – hatten Sie etwas dergleichen beobachtet?“

„Hm, natürlich hatte sie getrunken. Wir haben alle ein bisschen gebechert. Naja, fast alle. Ihre Nichte ist schon früh gegangen und auch Lily ist dann weg, weil sie zur Geisterschicht ins Krankenhaus musste. Aber alle anderen haben es ganz schön krachen lassen. Es war ja auch eine super Premierenvorstellung, die Leute waren von dem Theater-Cruise total begeistert. Auch die Veranstalter waren voll zufrieden und haben unserer Truppe hinterher etwas ausgegeben. Und dann hatten wir natürlich noch eine besondere Überraschung für unsere Truppe, nämlich dass Celia Chambers gestern ebenfalls der Vorstellung beigewohnt hat.“

Sie bemerkte Johns ratlosen Blick und fügte hinzu, „Die Grande Dame des Drama Centres und Vorsitzende des Auswahlkomitees für die Studenten. Chris kennt sie seit langem. Er hat sie eingeladen und sie ist tatsächlich gekommen, um einen ersten Blick auf unseren Nachwuchs zu werfen, bevor das offizielle Auswahlverfahren beginnt. Wir haben das den Kindern natürlich vor der Premiere nicht gesagt, damit sie nicht noch aufgeregter werden.“

John musste lächeln, als Julie, die wohl annähernd im selben Alter war wie die Teilnehmer des Vorbereitungskurses, Renie und ihre Kollegen als Kinder bezeichnete.

„Es hat eingeschlagen wie eine Bombe, sage ich Ihnen, als Celia hinterher allen zur Vorstellung gratulierte und auch noch auf ein, zwei Gläschen blieb.“ Sie rollte amüsiert mit den Augen. „Sie hätten sehen sollen, wie die meisten um sie herumscharwenzelt sind. Aber ich verstehe es, die Konkurrenz um einen der Plätze an der Schauspielschule ist riesig und da möchte natürlich jeder seine Chance nutzen, einen guten Eindruck zu hinterlassen. Eigentlich haben sich nur zwei etwas dezenter benommen: Ihre Nichte, die ja ziemlich früh gegangen ist und Veronica. Das hat mich ehrlich gesagt erstaunt, da sie ansonsten ja nicht gerade eine zurückhaltende Natur ist. Sie schien irgendwie ein bisschen … abwesend zu sein. Ob das daran lag, dass sie einen in der Krone hatte, kann ich nicht sagen."

Sie trat ihre Zigarette aus.

„Ich habe auf jeden Fall nicht bemerkt, dass sie *besonders* viel getrunken hätte. Ob sie natürlich noch etwas anderes intus hatte, weiß ich nicht. Der Arzt im Krankenhaus meinte, die notwendigen Untersuchungen würden noch eine ganze Weile dauern und erst dann könnte man etwas über die Todesursache sagen." Sie seufzte. „Ich muss jetzt los, John, die Jungs warten. Wir sehen uns."

Nachdenklich schlenderte John am Ufer entlang zurück, während um ihn herum das Gewimmel immer dichter wurde. Plötzlich hörte er seinen Namen. „Mr. Mackenzie! Hallo!"

Suchend sah er sich um. Dann entdeckte er eine attraktive dunkelhäutige Frau, die eine Kappe mit dem Logo „Thames Mudlarkers" trug und soeben über einige in der Ufermauer eingelassene Eisentritte nach oben zur Promenade kletterte.

„Dr. Mohani! Schön, Sie zu sehen. Kann ich Ihnen den Rucksack abnehmen? Er sieht schwer aus."

„Danke, es geht schon." Sie zog ihre Einweghandschuhe ab und sie schüttelten sich die Hände.

John hatte Dr. Claire Mohani, Archäologin am Museum of London, im letzten Herbst kennengelernt, als er geholfen hatte, das alljährliche Archäologie-Wochenende des Towers vorzubereiten. Dabei wurden den Besuchern nicht nur Ausgrabungsfunde präsentiert, es gab auch eine ganze Reihe Buden auf der Uferpromenade vor der Festung und Mitmachangebote für die ganze Familie. Besonders begehrt war an jenem Wochenende die Möglichkeit, bei Ebbe das Uferstück der Themse, das vor dem Verrätertor lag – gemeinhin Tower-Strand genannt – zu begehen und sich dort auf Schatzsuche zu begeben. Da der Fluss von seinem Mündungsgebiet bei Gravesend bis hinauf nach Teddington Lock westlich von London dem Gezeitenwechsel der Nordsee unterworfen war, schwankte der Wasserstand in der Hauptstadt zweimal täglich um bis zu zwanzig Fuß. Die ungeheuren Kräfte der Strömung, die sich durch das Flussbett wälzten, sorgten an seinen Rändern beständig für neue Ablagerungen und machten aus der Themse eine wahre Fundgrube für Relikte aus allen Epochen.

Während beliebte Uferabschnitte, etwa vor der Tate Gallery, in Greenwich oder bei der Blackfriars Bridge, frei zugänglich waren, war der Zutritt in dem Abschnitt, der zum Gelände des Towers gehörte und damit im Besitz der Krone war, üblicherweise nicht gestattet. Lediglich Wissenschaftler wie Dr. Mohani, die zu den führenden Unterwasser-Archäologen des Landes gehörte, konnten eine Ausnahmegenehmigung erhalten.

„Sind Sie wieder auf Schatzsuche?“, fragte er mit einem Blick auf Dr. Mohanis Gummistiefel und den prall gefüllten Rucksack.

Sie lächelte. „Ich habe vor kurzem mit meinem Trupp von Ehrenamtlichen dort unten einen interessanten Balken entdeckt, der zu einer mittelalterlichen Anlegestelle gehört haben könnte. Den habe ich mir gerade noch einmal genauer angesehen. Bei der Gelegenheit habe ich natürlich noch so einiges aufgesammelt, was mir untergekommen ist. Möchten Sie meine Ausbeute sehen?“

Sie war schon dabei, ihren Rucksack abzunehmen. „Kommen Sie, wir setzen uns auf die Bank da vorn, die gerade frei wird.“

Als sie auf dem Weg dorthin an einem mobilen Verkaufsstand vorbeikamen, stieg John ein verlockender Geruch in die Nase.

„Die Zimtschnecken hier sind ausgezeichnet. Was meinen Sie, soll ich uns zwei davon besorgen und dazu Tee? Sie könnten schon vorgehen und den Platz freihalten.“

Dr. Mohani nickte begeistert. Als John nach einigen Minuten zu ihr stieß, hatte sie bereits einen Teil ihrer Schätze, die in durchsichtigen Plastikbeuteln ruhten, auf der Bank ausgebreitet. Dankbar nahm sie den heißen Pappbecher und das in Papier gewickelte noch warme Gebäck in Empfang.

„Vielen Dank, Mr. Mackenzie. Das ist genau das, was ich gebraucht habe, nachdem ich schon seit dem Morgengrauen dort unten im Schlamm herumgestrolcht bin.“

„Nennen Sie mich doch John.“

„Sehr gern, wenn Sie mich Claire nennen.“ Sie legte beide Hände um den dampfenden Teebecher. „Ah, das tut gut. Meine Finger waren in den Gummihandschuhen richtig steifgefroren. Aber ohne die Dinger möchte ich nicht im Schlick herumwühlen. Vor Jahren habe ich in meinem jugendlichen Leichtsinn einmal in Greenwich eine Gewandschnalle unter einem Stein herausgepult, mich prompt daran geschnitten und eine scheußliche Entzündung bekommen. Sehen Sie her, die Narbe sieht man immer noch."

Sie hielt ihm ihren Ringfinger hin, über den sich ein länglicher, heller Wulst zog. Dann lächelte sie fröhlich. „Das zeige ich meinen Freiwilligen auch immer, gleich in der ersten Stunde unseres Kurses: Wie werde ich ein Themse-Forscher. Das hat einen nachhaltigen Effekt."

„Das kann ich mir vorstellen. Ich denke, viele Leute unterschätzen die Gefahren, die vom Fluss ausgehen. Mittlerweile beobachte ich immer mehr Leute, vor allem Touristen, die vollkommen unbedarft mit Kind und Kegel über einen der Zugänge hinunter ans Ufer klettern und dort munter im Boden herumwühlen. Dabei wissen sie oft genug noch nicht einmal, wann die Flut zurückkommt." John schüttelte den Kopf.

Claire nickte nachdrücklich. „Genauso ist es. Manche scheinen zu denken, dass die Ufer der Themse ein Abenteuerspielplatz sind und halten sich nicht einmal an die elementarsten Sicherheitsregeln. Abgesehen von der Gefahr, durch ein schnelles Ansteigen des Wasserpegels von der nächsten Treppe abgeschnitten zu werden, ist das Risiko, sich irgendwelche scheußlichen Keime einzufangen, wirklich nicht zu unterschätzen. Natürlich ist unser Fluss heute wesentlich sauberer als zu den Zeiten, wo er als öffentliche Kloake gedient hat. Vor gut hundertfünfzig Jahren wäre gar nicht daran zu denken gewesen, hier am Ufer so gemütlich zu sitzen." Sie verdrehte theatralisch die Augen und hielt sich die Nase zu.

John lächelte. „In den Annalen des Towers wird eine Geschichte erwähnt, wie Queen Victoria eines Tages zusammen mit Albert eine Bootsfahrt auf der Themse unternehmen wollte. Der Ausflug währte aber nicht lange. Es wird berichtet, dass beide schon nach einigen Minuten grün um die Nase wurden und fluchtartig das Schiff in Richtung Palast verließen."

Claire Mohani grinste. „Das muss um 1858 gewesen sein, das Jahr des *„Great Stink"*. Typisch, dass sich damals die Politiker erfolgreich bemüht haben, die immer schlimmer werdende Situation so lange zu ignorieren, bis sie selbst davon betroffen waren. Erst, als das Parlament in Westminster geräumt werden musste, weil die Abgeordneten dort wegen des penetranten Gestanks vom Fluss nicht mehr tagen konnten, bequemten sie sich, nach einer Lösung zu suchen."

Sie nahm einen Schluck Tee. „Letztes Jahr bekamen ein paar Kollegen vom Museum und ich die Gelegenheit, Bazalgettes geniales Kanalisationssystem in Augenschein zu nehmen, das er damals gebaut hat. Das war echte Ingenieurskunst, muss ich sagen. Außerdem bekamen wir da unten einen lebensechten Eindruck, wie der allgegenwärtige Geruch damals gewesen sein muss. Wir sind buchstäblich knietief in der Scheiße gestanden. Schon die Leiter, an der wir hinuntergeklettert sind, war total fäkalienverkrustet. Ein echtes Erlebnis, sage ich ihnen."

Sie nahm einen Bissen von der Zimtschnecke und verzog verzückt das Gesicht. „Hmm. Sehr lecker."

John dagegen verspürte einen schalen Geschmack im Mund. Er räusperte sich.

„Ich bin hin- und hergerissen, wenn ich über die Pläne des neuen Abwassersystems für die Stadt lese. Einerseits sehen wir wohl alle, dass irgendetwas passieren muss, wenn schon zwei Millimeter Regen dazu führen können, dass die Kanalisation überläuft und sich sämtliche Abwässer direkt in die Themse ergießen. Andererseits verstehe ich es, wenn die Leute in den betroffenen Gebieten wie draußen in Parsons Green Sturm gegen die jahrelangen Bauarbeiten laufen, die dann auf sie zukämen."

Claire nickte. „Ähnlich geht es mir auch. Natürlich können wir uns nicht auf Dauer auf ein Abwassersystem verlassen, das für zwei Millionen Einwohner ausgelegt war, während wir heute viermal so viele sind. Andererseits sind die Kosten für den geplanten Neubau, von denen man liest, wirklich ungeheuerlich. Ich kann nicht beurteilen, ob der vorgeschlagene Mega-Tunnel wirklich der Weisheit letzter Schluss ist. Was ich aber hundertprozentig weiß, ist, dass wir schleunigst ein Konzept finden müssen, wie wir mit dem Problem jetzt und in Zukunft umgehen." Sie warf einen verträumten Blick auf das Wasser, über das die Sonne silbernes Licht tanzen ließ.

„Dieser Fluss ist schlicht und einfach die Lebensader unserer Stadt. Ohne ihn hätten die Römer hier nicht vor zweitausend Jahren Londinium gegründet. Was hat er nicht alles für Rollen gespielt in unserer Geschichte: Mit seinem Wasser und seinem Fischreichtum hat er Jahrtausende lang die Menschen an seinen Ufern ernährt. Er war Londons Tor zur Welt, er eröffnete Handelsrouten, ohne die der Aufstieg des Empire nicht möglich gewesen wäre."

Sie wandte sich John mit leuchtenden Augen zu.

„Stellen Sie sich nur vor, wie es damals gewesen sein muss, als genau an der Stelle, wo wir jetzt sitzen, das wirtschaftliche Herz der Stadt schlug – exakt hier in diesem Abschnitt zwischen der Tower Bridge und der London Bridge, am größten Umschlagplatz des Landes. All die exotischen Waren, die aus Übersee hier angeliefert wurden: Kaffee, Tee, Zucker, Tabak, Rum oder verschiedenste, damals hier noch unbekannte Gewürze. Damals war der Fluss so übersät mit Schiffen, dass wir ihn überqueren hätten können, indem wir einfach von Boot zu Boot sprangen. Ein Großteil der Bevölkerung lebte von der Themse – Dockarbeiter, Fährschiffer, Brauer, Segelmacher, Schiffsbauer oder Mühlenarbeiter …“

John lauschte lächelnd, während Dr. Mohani mit sichtlicher Leidenschaft für ihr Thema weitersprach. Schließlich lachte sie und meinte, „Nun ist mein Tee kalt geworden. Aber wenn ich einmal in Fahrt bin, bin ich kaum zu bremsen. Sehen Sie, ich bin draußen in Hammersmith aufgewachsen, nicht weit von der Hammersmith Bridge. Aus meinem Zimmer konnte ich hinunter auf die Themse sehen und schon als kleines Mädchen war ich vollkommen fasziniert vom Fluss. Wie oft habe ich mir ausgemalt, wie es gewesen sein muss, damals, als Cäsar mit seinen Truppen am Südufer auftauchte und sich den einheimischen Stammeshäuptlingen gegenübersah, die sich am gegenüberliegenden Ufer zusammengerottet hatten. Oder als tausend Jahre später der Norweger Olaf mit seinem Heer den Fluss heraufsegelte und die London Bridge zum Einsturz brachte. Oder, als im Sommer 1717 Händels Wassermusik dreimal nacheinander über die Themse tönte, weil George I. das Stück so gut gefiel, dass er es bei einer Bootsfahrt von Chelsea immer wieder von neuem spielen ließ. Und dann wäre ich natürlich liebend gern bei einer der königlichen Prozessionen dabei gewesen, die zu ihrer Zeit ein ungeheures Spektakel gewesen sein müssen.“

Sie seufzte zufrieden. „Ich habe wirklich den besten Job der Welt. Ich darf das erforschen, was mir am meisten am Herzen liegt. Wenn es schon nicht möglich ist, durch die Zeit zu reisen und bei all diesen Ereignissen dabei zu sein, ist die nächstbeste Möglichkeit, wenigstens die vielfältigen Spuren zu verfolgen, die die Menschen zu allen Zeiten im Fluss hinterlassen haben. Einiges ist als Opfergabe im Wasser gelandet, einiges ist untergegangen oder verloren worden und manches schlicht als Müll entsorgt worden – und der anaerobe Schlick hier im Themsetal hat alles großartig konserviert. Egal, wie die Sachen hineinkamen, auf jeden Fall öffnen sie uns ein kleines Fenster in eine längst vergangene Zeit und geben uns einen Einblick, wie die Leute damals gelebt haben. Genauso wie unser Zivilisationsschrott heute – auch der wird für Forscher in ein paar hundert Jahren eine Fundgrube sein."

Sie hob einen randvollen Plastikbeutel hoch. „Den archiviere ich zwar nicht, aber ich bringe es einfach nicht übers Herz, diesen Dreck im Fluss liegen zu lassen, daher klaube ich auch den noch auf."

John beäugte das Sammelsurium in der Tüte: Batterien, eine Schuhsohle, ein paar bunte Plastikteile undefinierbaren Ursprungs, ein halber Kugelschreiber, eine Tablettenschachtel, ein – John verzog angewidert das Gesicht – augenscheinlich benutztes Präservativ und die Kunststoff-Figur eines der beiden etwas merkwürdigen Maskottchen der letzten Olympischen Spiele. Dazu kamen noch mehrere Fastfood-Verpackungen.

„Heute war nichts Außergewöhnliches dabei", kommentierte Dr. Mohani. „Ich habe auch schon Digitalkameras, Handys und Brillen gefunden. Ich denke, dass viele von diesen Sachen von Touristen stammen, die mit den Ausflugsbooten hier herumschippern. Aber nun sehen wir uns die interessanten Dinge an: Die, die schon ein paar Jahrhunderte auf dem Buckel haben, wie diese Pfeifenfragmente. Sie gehören sicher zu den häufigsten Funden."

Sie zog einen anderen Beutel heran, in dem wohl ein Dutzend unscheinbare gräuliche Röhrchen lagen, das längste davon in etwa daumenlang.

„Das waren einmal Pfeifen? Das ist kaum noch zu erkennen", meinte John.

„Das liegt daran, dass die Pfeifenköpfe, in denen der Tabak war, alle abgebrochen sind. Ohne die Köpfe fällt es auch schwer, die Dinger zu datieren. Ab dem Ende des sechzehnten Jahrhunderts wurden sie dreihundert Jahre lang in Massen produziert, ein echtes Wegwerfprodukt ihrer Zeit. Man konnte sie schon fertig gestopft kaufen und sobald man sie geraucht hatte, wurden sie an Ort und Stelle entsorgt, etwa wie ein Zigarettenstummel heute."

Sie sah John an. „Rauchen Sie?"

Er schüttelte den Kopf. „Ich hatte das Glück, dass ich nie angefangen habe. Bis auf meinen Vater, der alle Jubeljahre mal ein Pfeifchen schmaucht, raucht in meiner ganzen Familie niemand."

Sie hob anerkennend eine Augenbraue. „Ich beneide Sie. Ich habe schon x-mal aufgehört und es war jedes Mal ein schrecklicher Kampf. Nun habe ich seit zwei Jahren keine Zigarette angerührt, aber ich würde nicht die Hand dafür ins Feuer legen, dass das immer so bleiben wird. Es gibt immer noch Momente, wo ich die Wände hochgehen könnte, wo ich nichts lieber möchte als mir auf der Stelle eine anzuzünden. Das wird wahrscheinlich nie ganz aufhören."

Sie hob den Beutel hoch.

„Diese Bruchstücke zeigen, dass der Tabak hier in London auch vor Jahrhunderten schon sehr verbreitet war. Ein Team vom Museum hat vor einigen Jahren Gebeine aus einem Friedhof in Whitechapel untersucht, von Leuten, die um 1850 herum gestorben sind. Stellen Sie sich vor, wir haben bei über neunzig Prozent aller Toten Kerben in den Vorderzähnen gefunden. Die rühren davon her, dass die Menschen beständig eine Pfeife im Mund hatten. Bei einem Teil der Schädel hatten sich die vorderen Zähne sogar soweit abgeschliffen, dass sie ein kreisrundes Loch bildeten." Sie schüttelte den Kopf. „Schon erstaunlich, wie weit wir Menschen gehen, um unseren Süchten zu frönen."

John nickte. Dann fiel ihm etwas ein.

„Haben Sie über die Untersuchungen gelesen, die zeigen, dass sich durch die Analyse des Flusswassers Rückschlüsse über das aktuelle Ausmaß des Drogenkonsums in der Stadt ziehen lassen? Wenn ich die Zahlen richtig im Kopf habe, werden mit den geklärten Abwässern derzeit zwei Kilogramm Kokain täglich in die Themse geschwemmt, was den Rückständen von einhundertfünzigtausend Lines entspricht. Eine gewaltige Zahl, nicht wahr?"

Claire schnaubte und wies mit dem Daumen hinter sich, auf die Bürotürme der City.

„Und einen Großteil davon ziehen sich wahrscheinlich unsere werten Banker durch die Nase. Da werden sie gleich noch größenwahnsinniger als sie ohnehin schon sind."

John stimmte ihr lachend zu. „Da haben Sie wohl recht. Sagen Sie, was ist das hier? Keramikscherben?" Er wies auf einen weiteren Beutel.

„Genau. Meine heimliche Leidenschaft. Ich liebe es, Mosaiken aus den Bruchstücken zu gestalten. Ist es nicht phantastisch, wie gut die Farben erhalten sind?"

„Oh ja, die sehen beinahe aus wie neu. Können Sie sagen, wie alt die Scherben sind?“

„Nicht bei allen, aber einige sind ganz leicht zu identifizieren. Sehen Sie, zum Beispiel das hier –“, sie deutete auf ein Teilstück, das braune und hellblaue Streifen auf weißem Grund trug. „Für wie alt halten Sie das?“

„Das sieht ganz modern aus. Vielleicht ein skandinavisches Design?“

Sie kicherte. „Das meinen die meisten, wenn sie es zum ersten Mal sehen. Tatsächlich stammt es aus der Zeit von 1770 bis 1840. Ungefähr aus derselben Zeit wie dies hier.“

John sah eine kleine weiße Scherbe, deren Rand kleine halbkreisförmige Einbuchtungen hatte und mit federleichten kobaltblauen Pinselstrichen verziert war.

„Das ist sehr hübsch.“

„Ja, nicht wahr? Diese Form von Geschirr mit dem Muschelrand war sehr populär damals, nicht nur in England, auch in die Staaten wurde es in großen Mengen exportiert. Weil es relativ billig in der Herstellung war, waren auch viele Tische in weniger wohlhabenden Haushalten damit gedeckt.“

Schon zeigte sie ihm ein neues Stück, diesmal dunkelgelb mit braunen Streifen. „Das hier ist gut hundert Jahre älter als die anderen, Engobenmalerei aus Staffordshire …“

Während sie weitersprach, lauschte John fasziniert. Obwohl er nun schon seit fast zwei Jahren nur einen Steinwurf von der Themse entfernt lebte, war ihm gar nicht klar gewesen, welcher historische Reichtum sich im trüben Flusswasser verbarg. Ihm gefiel auch die Leidenschaft, die aus Claire Mohanis Worten klang. Sie erinnerte ihn an Pauline.

Als Claire schließlich mit einem zufriedenen Lächeln den letzten Plastikbeutel weglegte, meinte er spontan, „Sie schaffen es wirklich, vergangene Zeiten wieder lebendig zu machen. Schade, dass meine … äh … Freundin, also sagen wir … nun ja, gute Bekannte … Pauline nicht mehr in London lebt. Sie beide hätten sich wunderbar verstanden. Sie war, nein, natürlich ist sie es immer noch, Lehrerin für Geschichte. Sie war an einer Schule draußen in Richmond und jetzt ist sie in York, weil sie durch den Wechsel näher bei ihrer Familie in Schottland sein kann. Dort hat sie drei Neffen, Jungs, die richtig auf

Zack sind. Einer hat mich mal gefragt, ob ich das Krümelmonster kenne –"

John verstummte und schlug sich in Gedanken an die Stirn. Grundgütiger, was labere ich da bloß? Claire muss mich ja für einen vollendeten Schwachkopf halten.

Sie jedoch schenkte ihm ein zögerliches Lächeln. „Vielleicht … möchten Sie mich einmal auf einem meiner Streifzüge begleiten? Ich meine", setzte sie hastig hinzu, „weil für Sie als Yeoman Warder im Tower ja die zweitausendjährige Geschichte unserer Stadt sicher interessant ist …"

„Das würde ich wirklich gern tun", antwortete er überrascht.

„Schön. Ich habe mir schon seit einiger Zeit vorgenommen, einmal wieder nach Greenwich hinauszufahren. Warten Sie mal …"

Sie zog ein Smartphone aus der Tasche, tippte kurz darauf herum und zeigte John dann die aktuelle Gezeitentabelle der Port of London Authority.

„Am Mittwoch würde es passen, da ist der Tiefststand der Themse um 14.38 Uhr erreicht, also blieben am Nachmittag ungefähr zwei Stunden, wo wir uns umsehen könnten. Und wenn Sie möchten, könnten wir hinterher noch ins Museum und ich könnte eine kleine Privatführung mit Ihnen machen. Wie wäre es, hätten Sie Zeit?"

John nickte. „Ich bin noch krankgeschrieben, weil ich vor kurzem eine Knie-Operation hatte. Also kann ich es mir einrichten."

Sein Blick fiel auf eines der Schiffe der Thames Clippers, das gerade anlegte. „Wie wäre es, wenn wir am Mittwoch mit einem der Boote nach Greenwich hinausfahren? Ich bin ewig nicht auf dem Wasser unterwegs gewesen."

Claire war einverstanden. „Und nun muss ich allmählich los."

John half ihr galant, den schweren Rucksack zu schultern und winkte ihr nach, als sie sich zur U-Bahnstation Tower Hill aufmachte. Nach wenigen Schritten war sie in der Masse der Touristen verschwunden, die am Eingang des Towers auf Einlass harrten. Er schlenderte mit einem Lächeln im Gesicht zurück in seine Wohnung.

Kapitel 6

„Was sagst du da? Das Mädchen ist gestorben? Das mit Renie zusammen auf der Bühne war? Das ist ja … unfassbar.“

Mit dem Telefonhörer in der einen und dem Sparschäler in der anderen Hand ging John zum Küchentisch, wo eine Schüssel Äpfel darauf wartete, entkernt, geschält und kleingeschnitten zu werden.

„Also in unserem Alter kann es ja passieren, dass man morgens aufwacht und tot ist“, äußerte Maggie nach einem Augenblick schockierten Schweigens düster, „aber bei so einem jungen Ding? Was war sie, Anfang zwanzig?“

„Zweiundzwanzig, sagte Renie.“

„Natürlich liest man das manchmal, dass selbst in dem Alter das Herz auf einmal stehenbleiben kann. Aber ich finde, das hier riecht doch verdammt nach einer Überdosis, was meinst du?“

„Das war auch mein erster Verdacht“, bestätigte John.

„Du kennst doch diese jungen Leute aus Renies Truppe ein wenig. Denkst du, dort werden Drogen genommen?“ Maggie klang alarmiert. „Ich möchte nicht, dass meine Tochter in solche Kreise hineingezogen wird –“

John rollte mit den Augen. Gut, dass Renie nicht in Hörweite war. Ansonsten hätte sie mit Sicherheit wie so häufig aufgestöhnt, „Mum, du bist *so* eine Glucke.“

Seine Schwester schien seine Gedanken zu erahnen.

„Jaja, ich weiß schon, eigentlich brauche ich mir keine Sorgen zu machen, dass Renie sich in irgendetwas hineinziehen lässt. Dafür ist sie nicht der Typ.“

„Absolut nicht“, stimmte John trocken zu. „Dass sich tatsächlich der eine oder andere aus der Gruppe gelegentlich irgendeine Substanz einwirft, kann ich mir im Übrigen gut vorstellen. Veronica hat als Model gearbeitet, sie musste also beständig auf ihr Gewicht achten. Gerade in dieser Szene ist der Griff zu Amphetaminen wohl nicht selten, um den Appetit zu zügeln. Eine Überdosis davon kann durchaus zum Herzstillstand führen, würde aber im Vorfeld zu einem klinischen Bild führen, das von Agitiertheit gekennzeichnet wäre, inklusive Tachykardie, Tremor, Hyperthermie –“

Maggie räusperte sich. „Danke für die Vorlesung, Professor Mackenzie. Nein, Veronicas klinisches Bild, wie du es nennst, passt keinesfalls zu deiner Beschreibung. Sie wirkte überhaupt nicht erregt oder angespannt, zumindest soweit ich das beurteilen kann. Ich habe sie nur auf der Bühne gesehen und dort wirkte sie sehr souverän. Einige ihrer Mitspieler hat Renie uns nach Ende des Stücks kurz vorgestellt, Veronica aber nicht. Ich hatte den Eindruck, dass die beiden nicht gerade die besten Freundinnen waren."

„Veronica war bei den weiblichen Mitgliedern der Truppe offenbar generell ziemlich unbeliebt", bemerkte John.

„Oje, herrscht dort etwa Stutenbissigkeit? Veronica war wirklich eine wunderschöne junge Frau. Ich glaube, die meisten Herren im Publikum konnten es dem alten Henry nachfühlen, dass er Queen Katherine unbedingt loswerden wollte, um sich diese Anne angeln zu können."

Sie senkte die Stimme zu einem verschwörerischen Flüstern.

„Wenn ich Tommy nicht ein paar Mal angestoßen hätte, hätte er von der Szene zwischen Anne Boleyn und ihrer Hofdame ausschließlich Veronica in Großaufnahme verewigt. Dass es der erste richtige Bühnenauftritt seiner großen Schwester war, hätte er glatt vergessen." Sie schnaubte.

„Gerade, dass er vor lauter pubertärer Begeisterung nicht zu sabbern angefangen hat."

John musste lächeln und nahm seinen Neffen in Schutz.

„Diese Wirkung hatte Veronica offensichtlich häufig auf Männer. Ich denke, sie war sich dessen vollkommen bewusst und sie nutzte es auch weidlich aus. Wie hat Renie sich auf der Bühne gemacht?"

„Ich als Mutter fand sie natürlich hervorragend, aber ich denke, dass sie auch objektiv betrachtet sehr gut war. Sie agierte da auf der Bühne, als ob sie noch nie etwas anderes getan hätte. Alan und ich waren verdammt stolz auf unsere Tochter."

Einige Stunden später drückte John die Stopp-Taste auf der Fernbedienung, lehnte sich auf dem Sofa zurück und stellte fest, dass er seiner Schwester aus vollem Herzen beipflichten konnte.

„Wirklich ausgezeichnet, Renie. Als wärst du schon ein alter Hase im Theaterbusiness", lobte er seine Nichte, die ungewohnt still neben ihm saß.

Geoff fiel ein, „Ganz toll, mein Schatz. Ich wünschte, ich hätte gestern nicht diese Nacht-Exkursion für unseren Jugendforscherclub leiten müssen. Ich wäre so gern bei deiner Premiere dabei gewesen und hätte dir mit standing ovations applaudiert."

Renies trübselige Miene heiterte sich etwas auf.

„Findet ihr mich wirklich gut? Naja, ich war eigentlich auch ganz zufrieden mit mir. Einmal habe ich sogar meinen Einsatz geschafft, obwohl Veronica eine Textzeile ausgelassen hat."

John richtete sich auf. „Stimmt! Das ist mir auch aufgefallen. Ziemlich am Schluss eurer Szene. So ähnlich wie *Wenn dies mein Blut erhitzt, erschreckt's mich*, nicht wahr?"

Renie nickte. „*Nein, es erschreckt mich*. Nachdem wir in den letzten Tagen so viel geprobt haben, hatte ich auch Annes Text im Kopf. Ich war momentan echt verblüfft, als die Zeile nicht kam, aber ich hatte ja anschließend nur noch meinen Schlusssatz zu sprechen, das habe ich dann schon hinbekommen. Im Publikum hat es sicher so gut wie niemand bemerkt und das ist die Hauptsache."

John sah sie nachdenklich an. „Ist ihr so etwas schon öfter passiert?"

Seine Nichte schüttelte entschieden den Kopf.

„Solange wir geprobt haben, kein einziges Mal. Ich dagegen habe mich in der Generalprobe tatsächlich einmal verhaspelt. Das war ja der Grund, dass wir uns kurz vor der Aufführung gestritten haben."

„Du hattest einen Streit mit Veronica?"

„Mhm. Stell dir mal vor: Es ist vielleicht noch eine Viertelstunde bis zum Start, wir haben uns gerade fertig angezogen, da zerrt sie einen jungen Mann hinter die Kulissen. Leute, sagt sie, begrüßt meinen neuen Freund CJ Thomkins. Wer ein Autogramm möchte, hat jetzt die einmalige Chance, eins zu ergattern."

John sah seine Nichte ratlos an. „CJ wer? Muss man den kennen?"

„Er ist Schlagzeuger bei den Crushers. Die haben bei den letzten MTV Music Awards voll abgesahnt", erklärte Geoff ihm.

Renie schlug sich an die Stirn.

„Diese bescheuerte Schnepfe! Da wollte sie uns allen wieder eins reinwürgen. Wenigstens hat Chris dem schnell ein Ende bereitet und ein Machtwort gesprochen, dass für so einen Firlefanz jetzt keine Zeit wäre. Er hat den Typen kurzerhand rausgeschmissen. Da war Bitch natürlich sauer, weil er ihr ihren großen Auftritt vermiest hat. Und was macht sie? Sie zieht mich zur Seite und fiest mich an. Wenn ich ihr die Szene versauen würde, würde sie mich fertigmachen. Dann lacht sie total überheblich und sagt, ich müsste meine Rolle genauso auffassen wie die der Hofdame von Anne Boleyn: Deren Job war es, für das

Wohlergehen ihrer Herrin zu sorgen und mein Job wäre es, sie, Veronica, gut aussehen zu lassen. Sie wäre schließlich auf dem Weg zum Star, während ich höchstens eine typische Nebenrollen-Besetzung wäre, so etwas wie die langweilige Schwester der Heldin oder die beste, aber unscheinbare Freundin des Hauptdarstellers – eine richtige graue Maus eben."

Geoff gab ein entrüstetes, „So eine Gemeinheit!" von sich und auch John merkte, wie sich seine Hände zu Fäusten ballten.

Renie jedoch winkte ab und ließ unglücklich den Kopf hängen.

„Natürlich war ich stinksauer. Ich habe ihr ein paar … unfreundliche Ausdrücke ins Gesicht geschleudert. Und dann habe ich gesagt, dass sie zwar vielleicht ein Star werden würde, aber nie Teil eines Teams sein könnte. Und zuletzt habe ich ihr noch vor den Latz geknallt, dass sie bestimmt irgendwann einsam sterben würde, weil keiner so ein selbstsüchtiges Biest ausstehen könnte."

Ihre Stimme war zu einem Flüsterton abgesunken. „Und dann ist sie tatsächlich auf einem Schiff voller Menschen ganz allein gestorben, weil keiner auf sie geachtet hat." Nun flossen wieder bitterliche Tränen.

John strich seiner Nichte etwas unbeholfen über den Kopf und überließ es dann Geoff, sie zu trösten. Er ging hinaus in die Küche und machte sich daran, den Rest des Apple Crumble in eine Schale mit Deckel umzufüllen.

Nach einigen Minuten kam der junge Biologe ihm nach und ließ sich erschöpft auf einen Küchenstuhl fallen.

„Ich denke, wir sollten gehen. Wir sind beide fix und fertig. Gott, bin ich froh, dass morgen Sonntag ist. Im Museum ist momentan so viel zu tun, dass ich gar nicht weiß, wo mir der Kopf steht. Wenigstens bekomme ich nächste Woche ein neues Büro, oben im dritten Stock."

„Gratulation, Geoff. Das freut mich für dich. Endlich raus aus dem Keller, was?" John zwinkerte dem jungen Mann zu.

„Ja, das ist im wahrsten Sinn des Wortes ein Aufstieg für mich." Geoff brachte ein halbes Lächeln zustande, das gleich darauf erstarb. „Ich mache mir Sorgen um Renie. Tagsüber hat sie es geschafft, sich nichts anmerken zu lassen, aber sie ist richtig down. Ich möchte ihr so gern helfen, John –"

„Mir würde am meisten helfen, wenn wir herausfinden könnten, warum Veronica gestorben ist."

Renie stand im Türrahmen. Sie schnäuzte sich energisch und sah die beiden Männer dann erwartungsvoll an.

„Aber Renie – was sollen wir da unternehmen? Die Autopsie wird schon zeigen, ob es ein natürlicher Tod war oder ob sie vielleicht aus Versehen irgendein Medikament –"

„Unsinn, Geoff. Ich wette, dass Veronica gesund war wie ein Pferd. Sie war mit Sicherheit auch kein bisschen selbstmordgefährdet. Und von dem bisschen Speed, das sie sich manchmal reingepfiffen hat, wäre sie nicht gestorben."

John hielt sich nicht lange damit auf, sich selbst zu seiner Einschätzung von Veronicas Konsumgewohnheiten zu beglückwünschen. Vor seinem geistigen Auge tauchte seine Schwester in Gestalt einer Mutterhenne auf, die soeben wachsam ein Auge öffnete.

„Woher weißt du das mit dem Speed?", fragte er.

„Harry hats mir erzählt. Er zieht sich wohl auch manchmal was rein", erwiderte Renie gleichmütig.

Das Huhn begann, sich bedrohlich aufzuplustern.

Betont beiläufig fragte John, „Und was … pfeift man sich sonst so rein bei euch?"

Er bekam nur ein Schulterzucken zur Antwort.

„Keine Ahnung. Der Quatsch interessiert mich nicht. Soll doch jeder sein Ding machen, wie er will, ich brauch das nicht."

John atmete tief aus. Das Huhn faltete seine Federn wieder ein und ließ sich zufrieden gluckend nieder.

„Nun lass uns abwarten, Renie, was die Untersuchung ergibt. Wenn es Hinweise auf … Fremdverschulden gibt, wird die Polizei dem sicher nachgehen."

„Pah, die Polizei. Die haben sich ja bisher auch nicht gerade mit Ruhm bekleckert. Wenn wir denen nicht unter die Arme gegriffen hätten, wären ja wohl einige Mordfälle im letzten Jahr nicht aufgeklärt worden."

Renie verschränkte die Arme und sah eigensinnig in die Runde. „Wir sollten sofort damit anfangen, eine Liste mit Verdächtigen aufzustellen."

Die beiden Männer wechselten einen Blick.

Dann begann Geoff behutsam, „Renie, du weißt, ich tue alles für dich. Aber wenn ich nicht eine Mütze Schlaf bekomme, kann ich nicht vernünftig denken. Du warst auch den ganzen Tag auf den Beinen.

Wir sollten erstmal eine Nacht darüber schlafen und dann weitersehen."

John, der sah, wie sich über Renies Kopf Gewitterwolken zusammenbrauten, sprang ihrem Freund hastig bei.

„Geoff hat recht, Renie. Wir werden die ganze Truppe morgen bei Chris treffen. Es schadet ja nichts, wenn wir dann Augen und Ohren offenhalten. Und in ein paar Tagen liegt sicher das Obduktionsergebnis vor, dann können wir uns überlegen, wie wir weiter verfahren. In Ordnung?"

Er streckte ihr den Behälter mit dem restlichen Apple Crumble entgegen. Renie seufzte und gab sich geschlagen.

Auch John fühlte sich erschöpft, aber als er wenig später ins Bett ging, wälzte er sich ruhelos herum. Er dachte zurück an den Anruf von Chris Fuller heute Nachmittag. Zuerst hatte er den Eindruck gehabt, dass der Schauspiellehrer durch den plötzlichen Tod einer seiner Schülerinnen ehrlich erschüttert war.

„Eine Tragödie von wahrhaft aristotelischem Ausmaß", hatte er geklagt. „*Was lebt, muss sterben und Ew'ges nach der Zeitlichkeit erwerben,* wie schon unser großer Dichter wusste. So ein junges Mädchen, voller Leben, voller Talente, die sie nun nicht mehr wird ausleben können. Welch ein Verlust."

„Man kann sich gar nicht vorstellen, was das erst für ihre Familie bedeuten muss."

„Oh, soweit ich weiß, hatte sie nicht viel Familie oder zumindest stand sie ihr nicht sehr nah. Bei der Anmeldung hat sie angegeben, verwitwet zu sein. Sonstige Verwandte hat sie nicht aufgeführt."

„Verwitwet? Aber sie war doch erst Anfang zwanzig."

„Mhm. Sie sagte mir nur, es wäre eine ziemlich kurze Beziehung gewesen. Offenbar wollte sie nicht weiter darüber sprechen und das habe ich respektiert. Nun weiß ich gar nicht, wen ich benachrichtigen soll. Aber irgendjemand wird sich schon darum kümmern, Angehörige ausfindig zu machen. Na, wie dem auch sei, meine erste Verantwortung liegt bei meinen Schülern und dabei, den Betrieb weiter am Laufen zu halten. Und dabei müssen Sie mir helfen."

„Inwiefern kann ich behilflich sein?"

„Verständlicherweise sind die jungen Leute etwas aus der Bahn geworfen. Nun müssen wir dafür sorgen, dass sie ihr Trauma möglichst schnell verarbeiten und sich wieder voll auf die Arbeit konzentrieren können. Und ich muss möglichst schnell eine neue Besetzung für Anne Boleyn finden, schließlich haben wir übernächstes Wochenende unsere nächste Aufführung."

John starrte konsterniert den Telefonhörer an. Die Art, wie Chris Fuller nicht einmal vierundzwanzig Stunden nach Veronicas Tod nahtlos zur Tagesordnung überging, stieß ihn ab. Sein erster Impuls war, Fuller auf der Stelle die Zusammenarbeit aufzukündigen. Dann jedoch kam es ihm so vor, als würde er damit die Schauspielschüler im Stich lassen. Außerdem wollte er sich um Renies wegen nicht mit ihrem Lehrer überwerfen.

Daher bemühte er sich um einen neutralen Ton und merkte lediglich an, „Das Leben geht weiter, nicht wahr?"

„So ist es, John, so ist es. The show must go on. Ich bin froh, dass Sie das verstehen. Also kann ich auf Sic zählcn? Dann trommlc ich dic Kids zusammen und wir treffen uns morgen Nachmittag hier bei mir. Dann machen Sie Ihr psychologisches Ding und wir können zu unserer eigentlichen Arbeit zurückkehren."

Ihr psychologisches Ding – John schüttelte halb amüsiert, halb verärgert den Kopf. Dann schlief er endlich ein.

Am Sonntagmorgen kam er eben von einem ausgiebigen Besuch im Rabenhaus zurück, wo er die Zeit vor Öffnung des Towers genutzt hatte, einen Schwatz mit George zu halten und ein wenig mit Gworran zu scherzen, als er das Telefon klingeln hörte. Eilig sperrte er die Haustür auf und griff nach dem Hörer.

„Hallo, John? Hier ist Lily", hörte er eine zaghafte Stimme. „Ich hoffe ich störe nicht …"

John, in Gedanken noch ganz bei den Raben, musste einen Moment überlegen, wer da am Apparat war. Natürlich, Lily Carruthers aus Fullers Schauspieltruppe.

„Aber nein, Lily, Sie stören mich ganz und gar nicht", erwiderte er freundlich. „Wie geht es Ihnen?"

„Es geht schon, danke. Ich … ich wollte fragen, ob Sie vielleicht … also, ob Sie vielleicht Zeit für mich hätten. Ich … möchte Sie etwas fragen."

„Soweit ich informiert bin, hat Chris für heute Nachmittag ohnehin ein Treffen mit der ganzen Truppe anberaumt. Da werde ich auch dabei sein."

„Ich weiß …"

Er spürte ihr Zögern. „Aber vielleicht möchten Sie lieber unter vier Augen mit mir sprechen?"

„Ja, das wäre schön." Sie klang erleichtert. „Wenn es Ihnen nichts ausmacht, könnten wir uns vor dem Termin bei Chris hier bei mir – also, ich meine in Veronicas und meiner Wohnung – äh, treffen."

Johns Stirn legte sich in Falten. Er hatte Bonnie zum Mittagessen eingeladen, sie wollte gegen zwölf bei ihm eintrudeln. Um drei musste er in Fullers Studio sein. Da blieb nicht viel Zeit, um Lily dazwischen noch einen Besuch abzustatten.

„Hören Sie, Lily, wie wäre es, wenn wir uns nach dem gemeinsamen Treffen unterhalten –"

„Nein, es wäre mir wirklich wichtig, dass ich vorher noch mit Ihnen reden kann. Selbst wenn es nur zehn Minuten sind. Bitte. Ich wohne nicht weit vom Studio weg. Wenn ich Sie dann im Auto mitnehme, sind wir in ein paar Minuten dort", beschwor sie ihn.

John seufzte unhörbar und versprach, gegen halb drei bei ihr zu sein.

„Das ist wirklich sehr nett von Ihnen, John, dass Sie hergekommen sind", nahm die junge Frau ihn in Empfang, als er sich leise fluchend mit dem geschienten Bein in den dritten Stock eines Hinterhofhauses ohne Lift gequält hatte. „Äh … setzen wir uns doch."

John ließ sich vorsichtig auf einem niedrigen Sitzmöbel nieder, dessen Alter auch ein farbenfroher Überwurf nicht ganz verbergen konnte. Lily ließ sich graziös im Schneidersitz auf den abgenutzten Teppich sinken, zog die Ärmel ihres unförmigen Pullovers nach vorn über ihre Hände und vermied seinen Blick. Nun, da John hier war, schien sie keine Worte zu finden.

John ließ ihr Zeit und sah sich ein wenig in dem Raum um. An einem Ende befand sich eine Kochnische, davor eine Art selbstgezimmerte Bartheke mit zwei hohen Hockern. Die andere Hälfte des Zimmers wurde von einem großen Flachbildfernseher dominiert, vor dem sich einige nicht zusammenpassende Sitzgelegenheiten gruppierten. Auf einer Kommode stand ein Aquarium, in dem sich ein Grüppchen farbenfroher Fische tummelte.

Zwei der Wände waren in einem warmen Orangeton gestrichen. Obwohl der Großteil des Mobiliars aussah, als stammte er vom Flohmarkt, wirkte der Raum nicht schäbig. John fiel auf, dass nichts unordentlich herumlag, kein Stäubchen zu sehen war und die Armaturen der Küche geradezu blinkten.

„Ich habe hier drin den ganzen Vormittag geputzt“, kam es unvermutet von Lily. „Veronica … hat nicht viel von Ordnung gehalten.“ Sie verstummte wieder. Dann sah sie plötzlich auf und in ihren Augen standen Tränen.

„Ich bin eine scheußliche Person. Veronica ist tot und ich … ich müsste doch traurig sein, oder nicht?“

„Lily, Sie sind ganz bestimmt keine scheußliche Person“, sagte John behutsam. „Es war sicher nicht immer leicht, mit Veronica zusammenzuleben –“

„Aber Sie verstehen nicht“, brach es aus ihr heraus. „Sie war meine Cousine. Und die Familie sollte einem doch nahestehen, oder nicht?“

John starrte sie verblüfft an.

„Das wusste ich gar nicht.“

„Das ist es ja eben. Niemand an der Schauspielschule wusste es. Das ist schwierig zu erklären –“ Sie brach ab, als es klingelte. Und gleich darauf noch einmal.

Unsicher sah sie John an.

„Ich weiß nicht, wer das sein könnte. Ich erwarte niemanden.“

„Sehen Sie doch einfach nach. Oder soll ich an die Tür gehen?“ Schon wieder ertönte die Klingel. John runzelte die Stirn.

„Da klingt jemand verdammt ungeduldig. Wir öffnen wohl besser.“ Er stand auf und ging in den Flur hinaus. Als er die Tür aufmachte, stand ein gutgekleideter junger Mann vor ihm, der ihn mit einem hochmütigen Blick maß.

„Wer sind Sie? Wahrscheinlich eine von Veronicas …“, er hüstelte und fuhr dann in verachtungsvollem Ton fort, „Männerbekanntschaften? Naja, offenbar hat sie mittlerweile nicht einmal mehr vor dem Mittelalter haltgemacht.“

Mit einem Kopfschütteln wollte er sich an John vorbei in die Wohnung drängen. Dieser war angesichts dieses unhöflichen Auftritts – Mittelalter, also ehrlich – einigermaßen perplex, wich jedoch keinen Schritt und grollte, „Einen Moment mal, vielleicht sagen Sie mir erstmal, wer Sie sind.“

Da erklang aus dem Hintergrund eine resignierte Stimme, „Darf ich vorstellen? Benjamin van Burstyn. Mein Cousin. Veronicas Zwillingsbruder.“

„Oh“, brachte John schwach heraus. Dann streckte er die Hand aus. „Mein herzliches Beileid, Mr. van Burstyn. Gestatten Sie, dass ich mich vorstelle: John Mackenzie.“

Während van Burstyn mit kaum verhohlenem Widerwillen Johns Hand schüttelte, ergriff Lily das Wort. „John ist ein königlicher Beefeater im Tower und außerdem Psychologe. Er hat sich freundlicherweise bereiterklärt, uns Schauspielschüler zu coachen.“

„Ach, so ist das.“ Der Blick des jungen Mannes wurde geringfügig freundlicher. „Nun, also, ich habe einen Wagen unten. Ich möchte Veronicas persönliche Sachen einpacken und mit nach Hause nehmen. Zeig mir bitte ihr Zimmer, Lily.“

„Ich … äh, ja, natürlich.“ Sie wandte sich um und ging voraus. „Sind Onkel Alexander und Tante Adelaide auch in der Stadt?“

„Nein, sie treffen die Vorbereitungen für die Beerdigung. Ich bin mit Hawkins hergekommen. Mit dem Zug wäre ich natürlich schneller hier gewesen, aber dann hätte ich ja kaum etwas transportieren können. Verdammt lästig, so was. Ich hätte wahrlich Dringenderes zu tun, als mich den halben Sonntag durch die Gegend kutschieren zu lassen, nur um hinter meiner verblichenen Schwester herzuräumen, von der ich seit Ewigkeiten weder etwas gehört noch etwas gesehen habe.“

Er schüttelte unzufrieden den Kopf. „Ist es das? Na, dann wollen wir mal sehen.“

Während van Burstyn in das Zimmer trat, das Lily ihm angezeigt hatte, warf John Lily einen bestürzten Blick zu.

„Ich erkläre es Ihnen später“, wisperte sie und folgte ihrem Cousin. John blieb in der Tür stehen, da in dem kleinen Raum kein Platz für drei Personen war. Der Unterschied zum Rest der Wohnung hätte kaum größer sein können. Ein riesiger, verspiegelter Kleiderschrank nahm eine Wand ein. Jedoch schien der Großteil von Veronicas Kleidung über das ganze Zimmer verteilt zu sein. Ein Garderobenständer bog sich förmlich unter einer Armada von Taschen, die achtlos darüber geworfen worden waren. Gucci, Prada, Ferragamo – John verstand nicht viel von Mode, aber wenn man nach den Labels ging, hatte Veronica offenbar eine Schwäche für teure

Designer. Ein Schminktisch verschwand fast unter der Unzahl von Kosmetikartikeln und Parfüms.

Benjamin van Burstyn schüttelte voll Abscheu den Kopf.

„Was für eine Verschwendungssucht. Typisch für Veronica."

Dann entdeckte er in dem Durcheinander eine kleine Spieluhr und hob sie hoch. Während er sie betrachtete, wurde sein Blick eine Spur weicher.

„Die hat sie von Grandma Heather zum sechsten Geburtstag geschenkt bekommen", murmelte er. Dann schien er sich einen Ruck zu geben und er stellte das kleine Ding energisch wieder auf den Tisch.

„Wie sieht es mit Papieren aus? Sonstigen Unterlagen?"

Lily kaute auf ihrer Unterlippe. „Ich glaube, sie hatte irgendwo einen Dokumenten-Ordner. Vielleicht im Schrank oder im Nachttisch. Und ihre Ausweispapiere sind in der Tasche, die sie auf dem Schiff bei sich hatte. Julie hat sie mir gestern früh mitgebracht, als sie herkam, um mir … die Nachricht zu überbringen. Ich selbst kam erst kurz nach acht vom Dienst im St. Mary's zurück, ich hatte ja nicht einmal davon etwas mitbekommen, dass Veronica …"

Sie holte tief Luft.

„Nachdem ich mich von dem Schock ein wenig erholt hatte, habe ich bei euch angerufen – da habe ich ja mit dir gesprochen, Benjamin. Veronicas Freund, diesen CJ, konnte ich nicht erreichen, aber ich habe ihm über das Management seiner Band ausrichten lassen, was passiert ist. Offenbar interessiert es ihn nicht weiter, sonst hätte er sich wohl persönlich bei mir gemeldet." Sie zuckte mit den Schultern.

„Äh, ja. Ich wollte ja Veronicas Tasche holen. Wo habe ich sie nun hingetan? Warte mal, ich sehe im Flur nach."

Sie ging hinaus und van Burstyn öffnete zuerst den Schrank, aus dem noch mehr Kleider quollen, dann das Nachttischkästchen.

„Ah, da haben wir etwas."

Er zog einen Ordner heraus, aus dem sogleich mehrere Zettel fielen. „Meine Schwester war immer schon ein Chaot", meinte er missbilligend. John wollte ihm helfen, alles aufzuheben, aber van Burstyn winkte ab.

„Lassen Sie nur. Ich mache das schon." Er kramte alles zusammen und öffnete die nächste Schublade. Darin lagen mehrere Sprayfläschchen mit der Aufschrift Dyspnex.

„Was für ein Zufall. Dieselbe Marke“, murmelte er, halb zu sich selbst.

„Veronica war Asthmatikerin?“, fragte John.

Van Burstyn nickte knapp. „Wir beide. Als wir noch klein waren, haben wir ziemlich darunter gelitten. Ich selbst bin seit der Jugendzeit beschwerdefrei und habe mein Spray nur noch für Notfälle. Aber anders als meine Schwester habe ich auch etwas dafür getan und auf meine Gesundheit geachtet.“

„Hier ist sie.“ Lily war eingetreten und übergab ihrem Cousin eine geräumige magentafarbene Tasche. „Da ist alles drin, was sie bei sich trug, als sie … ins Krankenhaus eingeliefert wurde.“

Er warf einen kurzen Blick hinein und zog die Augenbrauen hoch. „Dass sie die auch noch hatte, wundert mich.“ Er zog Veronicas rote Thermosflasche hervor. „Grandma Heather hat uns immer Geschenke im Doppelpack gemacht. Ich habe dieselbe in Blau.“

Er ließ den Behälter zurück in die Tasche gleiten und räusperte sich.

„Nun denn. Vater hat mich beauftragt, Veronicas Sachen an die Heilsarmee zu stiften. Scheint mir, als könnten die ein schönes Sümmchen mit diesem Plunder machen. Na, sei’s drum, dann hat mein Schwesterherz in ihrem vergeudeten Leben wenigstens *etwas* für die Gesellschaft geleistet.“

Er zog ein Mobiltelefon aus der Tasche.

„Hawkins, bringen Sie bitte alle Schachteln herauf, die wir im Auto haben“, wies er seinen Fahrer knapp an. Dann wandte er sich an Lily.

„Ich denke, du kannst dir eine Kleinigkeit aus dem ganzen Zeug aussuchen. Es ist wahrlich genug da.“

Während Lily zögerlich zu den aufgehäuften Taschen hinüberging, räusperte sich John und sagte, „Wäre es nicht besser, das Zimmer vorerst so zu belassen, wie es ist? Es könnte doch sein, dass die Polizei noch –“

„Wie kommen Sie auf die Polizei? Was sollten die hier wollen?“, fiel van Burstyn ihm mit schneidendem Ton ins Wort.

„Nun ja, ich könnte mir vorstellen, dass die Umstände des Todes Ihrer Schwester durchaus eine polizeiliche Untersuchung rechtfertigen“, erwiderte John bedächtig.

„Guter Mann, ich sehe zwar nicht, was Sie das angehen würde, aber ich kann Ihnen versichern, dass alles Erforderliche bereits getan wurde. Der Leichnam wurde auch bereits freigegeben und wird morgen vom Bestatter überführt werden.“

Lily kam herüber, im Arm eine schwarze Handtasche mit Nieten. „Dann weiß man, woran Veronica gestorben ist, Benji?"

„Merk dir bitte endlich, dass ich *Benji* hinter mir gelassen habe, als wir zehn wurden", wies er seine Cousine zurecht, bevor er sich dazu bequemte, ihre Frage zu beantworten. „Ja, wir wissen, was zu ihrem Tod geführt hat. Atemsuppression, ausgelöst durch eine hohe Dosis einer sedierenden Medikation in Kombination mit Alkohol, sagte mir der Arzt."

Er zuckte die Achseln. „Sie hat früher schon alles Mögliche ... konsumiert. Diesmal ist sie eben zu weit gegangen. Ah, Hawkins. Packen Sie bitte den ganzen Kram da ein und bringen Sie ihn zügig hinunter. Ich möchte mich so schnell wie möglich auf den Rückweg machen. Inzwischen erledige ich im Auto einige Anrufe."

Er nickte John zu und gab Lily einen flüchtigen Kuss auf die Wange. „Mach dir nicht die Mühe, nach Liverpool zu kommen. Die Beisetzung wird im engsten Familienkreis erfolgen. Für Vater ist es eminent wichtig, dass kein Wind um die Sache gemacht wird. Ich hoffe, du respektierst das. Diskretion ist Ehrensache."

Er warf ihr einen scharfen Blick zu. „Deine Eltern wissen das." Damit war er fort.

John sah dem jungen Mann kopfschüttelnd nach. „Kein Wind um die Sache! Seine Zwillingsschwester ist gestorben und das ist alles, was ihm dazu einfällt. Sie haben ja eine ... interessante ... Familie, Lily."

Sie schnaubte. „Interessant. Ja, so könnte man es vielleicht auch sagen. Wissen Sie, wer die van Burstyns sind?"

„Der Name kommt mir durchaus bekannt vor, aber ich weiß nicht recht, woher."

„Warten Sie einen Moment."

Lily ging in die Küche und holte etwas aus dem Schrank, das sie John unter die Nase hielt. Eine Teepackung. John riss die Augen auf. „Van Burstyn! Du lieber Himmel. Ist das etwa –"

„Mhm. Eine der ältesten Handelsdynastien des Vereinigten Königreichs. Tee, Kaffee, Schokolade. Und der, den Sie gerade getroffen haben, ist nach dem Tod seiner Schwester nun endgültig der Alleinerbe des Firmenimperiums."

Kapitel 7

„Ich muss zugeben, dass ich einigermaßen verwirrt bin, Lily“, gestand John, als sie etwas später im Auto saßen. „Wenn Veronica aus einer derart wohlhabenden Familie stammte, warum lebte sie dann … äh …“

„In einer abgewrackten Bude mit ihrer proletarischen Cousine, die sich ihren Lebensunterhalt damit verdient, Bettpfannen auszuleeren und die sie noch nicht einmal ausstehen konnte, sagen Sie es ruhig.“ Sie lächelte ihn traurig an und ließ dann den Wagen an.

„Um das zu verstehen, muss man etwas über ihre Familie wissen. Die Saga des van Burstyn-Clans würde wohl mehrere Bücher füllen, aber wie mein verehrter Cousin schon sagte: Diskretion ist bei denen immer schon oberstes Gebot. Und das schon, seit sie 1725 aus Holland hierher kamen. Bei denen schaut kaum jemand hinter die Kulisse. Wissen Sie, warum sie ihre Geschäfte damals ausgerechnet nach Liverpool verlagerten? Weil sie dort die besten Bedingungen für den Handel mit ihrer *Ware* vorfanden.“

John pfiff durch die Zähne. „Sie waren Sklavenhändler?“

Lily nickte grimmig.

„Genau. Sie schickten ihre Schiffe nach Westafrika, beluden sie mit Sklaven, schafften sie nach Amerika, verkauften sie und kamen im Austausch mit Zucker, Baumwolle, Tabak und was weiß ich noch zurück. Und wurden unermesslich reich dabei.“

Sie hielt an, um einen älteren Herrn mit Rollator über die Straße zu lassen.

„Als die Sklaverei dann endlich abgeschafft wurde, verlegten sich die van Burstyns in erster Linie auf den Teehandel. Und damit lässt sich bis heute gutes Geld verdienen.“

„In welcher Beziehung stehen Sie zur Familie?“

„Meine Mutter und Tante Adelaide sind Schwestern. Die eine hat einen Schlosser geheiratet, die andere einen Unternehmenspatriarchen. Wenn Sie mich fragen, hat meine Mum es viel besser erwischt.“

Sie lächelte leicht. „Wir hatten zwar nie viel Geld, aber wir sind wenigstens eine richtige Familie. Die van Burstyns dagegen …“

Sie schüttelte sich unwillkürlich. „Das ist vielleicht ein Clan. Wenn ich daran denke, was Onkel Alexander – ich nenne ihn für mich Alexander, den Großen – uns oft für Vorträge gehalten hat, wenn wir mal, was selten genug vorkam, zu einer Familienfeier eingeladen waren. *Zeitvergeudung, Faulheit, Luxus – alles Sünden*, hat er immer gesagt. *Das Wichtigste im Leben ist die Tugend und die Arbeit, Kinder.* Manchmal, wenn er gut aufgelegt war, durften wir als Höhepunkt des Tages einen Blick auf die Bibel werfen, die schon seit dem sechzehnten Jahrhundert im Familienbesitz ist.“

Sie schnitt eine Grimasse. „Ganz stolz hat er uns erzählt, dass schon Adriaan van Burstyn, der sich einst aus Holland nach England aufmachte, ein strikter Calvinist war und diese religiöse Tradition seit x Generationen in der Familie aufrechterhalten wird.“

Sie machte ein würgendes Geräusch. „Blablabla, Religion und Werte und alles. Eine einzige Selbstbeweihräucherung. Ich weiß noch, dass ich es, als ich etwa sechzehn war, eines Tages tatsächlich wagte, Onkel Alexander zu fragen, wie der Sklavenhandel zu dieser ach so christlichen Einstellung passt. Meine Mum ist mir damals gleich auf den Fuß getreten, weil sie auf keinen Fall Ärger mit dem großen van Burstyn will. Onkel Alexander hat Dad nämlich in einem seiner Betriebe in Manchester eingestellt, nachdem die Firma, bei der er vorher war, pleite gemacht hatte. Uns verkauft er das immer als großherzige Nächstenliebe, aber tatsächlich hätte er keinen besseren Betriebsschlosser bekommen können, der auch noch zu jeder Tages- und Nachtzeit klaglos in die Fabrik hetzt, wenn Not am Mann ist. Na, auf jeden Fall hat meine ketzerische Frage Onkel Alexander gar nicht gekratzt: Er erklärte mir doch prompt, dass Gott die Menschen in Auserwählte und Nicht-Auserwählte eingeteilt hat. Und so hätte eben jeder sein Schicksal zu erfüllen. Dass er und seine ganze Sippschaft zu den Auserwählten gehören, versteht sich von selbst.“

Sie warf einen Blick zu John hinüber und beide schüttelten verständnisinnig den Kopf.

„Bei so viel Selbstgerechtigkeit ist man wirklich sprachlos“, meinte John.

Lily stellte das Auto vor Fullers Studio am Straßenrand ab, blieb aber sitzen.

„Veronica hat von Anfang an nicht in dieses Konzept gepasst. Sie war ein ziemlich wildes Mädchen und hielt weder von Askese noch von Tugendhaftigkeit besonders viel. Dadurch lag sie, solange ich mich erinnern kann, ständig im Clinch mit ihren Eltern, vor allem mit ihrem Vater. Der Höhepunkt war dann erreicht, als sie verkündete, sie wollte Jimmy Fitch heiraten, einen stadtbekannten Junkie. Ihrem Vater wäre fast die Halsschlagader geplatzt. Er stellte sie vor die Wahl: Sie müsste sich entscheiden zwischen Jimmy und ihrer Familie. Veronica lachte ihn aus und sagte, sie hätte es endgültig satt, in einem Käfig eingesperrt zu sein und außerdem wäre Jimmy die Liebe ihres Lebens. Da war der Ofen bei Onkel Alexander endgültig aus. Sie wäre eine Schande für die van Burstyns, sagte er. Sie durfte sich daheim nicht mehr blicken lassen, wurde enterbt und bekam fortan keinerlei finanzielle Unterstützung."

Sie schüttelte den Kopf. „Aus der Geschichte könnte man eine ganze Doku-Soap machen. Aber der van Burstyn-Clan hat in Liverpool immer schon enge Kontakte zur Presse und den anderen Medien gepflegt. Eine Spende hier, eine Spende da, Sie wissen schon, wie so was läuft. So haben sie es geschafft, dass von dem ganzen Hickhack kaum etwas an die Öffentlichkeit drang. Das wäre für die Familie auch die Höchststrafe gewesen. Vor allem Onkel Alexander scheut Skandalgeschichten wie der Teufel das Weihwasser. Naja, als Jimmy dann, nicht einmal ein Jahr nach der Hochzeit starb, stand Veronica ganz allein da, fix und fertig und total abgebrannt. Meine Mum hat mich dann wegen Tante Adelaide bekniet, sie aufzunehmen. Veronicas Mutter traut sich zwar im Leben nicht, sich gegen ihren Mann aufzulehnen, aber sie wollte trotzdem nicht, dass ihre Tochter völlig vor die Hunde geht. Und mir hat sie über die Jahre auch immer wieder leidgetan. In so einem Haus aufzuwachsen, mit so einem Vater, das muss wirklich schrecklich sein."

Sie nestelte wieder an ihrem Pulloverärmel herum.

„Naja, also habe ich mich breitschlagen lassen, sie in meine Wohnung aufzunehmen. Ich dachte natürlich, dass sie sich an den Kosten beteiligen würde. Sie hat ja mit ihren Modeljobs oft ganz schönes Geld verdient. Aber es war immer das Gleiche: In dem Moment, wo sie ein paar Pfund in der Tasche hatte, hat sie sie für irgendeinen Tand ausgegeben. Sie haben ja gesehen, wie viele Klamotten sie hatte."

John nickte.

„Und es durfte niemals etwas Billiges sein, Gott bewahre, immer nur Designersachen. Logischerweise war sie ständig pleite und blieb mir grundsätzlich die Miete schuldig. Sie hat auch nie etwas zu essen eingekauft, sondern immer meine Sachen weggefuttert. Das einzige, wovon sie immer einen Vorrat hatte, war ihr verdammter Schlankheitstee. Den hat sie literweise in sich reingekippt.

Scheußliches Zeug." Sie schüttelte sich. „Auf jeden Fall hat sie in all den Monaten sozusagen auf meine Kosten gelebt. Und das, obwohl sie wusste, dass ich mir auch jeden Penny hart erarbeiten muss, indem ich so viele Schichten wie möglich im Krankenhaus übernehme."

Sie atmete tief durch.

„Ich bin froh, dass ich Ihnen alles erzählt habe. Bisher habe ich mit niemandem darüber gesprochen. Veronica hat mich beschworen, dass sie von keiner Menschenseele mit den van Burstyns in Verbindung gebracht werden will und das habe ich auch verstanden."

Sie biss sich auf die Lippen.

„Sie hat sich sogar die Haare, die Wimpern, die Augenbrauen kohlschwarz gefärbt. Eigentlich hatte sie wie der Rest ihrer Familie … hellblondes Haar."

Plötzlich brach der Damm und Tränen stürzten hervor. Heftiges Schluchzen durchfuhr ihren schmalen Körper. John schnallte sich ab und legte einen Arm um Lilys Schulter. Sie vergrub ihr Gesicht an seiner Brust und schniefte in seine Jacke hinein. John kramte nach einem Taschentuch. Nach einigen Minuten hatte sie sich wieder gefasst. Hilfesuchend sah sie ihn an.

„Was soll ich jetzt machen? Soll ich den anderen alles erzählen? Aber was ist, wenn dann einer von ihnen an die Medien geht? Das wäre doch ein gefundenes Fressen für die. Spross eines millionenschweren Unternehmerclans treibt sich in der Drogenszene herum, wendet sich von der Familie ab, versucht sich als Schauspielerin und stirbt unter mysteriösen Umständen – damit kann man schon einige Titelseiten füllen."

John nickte nachdenklich. „Das ist wahr. Aber denken Sie nicht, dass die anderen Stillschweigen bewahren würden, wenn Sie sie darum bitten?"

„Pff", schnaubte Lily.

„Publicity ist doch im Showbusiness alles. Verstehen Sie mich nicht falsch: Ich mag die anderen in meinem Kurs wirklich gern, aber ich könnte mir trotzdem vorstellen, dass die Chance, sich ein bisschen ins Rampenlicht zu rücken, für einige zu verführerisch wäre. Und Sie haben ja gehört, was Benjamin gesagt hat: Die van Burstyns wollen auf keinen Fall, dass irgendwelche Geschichten über sie in den Medien landen."

„Hm. Was er über Ihre Eltern gesagt hat, klang durchaus vage nach einer Drohung. Trauen Sie Ihrem Onkel zu, dass er Ihrem Vater

Schwierigkeiten machen könnte, wenn er das Gefühl hat, Sie hätten etwas ausgeplaudert?“

Lily nickte bedrückt. „Ich fürchte, er würde Dad hinauswerfen. In seinem Alter würde er auch kaum noch etwas anderes finden und das wäre für meine Eltern eine Katastrophe.“

„Wirklich eine schwierige Situation …“, grübelte John. „Vielleicht wäre es tatsächlich besser, Sie erzählen den anderen vorerst nur genau das, was eben passiert ist: Dass Veronicas Bruder hier war, um ihre Sachen abzuholen und dass er um Rücksichtnahme bittet, weil es für die Familie sehr schwer ist, das Mädchen verloren zu haben. Das werden sicher alle verstehen.“

Sie sah ihn hoffnungsvoll an. „Finden Sie, das ist in Ordnung? Ich hasse es, die anderen anzulügen.“

John lächelte sie an. „Wir lügen ja nicht wirklich. Wir sparen nur einige Details aus. Ich denke, das ist in dieser speziellen Zwickmühle gerechtfertigt.“

„Okay. Dann lassen Sie uns hinaufgehen. Wir sind ohnehin schon spät dran. Chris hasst Unpünktlichkeit.“ Sie schickte sich an, auszusteigen.

„Einen Moment noch, Lily. Was meinen Sie? War Veronicas Tod tatsächlich ein Unfall?“

Sie schwieg einen Moment, dann zuckte sie mit den Schultern. „Keine Ahnung. Ich weiß, dass sie sich früher alle möglichen Sachen eingeworfen hat, vor allem in der Zeit, als sie mit Jimmy zusammen war. In dem halben Jahr, wo sie bei mir gewohnt hat, ist mir nichts Derartiges aufgefallen. An unserem Premierenabend habe ich auch nichts bemerkt, aber das muss nichts heißen. Ich wusste ja nicht mal, dass sie einen neuen Freund hatte, diesen CJ. Mit zu uns nach Hause hatte sie ihn vorher nicht gebracht, aber das tat sie eigentlich nie mit einem ihrer – Typen. Wahrscheinlich war es ihr peinlich, wenn andere gesehen hätten, in welchem Saustall sie lebte. Oder unsere ganze Wohnung war ihr zu ärmlich, keine Ahnung. Sie war auf jeden Fall eine, die es seit ihrer Kindheit gelernt hatte, eine Fassade aufzubauen, so dass keiner wirklich dahinterblickte. Eigentlich jammerschade. So, wie sie es perfektioniert hatte, jemandem etwas vorzumachen, hatte sie wirklich das Zeug dazu, eine gute Schauspielerin zu werden.“

Damit stieg sie aus.

Als sie das Schauspielstudio betraten, kam Chris Fuller ihnen bereits entgegen, einen schmalen Hefter in der Hand. „Da sind Sie ja endlich.“ Er warf einen bedeutsamen Blick auf seine Armbanduhr, die Viertel nach drei zeigte.

„Hallo Chris. Lily und ich waren Veronicas Bruder behilflich, ihre Sachen einzupacken. Das hat ein wenig länger gedauert“, erwiderte John gleichmütig.

„Ach so. Natürlich, natürlich. Dafür habe ich doch vollstes Verständnis.“

Chris eilte vor ihnen her auf einen der kleineren Räume zu. Plötzlich stutzte er. „Sie hatte einen Bruder? Seltsam. Davon wusste ich gar nichts.“

„Es sieht so aus, dass sie nicht viel Kontakt mit ihrer Familie hatte. Der junge Mann war nicht sehr gesprächig, daher haben wir über die familiäre Situation auch kaum etwas erfahren.“

„Merkwürdig“, brummelte Fuller und öffnete die Tür.

Drinnen saßen Natalie, Frankie, Renie, Harry und Julie im Kreis. In der Mitte stand eine brennende Kerze.

„So, nun sind wir vollzählig“, verkündete Chris, nachdem alle sich begrüßt hatten und setzte sich auf einen der verbleibenden drei Stühle. Er durchblätterte den Hefter und zog ein Foto heraus, das er neben die Kerze legte. Es war eine professionelle Schwarzweiß-Aufnahme von Veronica. Ein Seufzen ging durch die Reihe. Chris warf John einen auffordernden Blick zu.

„Ihr wisst, dass ich viele Jahre bei der Armee war“, begann dieser. „Die meiste Zeit davon war ich in Kasernen auf dem Kontinent stationiert, einige Male aber war ich auch direkt in den Krisengebieten mit dabei, um die Soldaten zu betreuen.“

Er spürte, dass er die volle Aufmerksamkeit eines jeden im Raum hatte und sprach bedächtig weiter.

„Dort sind wir oft mit dem Tod konfrontiert worden, wie ihr euch vorstellen könnt. Nun muss man, so schlimm es ist, sagen, dass sich alle, die an die Front gehen, bewusst sind, dass sie genauso wie ihre Kameraden im Extremfall ihr Leben aufs Spiel setzen. Dennoch war es für die Mitglieder einer Einheit, die einen der ihren verloren hatten, jedes Mal erschütternd. Dabei hat jeder ganz unterschiedlich reagiert: Einige waren zornig, andere haben geweint, wieder andere ließen sich nach außen hin wenig anmerken. Vielen war es ein Bedürfnis, über den Menschen, der da gestorben war, zu sprechen.“

Er hielt kurz inne und sah in die Runde.

„Für uns hier ist die Situation noch einmal eine andere. Keiner konnte damit rechnen, dass jemand aus unserer Mitte, in eurem Alter, so plötzlich stirbt. Deswegen wollen wir heute darüber reden, wie es euch nach Veronicas Tod geht."

Chris Fuller richtete sich wie aufs Stichwort auf und begann mit seiner wohltönenden Stimme, „Veronica ist mir wie alle meine Schüler in ihrer Zeit hier ans Herz gewachsen. Sie war ein sehr talentiertes Mädchen und hätte es sicher weit gebracht. Wie schon unser unsterblicher Will Shakespeare sagte: *So ist des Menschen Treiben: Heute sprießen der Hoffnung zarte Knospen, morgen blühen sie und kleiden ihn in dichten Blumenschmuck und übermorgen, tödlich, kommt der Frost.*"

Er hielt inne.

„Es ist eine Tragödie, dass für Veronica der Frost zur Unzeit hereingebrochen ist. Für uns, die wir heute hier zusammensitzen, sehe ich in diesem bitteren Erlebnis den Auftrag, das Leben zu nutzen, da wir nun Zeuge geworden sind, wie schnell es zu Ende sein kann. Wir können Veronicas Andenken am besten am Leben erhalten, indem wir unsere Anstrengungen verdoppeln, uns weiterzuentwickeln und zu lernen. Daher, meine Lieben: *Carpe diem!*"

John dachte ein wenig zynisch bei sich, dass der Schauspiellehrer ein gewiefter Rhetoriker war: Es war ihm gelungen, seine Aufforderung an die Schüler, möglichst schnell zur Tagesordnung überzugehen, in einen pathetischen Vortrag zu verpacken. Große Trauer schien ihm jedoch nicht aus seinen Worten zu sprechen.

Er warf Julie, die neben ihrem Chef saß, einen ermunternden Blick zu.

„Ich … bin total geschockt. Wie Sie vorhin sagten, John: Dass jemand in unserem Alter aus heiterem Himmel plötzlich … nicht mehr da ist, das … begreife ich nicht. Gestern habe ich eine kleine aufgeplatzte Naht an Anne Boleyns Kostüm repariert, die Veronica direkt nach der Premiere aufgefallen ist. Dabei habe ich mir noch gedacht, dass jetzt wieder alles in Ordnung ist für die nächste Aufführung. Dann … ist mir klargeworden, dass Veronica dieses Kleid nie wieder anziehen wird."

Ihre Stimme brach und sie begann lautlos zu weinen. John zog abermals ein Taschentuch heraus und reichte es ihr.

„Es sind oftmals alltägliche Situationen wie diese, wo uns auf einmal bewusst wird, dass jemand fehlt“, bemerkte er ruhig und wandte sich dann an Julies Nebenmann. „Harry?“

Der junge Radiomoderator starrte in die Kerzenflamme.

„Ronnie war für mich das schönste Mädchen überhaupt, der totale Wahnsinn. Es waren zwar nur ein paar Wochen, in denen wir zusammen waren … aber das war die beste Zeit meines Lebens.“ Er schluckte mühsam und verstummte.

Renie, die nächste in der Reihe, spürte, dass Harry mühsam darum rang, die Fassung zu bewahren und ergriff das Wort.

„Ich bin sehr traurig, dass Veronica und ich uns bei der letzten Gelegenheit, wo wir miteinander gesprochen haben, gestritten haben. Ich bin explodiert und habe wirklich schlimme Dinge gesagt. Wie viel würde ich dafür geben, wenn ich mich bei ihr dafür entschuldigen könnte –“

„So ein Quatsch. Du hattest völlig recht. *Sie* hatte doch damit angefangen.“

Natalies Augen blitzten.

„Ganz ehrlich, Leute: Ich habe es satt, dass Veronica jetzt, wo sie tot ist, plötzlich einen Heiligenschein aufgesetzt kriegt. Natürlich ist es schlimm, dass sie so jung gestorben ist, aber wir sollten jetzt nicht so tun, als wären wir die besten Freunde gewesen. Sie war kein netter Mensch.“

Dies rief schockierte Blicke und unruhiges Gemurmel hervor. John erhob die Stimme.

„Keiner von uns kennt einen anderen Menschen in all seinen Facetten. Jeder hat sein eigenes Bild von seinem Gegenüber. Wir sollten uns hüten, jemanden nur in Schwarz oder Weiß zu sehen.“

Natalie sah ein wenig beschämt drein.

„Sie haben recht. Bestimmt hatte sie auch ihre guten Seiten. Ich habe nur keine davon kennengelernt.“

Für einen Augenblick herrschte Schweigen. Dann sprach Renie wieder.

„Mich quält die Frage, warum sie gestorben ist. Wie kann es sein, dass jemand in einem Moment noch quicklebendig ist und wenig später einschläft und nie wieder aufwacht? Mir … macht das Angst.“

John wechselte einen Blick mit Lily.

„Lily und ich haben heute erfahren, dass Veronica durch eine Kombination von Medikamenten und Alkohol gestorben ist, die ihr Atemzentrum gelähmt hat.“

Das schlug ein wie eine Bombe.

„Woher wisst ihr das?“, fragte Renie mit großen Augen. „Hat die Obduktion schon stattgefunden? Was für Medikamente? Wie –“

John warf ihr einen durchdringenden Blick zu und schüttelte unmerklich den Kopf. Sie funkelte ihn an, klappte aber den Mund zu.

Er sah in die Runde und erklärte, „Als Lily und ich uns vorhin auf den Weg hierher machen wollten, stand plötzlich ein junger Mann vor der Tür, der sich als Veronicas Bruder ausweisen konnte. Wir halfen ihm, Veronicas Sachen zu packen. Dabei erzählte er uns genau das, was ich gerade gesagt habe: Veronica hatte Medikamente genommen, die zusammen mit dem Alkohol unglücklicherweise die Wirkung hatten, dass sie die Atmung gelähmt haben. Damit ist die Todesursache laut den Ärzten offenbar eindeutig geklärt. Ihre Familie möchte Veronica nun in ihrem Heimatort in aller Ruhe beerdigen, sagte ihr Bruder. Mehr wissen wir auch nicht.“

„Aber –“, ließ Renie sich wieder vernehmen. John ließ sich jedoch nicht beirren.

„Ich denke, es ist hier und heute nicht angemessen, Spekulationen anzustellen.“

„Genauso ist es“, mischte Chris sich ein. „Lasst uns weiter darüber sprechen, was der Verlust einer eurer Mitschülerinnen für euch bedeutet und was ihr gegebenenfalls an Unterstützung braucht, um dieses Ereignis möglichst schnell zu verarbeiten. Und dann müssen wir darüber reden, wie wir nun weiterarbeiten. Denkt daran, Kinder, die Aufnahmeprüfungen rücken immer näher. Zudem sind wir als Gruppe einige Verpflichtungen für Aufführungen in nächster Zeit eingegangen, die wir erfüllen müssen. Und zwar bestmöglich. Auch ohne Veronica.“

Er sah einen nach dem anderen eindringlich an.

„Was der Beruf eines Schauspielers als allererstes erfordert, ist die Bereitschaft, sich einer Rolle völlig hinzugeben. Selbst wenn euer Leben gerade in Scherben fällt: Sobald ihr auf der Bühne oder vor der Kamera steht, müsst ihr in der Lage sein, das alles komplett auszublenden. In diesem Sinne werden die nächsten Wochen zeigen, ob ihr dazu in der Lage seid. Wer von euch selbst merkt, dass er sich nicht vollkommen auf seine Aufgabe fokussieren kann, sollte sich

Hilfe holen. Ihr habt das Glück, jemand Kompetenten an eurer Seite zu wissen.“

Er lächelte John kurz zu. „Also nutzt diese Chance, Kinder. Und nun lasst uns weitermachen.“

Die Dämmerung war bereits hereingebrochen, als Renie John zurück zum Tower fuhr. John hatte ursprünglich die U-Bahn nehmen wollen, aber sie hatte sich ihm förmlich aufgedrängt.

„Und jetzt spuck’s aus“, forderte sie, kaum dass er sich angeschnallt hatte.

„Was meinst du?“ Sein Versuch, sich unwissend zu stellen, scheiterte kläglich.

„John! Du weißt mehr über Veronica, als du vorhin gesagt hast, probier gar nicht erst, es zu leugnen.“

Sie fixierte ihn mit einem bohrenden Blick.

Alarmiert richtete er sich auf. „Sieh lieber auf die Straße.“

Mit einem teuflischen Lächeln trat sie scharf auf die Bremse.

„Du sagst mir jetzt sofort, was los ist, sonst –“

„Hör sofort mit dem Unsinn auf, Maureen! Du bringst noch uns und andere in Gefahr.“ Nun war er ernstlich erzürnt.

„Hinter uns war niemand, keine Sorge.“ Sie fuhr wieder los, nur um gleich darauf am Straßenrand wieder anzuhalten. Glücklicherweise waren sie in einer ruhigen Seitenstraße unterwegs.

Sie stellte den Motor ab und verschränkte die Arme.

„Bitte, ich warte.“

Er tat es ihr gleich und grummelte, „Mir war schon klar, dass du nur die Gelegenheit nutzen wolltest, mich auszuquetschen, als du mich unbedingt fahren wolltest.“

Sie gab einen unwilligen Laut von sich.

„John, du treibst mich noch zur Raserei. Was ist los, warum tust du nur so geheimnisvoll? Wir waren doch bis jetzt immer ein tolles Team. Vertraust du mir etwa nicht?“ Sie klang nun wirklich verletzt.

Ihr Onkel seufzte. Dann sagte er, „Entschuldige mich einen Moment.“

Er stieg aus und zog sein Handy aus der Jacke. Renie starrte ihn mit zusammengekniffenen Augen an, während er einige Schritte vom Auto entfernt telefonierte. Nach einigen Minuten stieg er wieder ein.

„Okay. Ich habe mit Lily gesprochen und sie sagte, ich darf dich einweihen. Aber erst, wenn wir bei mir zu Hause angelangt sind. Bei dem, was ich dir zu erzählen habe, würdest du sonst vielleicht vor lauter Erstaunen in den Gegenverkehr kurven."

Kapitel 8

„Wie bitte? Veronica war die verstoßene Tochter einer alteingesessenen Teedynastie? Und Lily war ihre arme Cousine? Du willst mich doch auf den Arm nehmen, John!“

Renie fixierte ihren Onkel über den Küchentisch hinweg mit einem skeptischen Blick. Dann atmete sie tief durch.

„Nein, wahrscheinlich nicht. Solange ich dich kenne, hast du mich noch nie angelogen.“

John grinste sie an. „Naja, bis auf einmal“, gestand er ein. „Damals, du musst etwa dreizehn gewesen sein, als du mich gefragt hast, ob du mit deiner neuen Frisur wie ein Vollidiot aussiehst. Ich habe nein gesagt.“

Renie prustete los. „Stimmt, damals hatte ich diese Phase, wo ich unbedingt Locken wollte. Ich habe ausgesehen wie ein roter Pudel.“

Sie wurde wieder ernst. „Also Veronica hat tatsächlich mit ihrem tyrannischen, aber stinkreichen Vater gebrochen, um mit dem Jungen zusammen zu sein, den sie liebte? Mann, wenn ich das eher gewusst hätte, hätte ich sie mit ganz anderen Augen gesehen“, meinte sie bedauernd. „Es ist schade, dass wir uns nicht besser kennengelernt haben.“

Sie schwieg einen Moment.

„Was könnten das für Medikamente gewesen sein, die sie genommen hat?“

„Ihr Bruder sprach von Schlaf- oder Beruhigungsmitteln. Diese haben tatsächlich eine atemdämpfende Wirkung. Dazu kam, dass Veronica seit ihrer Kindheit Asthmatikerin war, also könnte ihre Lungenfunktion eingeschränkt gewesen sein. Dazu noch ein wenig Alkohol und schon kann es dazu kommen, dass jemand einschläft und irgendwann einfach aufhört, zu atmen.“

„Hm.“ Renie kaute auf ihrer Unterlippe. „Dass sie Asthma hatte, ist mir gar nicht aufgefallen. Während der Proben war davon nichts zu merken. Aber was wollte sie überhaupt mit Beruhigungsmitteln? John, das passt doch überhaupt nicht!“

Sie sprang aufgeregt von ihrem Stuhl auf. „Wenn sie schon so lange asthmakrank war, wusste sie doch mit Sicherheit, dass sie solche Mittel nicht nehmen durfte. Und noch dazu: Jedem anderen hätte ich zugetraut, sich vor einer Premiere etwas Beruhigendes einzuwerfen, aber Veronica nicht! Sie war vollkommen von sich überzeugt – es gab absolut keinen Grund für sie, nervös zu sein. Nein, ich glaube, jemand hat ihr das Zeug gegeben, ohne dass sie es gemerkt hat."

„Möglich wäre das schon. Wenn man Tabletten pulverisiert und ins Essen oder in ein Getränk tut, fallen sie dort kaum auf. Gab es irgendwas, was Veronica – und nur Veronica – zu sich genommen hat?"

Renie schlug die Hände vor den Mund. „Denk dran, was in Edinburgh mit Tante Isabel passiert ist."

Wie aus einem Mund riefen beide, „Der Tee!"

„Natürlich, dieser Schlankheitstee, den Veronica immerzu in der Thermosflasche mit sich herumgeschleppt hat. Sie hat mir mal gesagt, dass da grüner Hafer drin wäre, dazu Birkenblätter und Matetee. Wenn der auch nur ansatzweise so scheußlich geschmeckt hat, wie er gerochen hat, hätte man die Tabletten darin leicht unbemerkt einmischen können", fuhr Renie aufgeregt fort. „Ich weiß, dass Veronica die Flasche an dem Abend dabeihatte. Was in dem ganzen Durcheinander danach aus dem Ding geworden ist, weiß ich nicht."

„Aber ich weiß es. Sie war in ihrer Tasche. Lily hat sie zusammen mit Veronicas anderen Sachen ihrem Bruder mitgegeben", warf John ein.

„Verflixt, dann ist sie jetzt weg. Vielleicht hätte man darin noch Rückstände von den Medikamenten nachweisen können." Sie hieb frustriert auf den Tisch. „Sag mal, gibt es denn keine polizeiliche Untersuchung?"

John schüttelte den Kopf.

„Benjamin van Burstyn sagte, die Ärzte hätten die Leiche bereits freigegeben. Die Familie ist ganz offensichtlich bereit, Veronicas Tod als unabsichtlich von ihr selbst herbeigeführt zu akzeptieren. Lily meint, dass die van Burstyns wohl das Kapitel Veronica möglichst schnell und diskret abschließen wollen."

Renie knurrte.

„Das ist ja grässlich. Was für eine Familie soll das denn sein? Wie kann es diesen Leuten nur so gleichgültig sein, wie Veronica zu Tode gekommen ist?"

Sie ballte energisch eine Faust.

„John, e*twas ist faul im Staate Dänemark*! Ich glaube nicht, dass Veronica diese Medikamente an unserem Premierenabend zu sich genommen hat. Zumindest nicht wissentlich. Also: Wenn sich schon sonst keiner dafür interessiert, müssen *wir* versuchen, Licht in die Sache zu bringen. Das bin ich Veronica schuldig."

Wie sie so kämpferisch dastand, dachte John flüchtig bei sich, dass sie eine hervorragende Besetzung für Johanna von Orleans abgegeben hätte. Dann musste er über sich selbst den Kopf schütteln. Herrje, jetzt war er auch schon vom Theater-Virus befallen.

„Ich muss zugeben, mir kommt die ganze Geschichte auch sonderbar vor", gestand er ein.

Renie klatschte begeistert in die Hände und setzte sich wieder, um gleich darauf noch einmal aufzuspringen. Aus einer Schublade holte sie einen Block und einen Stift. Dann sah sie John erwartungsvoll an.

„Wir stellen also Nachforschungen an. Wo fangen wir an?"

„Es wäre gut, wenn wir etwas Genaueres über die Ergebnisse der Autopsie erfahren könnten."

„Wie wäre es, wenn wir Lily ins Krankenhaus schicken? Als Angehörige hat sie ja wohl ein berechtigtes Interesse daran, Einzelheiten zu erfahren. Außerdem ist sie schließlich Krankenschwester, vielleicht kennt sie die Leute in der Pathologie ja."

John wog zweifelnd den Kopf.

„Sie arbeitet am St. Mary's, sagte sie mir und Veronica war ins Royal London Hospital gebracht worden. Da der zuständige Arzt bereits mit Benjamin gesprochen hat, dürfte er es etwas merkwürdig finden, wenn noch ein Mitglied der Familie um Auskünfte ersucht. Es könnte sein, dass er dann mit den van Burstyns Kontakt aufnimmt und das möchte ich verhindern. Lily und ihre Eltern sollen keine Schwierigkeiten bekommen."

„Du hast recht", stimmte Renie ihm zu. „Wenn ihre Familie von den Geldsäcken abhängig ist, sollten wir Lily möglichst nicht mit hineinziehen. Wie könnten wir dann an die Informationen kommen?"

Sie sahen sich an, um dann aus einem Munde zu stöhnen, „Simon".

Renie schnitt eine Grimasse. „Ich habe Cousin Simon seit dem letzten Herbst vielleicht bei drei Gelegenheiten gesehen, aber jedes Mal reibt er mir genüsslich unter die Nase, dass ich ohne sein Eingreifen schon längst zu Chop Suey verarbeitet wäre –"

„Oder zu Frühlingsrollen", warf John ein.

„Ist ja gut", meinte sie ungnädig. „Ich gebe ja zu, dass es ohne euch schlecht für mich ausgesehen hätte. Aber Simon hat eine derart unerträglich besserwisserische Art, die macht mich wahnsinnig. Ich hasse es, ihn jetzt um Hilfe bitten zu müssen. Andererseits ist er wahrscheinlich unsere einzige Chance, an die Ergebnisse aus der Pathologie heranzukommen."

„So sieht es wohl aus", brummte John. „Ich rufe ihn gleich mal an." Dann fiel ihm etwas ein. „Ach, ich weiß gar nicht, ob er noch in London ist. Er sagte, er hätte ab morgen einen Lehrgang oben in Northumberland."

„Versuchs trotzdem." Renie reichte ihm das Telefon.

Aber weder in Simons und Patricias feudaler Residenz in Mayfair noch unter seiner Mobiltelefonnummer nahm jemand ab. John konnte nicht mehr tun, als seinem Cousin die Bitte um einen Rückruf auf die Mailbox zu sprechen.

Renie trommelte unzufrieden auf den Tisch.

„Mist. Ich hasse es, auf etwas warten zu müssen. Andererseits muss ich jetzt sowieso los. Ich habe Geoff versprochen, ihn heute zum Abendessen zu seinen Eltern zu begleiten."

John grinste. „Ganz die brave Schwiegertochter in spe. Wie sind die Tomlinsons so?"

„Ach, sie sind ganz okay. Kleine Leute, die ihr Leben lang schwer dafür gearbeitet haben, dass ihr einziges Kind es mal besser hat. Offenbar sind sie überglücklich, dass ihr Sohn endlich mal ein Mädchen anbringt. Allerdings sind sie sich wohl noch nicht ganz sicher, ob ich einen guten Einfluss auf ihn habe." Sie kicherte. „Ich glaube, sie halten mich ein bisschen für verrückt."

„Dann liegen sie ja nicht ganz verkehrt."

Seine Nichte ignorierte Johns Kommentar.

„Fast hätte ich's vergessen. Mum lässt fragen, ob du morgen zum Abendessen kommen möchtest. Ich könnte dich vom Studio mit nach Hause nehmen. Vielleicht hast du bis dahin etwas von Simon gehört. Dann können wir einen Schlachtplan entwerfen, wie wir vorgehen."

„Zum Essen komme ich gern. Ich werde aber direkt von hier aus hinfahren. Morgen Nachmittag kommt Tante Isabels Bekannter, Dr. Arbroath hierher, deshalb habe ich morgen ausnahmsweise keine Zeit für euch."

„Ach ja, das sagtest du vorhin im Studio schon. Gut, dann sehen wir uns um halb sieben."

Nachdem Renie gegangen war, beschloss er, sich noch einmal das Video der Theateraufführung anzusehen. Beim ersten Mal hatte er nur

Augen für seine Nichte gehabt, aber nun konzentrierte er sich auf Veronica Fitch.

Er hatte die Szene zwischen Anne Boleyn und ihrer Hofdame zweimal auf der Probenbühne gesehen, damals noch ohne die Kostüme. Das schlichte schwarze Kleid, das Veronica nun trug, brachte ihre ätherische Schönheit voll zur Geltung. Dennoch wurde John das Gefühl nicht los, dass ihr Spiel weniger intensiv war als zuvor bei den Proben. Fast kam es ihm vor, als wäre sie nicht hundertprozentig bei der Sache. Außerdem hatte sie ihren letzten Satz ausgelassen. Hmmm ... Eigenartig.

Er übersprang die restlichen Szenen und spulte vor zum Schlussapplaus, bei dem alle Künstler noch einmal vor den improvisierten Vorhang traten, erst einzeln, dann gemeinsam. Zuletzt winkte Chris auch seine Regieassistentin Julie mit auf die Bühne. Alle genossen es sichtlich, sich von den begeisterten Zuschauern feiern zu lassen. Nachdem alle Schauspieler ein letztes Mal hinter der Bühne verschwunden waren, kamen die meisten von ihnen noch einmal heraus, um sich in ihren wunderbaren Kostümen mit den Zuschauern gemeinsam fotografieren zu lassen. Nur Lily verschwand hinter den Kulissen.

Tommy hatte die Kamera nach dem Ende des Stücks noch weiterlaufen lassen. John konnte sehen, wie Renie zu ihren Eltern herüberkam, die sie umarmten. Dann war Tommy nach vorn zur Bühne gegangen und hatte von dort, aus dem Blickwinkel der Schauspieler, den Zuschauerraum aufgenommen. An einem Tisch seitlich der Bühne saß Natalie, ihre Krücken an einen Stuhl gelehnt und plauderte angeregt mit einer älteren Dame. Dann tauchte Veronica auf, die nahe der Ausgangstür stand und sich offenbar gerade von einem jungen Mann verabschiedete, dessen Unterarme von fantasievollen Tätowierungen geziert waren. Wahrscheinlich dieser Schlagzeuger, von dem Renie erzählt hatte.

John unterdrückte ein Lächeln, als die Kamera zoomte und Veronicas wohlgeformtes Dekolletee, das in Anne Boleyns Kostüm bestens zur Geltung kam, in bildfüllender Größe auftauchte. Im allgemeinen Stimmengewirr, das aufgezeichnet worden war, war Alans Kommentar zu hören. „Gut so, Tommy, du hast schon den Blick für die entscheidenden ... Dinge."

Vater und Sohn gluckten einmütig, dann war zu hören, „Achtung, Mum kommt" und die Kamera schwenkte fort von Veronica, über das

Publikum hinweg. Kurz bevor Renie und Maggie ins Bild kamen, entdeckte John etwas, das ihn stutzen ließ. Er ließ den Film noch einmal zurücklaufen und drückte dann auf die Pausentaste. Kein Zweifel: Im Halbdunkel, wenige Schritte von Veronica und ihrem Freund entfernt, stand angetan mit einem karierten Tweedjackett, Hornbrille und Schiebermütze, aber durch seinen hochmütigen Gesichtsausdruck unverkennbar – Benjamin van Burstyn.

John pfiff durch die Zähne. Hatte van Burstyn nicht gesagt, er hätte seine Schwester seit Ewigkeiten nicht gesehen? Er griff zum Telefon.

„Lily? Hier ist John. Wie geht es Ihnen?"

„Sehr gut, John. Sie haben das heute Nachmittag wirklich toll gemacht. Die anderen haben akzeptiert, was Sie erklärt haben und keiner hat mich bedrängt, mehr zu sagen."

„Mit Ausnahme von Renie. Aber das war zu erwarten. Ich habe ihr alles erzählt, Lily, nachdem wir telefoniert hatten. Sie können hundertprozentig sicher sein, dass sie dichthält. Sie ist zwar unglaublich neugierig, aber auch sehr verlässlich."

„Wenn Sie das sagen, John, vertraue ich Ihnen."

„Ich habe mir gerade noch einmal die Aufzeichnung der Premiere angesehen, die mein Neffe gemacht hat. Ich meine, da im Hintergrund Ihren Cousin Benjamin zu erkennen. Das verwundert mich etwas, da er ja den Eindruck erweckte, er und der Rest der Familie hätten sich von seiner Schwester distanziert. Haben Sie ihn auf dem Schiff gesehen?"

„Benjamin? Sind Sie sich sicher?" Sie klang überrascht.

„Nun ja, ich habe ihn ja nur das eine Mal getroffen, aber ich glaube, dass er es ist."

„Das ist ja seltsam. Ich kann mich nicht erinnern, ihn gesehen zu haben, John. Allerdings waren auch über zweihundert Leute im Publikum gesessen und der Zuschauerraum war abgedunkelt. Und nach dem letzten Vorhang bin ich auch gleich in die Garderobe, um aus den Klamotten herauszukommen. Aber was hätte Benjamin dort gewollt? Soweit ich weiß, hatte Veronica schon seit einer Ewigkeit, wohl seit über einem Jahr schon, mit niemandem aus der Familie Kontakt. Einzig Tante Adelaide hat sich gelegentlich bei meiner Mutter erkundigt, wie es Veronica ergeht. Nein, also das begreife ich nicht. Und wissen Sie, was mir noch einfällt? Als Julie mir am Samstagmorgen die Nachricht überbrachte, war ich zuerst noch völlig kopflos. Dann aber dämmerte mir, dass ich Veronicas Familie benachrichtigen muss. Ich rief also bei den van Burstyns an. Ihre Haushälterin holte Benjamin ans Telefon. Ich erzählte ihm alles. Er hätte es mir doch sicher gesagt, wenn er in der Nacht zuvor in London gewesen wäre. Nein, John, ich denke, da haben Sie sich getäuscht."

„Es sieht ganz so aus", meinte er unverbindlich und verabschiedete sich.

Von London nach Liverpool waren es gut zweihundert Meilen, eine Strecke, die nachts in drei, höchstens vier Stunden zu schaffen war, mit dem Zug auch schneller. Er starrte das Standbild auf seinem Fernseher an. Er war sicher, dass Benjamin van Burstyn in der Nacht, als seine Schwester gestorben war, auf dem Themseschiff gewesen war.

Kurz bevor er zu Bett gehen wollte, klingelte sein Mobiltelefon. Im Display blinkte Simons Nummer.

„Was ist los, John?", schnarrte es übellaunig aus dem Hörer. „Gott sei dir gnädig, wenn es nichts Wichtiges ist. Mein verdammtes Navigationssystem hat mich stundenlang in die Irre geführt, bis ich endlich in diesem gottverlassenen Nest angekommen bin. Ich sage dir, John, das ist wirklich Niemandsland hier. Kennst du den Film *American Werewolf*? Ich bin überzeugt, die Szenen, wo diese beiden Studenten durch die Moore irren und von dem Werwolf angefallen werden, wurden genau hier gedreht."

John spielte mit dem Gedanken, seinem Cousin zur Sicherheit zu einem gespitzten Holzpfahl unter dem Bett zu raten, verwarf ihn aber wieder. Simon klang nicht so, als wüsste er einen Anflug von Humor zu schätzen. So erkundigte er sich lediglich teilnahmsvoll, „Ist das Hotel wenigstens in Ordnung?"

„Das Beste, was man darüber sagen kann ist, dass es den Ansprüchen des Polizeibudgets gerecht wird – meinen aber keinesfalls. Ich bin gerade erst angekommen und möchte noch auf einen Schlummertrunk zu meinen Kollegen in die Bar gehen. Also nun mach's kurz, was gibt es?"

„Eine von Renies Schauspielkolleginnen ist in der Nacht von Freitag auf Samstag plötzlich gestorben. Vielleicht hast du es in der Times gelesen? Es war eine kurze Notiz darin."

Simon schnaufte ungeduldig. „Nein, ich habe nichts darüber gelesen. Weiter im Text. Ich weiß immer noch nicht, was du von mir willst."

„Veronica Fitch ist eingeschlafen und nicht wieder aufgewacht. Die Ärzte sagten nach der Obduktion, sie wäre an einem Cocktail aus Alkohol und Medikamenten gestorben, der ihr Atemzentrum gelähmt hätte."

„Ja und? Ist ja alles tragisch und so weiter, aber passt doch genau in die Künstlerszene hinein. Ich sage nur Marilyn Monroe, Amy Winehouse, Heath Ledger und wie sie alle heißen."

„Renie und auch mir kommt die ganze Geschichte ein wenig spanisch vor. Wir denken, es könnte ihr jemand anders die Medikamente gegeben haben –"

Simon knurrte unwillig. „Ich stelle dir jetzt zwei Fragen: Wurde die Leiche von der Gerichtsmedizin freigegeben, ohne dass die Ärzte weitere Ermittlungen für nötig hielten?"

„Ja", antwortete John kleinlaut.

„Möchte die Familie der Toten eine polizeiliche Ermittlung?"

„Nein", womöglich noch kleinlauter.

„Was willst du dann um Gottes Willen von mir, John?", schnauzte Simon ungehalten.

„Wir dachten, vielleicht könntest du noch einmal in der Pathologie nachfragen –"

„Das werde ich verdammt noch mal nicht tun. Habt ihr eigentlich nichts Besseres zu tun, als euch in Dinge einzumischen, die euch nichts angehen? Nein, wahrscheinlich nicht", ätzte sein Cousin.

John holte empört Luft, aber Simon ließ ihn nicht zu Wort kommen.

„Ich für meinen Teil habe mich wahrlich um wichtigere Angelegenheiten zu kümmern. Und damit ist dieses Gespräch für mich beendet."

Klonk, hatte er aufgelegt.

John blieb einen Augenblick regungslos sitzen, dann packte er ein argloses Sofakissen. Er beutelte, boxte und schüttelte es mit Inbrunst, während er es mit Schimpfwörtern bewarf. Das Kissen, nicht faul, blies zum Gegenangriff und nebelte ihn in einer Staubwolke ein.

John musste husten. Dennoch fühlte er sich jetzt besser. Er legte seinen Gegner sorgsam zurück auf seinen Platz und ging zu Bett.

„Grausame Zeiten waren das damals, nicht wahr?“ Dr. Michael Arbroath nahm ein Stück Zucker und rührte es in den Darjeeling Second Flush ein, den John aufgebrüht hatte. Johns Kollege Archie Armstrong hatte die beiden Männer zuvor zwei Stunden lang herumgeführt und es sichtlich genossen, sein enormes Wissen über die historischen Ereignisse im Tower auszubreiten, insbesondere über das Leben der Gefangenen der Festung. Auch Chief Mullins hatte sich eine Weile zu ihnen gesellt. Danach hatte John seinen schottischen Besucher noch auf eine Tasse Tee in seine Wohnung eingeladen.

„Aufgeknüpft, bei lebendigem Leib ausgeweidet, geköpft und dann gevierteilt – ein unvorstellbarer Preis, den William Wallace für seine Treue zu König John Balliol bezahlte. Edward kannte keine Gnade mit seinen Feinden.“ Arbroath nahm einen Schluck Tee und nickte anerkennend.

„Ich muss zugeben, mir war gar nicht bewusst, wie viele Männer und Frauen, die für die Freiheit Schottlands kämpften, hier in unseren Mauern eingesperrt waren“, bekannte John. „Auch wenn ich schon Berge von Büchern und Aufzeichnungen durchgeackert habe, habe ich immer noch das Gefühl, nur einen ganz kleinen Einblick in die Geschichte des Towers zu haben. Im Verlauf von zwei Jahrtausenden ist hier einfach eine Menge passiert.“

Dr. Arbroath nickte. „Mir geht es ähnlich, obwohl ich mich schon seit bald fünfzig Jahren mit der Geschichte Schottlands beschäftige. Für mein neues Buch habe ich drei Jahre lang recherchiert und trotzdem denke ich manchmal, nur die Oberfläche angekratzt zu haben. Es freut mich sehr, dass Ihr Kommandant mich eingeladen hat, bei Gelegenheit in Ruhe in Ihren Archiven zu stöbern. James I., Flora MacDonald, Simon Fraser – alles interessante Persönlichkeiten, über deren schicksalshafte Zeit hier im Tower ich gerne mehr erfahren würde, sobald meine Zeit es erlaubt.“

Der alte Herr zwinkerte John verschwörerisch zu. „Vielleicht bin ich ja in einigen Monaten schon wieder in London, wer weiß. Ob wir diese Reise antreten, hat Isabel zu entscheiden.“

John sah Dr. Arbroath verblüfft an.

Der hob verlegen die Hand an den Mund.

„Oh, ich dachte, sie hätte es ihrer Familie gesagt.“

„Äh, ich bitte um Verzeihung, was meinen Sie?“

Sein Besucher faltete die Hände auf dem Tisch und machte ein feierliches Gesicht.

„Sie haben ja sicher bemerkt, dass Downing Street seit einiger Zeit einen ausgesprochenen Kuschelkurs mit uns Schotten fährt. Offenbar bekommt die Regierung mittlerweile so richtig Muffensausen, dass wir uns beim Referendum für die Unabhängigkeit entscheiden."

Der alte Herr gluckste erfreut.

„Wahrscheinlich kam daher die Idee des Premierministers, eine Anfrage an unser Parlament in Edinburgh zu stellen. Wir sollten zwei Personen vorschlagen, die sich in besonderer Weise um die Identität des schottischen Volkes verdient gemacht haben. Nun ja, um es kurz zu machen, Ihre Großtante wurde als eine dieser beiden von unserem Parlament einstimmig für einen DBE vorgeschlagen."

John riss die Augen auf.

„Dame Commander of the British Empire! Donnerwetter! Das ist schon eine außergewöhnliche Ehrung."

Arbroath nickte. „Und sie hat sie verdient wie keine zweite. Eine ähnlich leidenschaftliche Kämpferin für die Sache Schottlands hat es in den letzten fünfzig Jahren nicht gegeben. Sie ist eine herausragende Identifikationsfigur für uns alle, blitzgescheit, tatkräftig, mit unglaublicher Hartnäckigkeit ausgestattet und dabei hat sie niemals die Bodenhaftung verloren. Und mit der Organisation unseres historischen Clantreffens letzten Sommer hat sie ihrem Wirken noch die Krone aufgesetzt."

John hatte sich immer noch nicht von seiner Überraschung erholt.

„Sie … hat keinen Ton davon gesagt."

„Das liegt wohl daran, dass sie sich erst entscheiden muss, ob sie die Ehre annehmen will, in Zukunft *Dame Isabel* zu sein."

Er kicherte.

„Ich hatte die Ehre, ihr die Nachricht zu überbringen, dass sie für den Orden vorgeschlagen wurde. Was meinen Sie, was ihre erste Reaktion war?"

Er kicherte erneut.

„Ich lasse mir doch nicht von diesen englischen Imperialisten so einen bescheuerten Titel verpassen, damit wir alle so tun können, als wäre Friede, Freude, Eierkuchen. Dann gab sie mir noch zu verstehen, dass sich unser Staatsoberhaupt den Orden in ihren royalen … äh … Sie wissen schon."

John prustete los. Dr. Arbroath hatte Isabel treffend nachgeahmt.

„Das kann ich mir lebhaft vorstellen. Sie ist schon ein Original, unsere Tante Isabel."

„Nun ja, sie hat natürlich recht, dass gerade im Jahr unseres Referendums dieser Ehrung eine gewisse politische Tragweite zukommt und dass man sich gründlich überlegen muss, ob man sie annimmt oder nicht. Ich habe sie dann daran erinnert, dass unser großer Sean Connery, der sicherlich ein ebenso glühender Patriot ist wie sie, kein Problem damit hatte, sich zum Knight Bachelor schlagen zu lassen. Daraufhin sagte sie mir, sie würde darüber nachdenken. Bis Ende des Monats muss sie sich nun entscheiden, da wir die Nominierung dann weiterleiten müssen. Downing Street hat uns signalisiert, dass es nur eine Formalität ist, unseren Vorschlag zu prüfen, das heißt, wir können so gut wie sicher davon ausgehen, dass unsere beiden Nominierten auch wirklich in den Ritterstand erhoben werden."

„Wer ist der zweite?"

„Einer von unseren Mitstreitern der ersten Stunde, der bis heute im Vorstand der Scottish National Party ist, Angus Macgregor. Er hat bereits zugestimmt, die Ehrung anzunehmen. Falls Isabel sich ebenfalls dazu bereiterklärt, könnten beide auf die Ehrungsliste zum offiziellen Geburtstag unserer Königin gesetzt werden und schon im Sommer ihre Orden bekommen. Dazu würden wir mit einer größeren Delegation des Parlaments hierher reisen und die Gelegenheit für einige politische Gespräche nutzen."

„Und wenn sie sich weigert?"

„Dann müssten wir noch mal von vorn überlegen, wen wir nominieren. Es muss schließlich eine würdige Persönlichkeit sein, nicht einfach irgendwer. Dann müssten wir Downing Street mitteilen, dass die ganze Sache sich verzögert und die Investitur nicht wie von der Regierung gewünscht noch vor dem Referendum über die Bühne geht."

Arbroath zuckte mit den Schultern.

„Für uns wäre es zwar unangenehm, aber ich werde Isabels Entscheidung hundertprozentig und ohne Diskussion akzeptieren. Sie ist eine sehr weise Frau. Egal, wie sie sich entscheidet – sie wird zweifellos gute Gründe für ihren Entschluss haben."

Kapitel 9

„Wie bitte? Eure Großtante soll in den Adelsstand erhoben werden – und *überlegt* noch, ob sie das annehmen soll?!“

Alan sah entgeistert von dem saftigen Braten auf, den Maggie aufgetischt hatte.

„Werden wir dann auch adlig?“, erkundigte Bella sich begeistert. „Müssen mich dann alle Lady Bella nennen? Das wäre ja cool. Da würde der blöde Charlie sicher grün werden vor Neid.“

John, der sich mit Schaudern an den naseweisen Charles Hetherington III. aus Bellas Schulklasse erinnerte, grinste.

„Das würde ich auch zu gern sehen. Aber leider ist so ein Adelstitel nicht erblich und es hieße auch nicht Lady Bella, sondern Dame Bella.“

„Das klingt ja doof, wie Dame Edna.“ Bella verlor das Interesse an dem Thema und spießte ein Stück Petersilienwurzel von ihrem Teller auf.

„Ich finde es ganz schön lässig von Isabel, dass sie nicht gleich vor lauter Ehrfurcht in Ohnmacht sinkt, sondern erstmal überlegt, ob sie das überhaupt will. Außerdem gibt's haufenweise Leute, die so eine Auszeichnung ebenfalls abgelehnt haben. Wartet mal.“ Schon hatte Renie ihr Smartphone aus der Tasche gezogen und mit rasender Geschwindigkeit darauf herumgetippt.

„Da haben wir's doch schon. Die Liste ist ganz schön lang. Zum Beispiel John Cleese – den finde ich wahnsinnig toll, dann Peter O'Toole, George Bernard Shaw, Graham Greene, David Bowie, Nigella Lawson, Danny Boyle … das geht hier noch zwei Seiten so weiter. Isabel wäre also in guter Gesellschaft, wenn sie die Ernennung ausschlagen sollte. Und es würde zu ihren Prinzipien passen – warum sollte sie sich zu einem weiblichen Commander des Britischen Empire ernennen lassen – schließlich hat sie damit doch überhaupt nichts am Hut.“

„Aber sie würde ja ausdrücklich für ihre Verdienste um Schottland geehrt, also für das, was ihr seit Kindesbeinen am Herzen liegt“, gab Maggie zu bedenken. „Das wäre doch eine großartige Gelegenheit, ihre Belange wieder einmal ins Licht der Öffentlichkeit zu stellen.“

Ihr Ehemann nickte.

„So sehe ich das auch. Eine der höchsten Ehrungen, die unser Land zu verleihen hat, lehnt man nicht einfach so ab. Herrje, wir sind doch heutzutage nicht mehr Engländer und Schotten, sondern wir sind alle Briten, oder nicht? Ich bestreite ja nicht, dass es früher Unterdrückung und Ausbeutung gegeben hat, aber das ist doch alles lange her. Wenn Großbritannien wirtschaftlich überleben will und auch von den Großmächten gehört werden will, müssen wir eine Einheit bilden."

„Also, ich verstehe vollkommen, dass die Schotten unabhängig sein wollen", hob Renie streitlustig an und schon tobte eine heiße politische Diskussion über dem Tisch, die erst abflaute, als die Nachspeise – köstliche warme Schokoladentörtchen mit flüssigem Kern – verzehrt war.

Alan lächelte ermattet. „Waffenstillstand, Tochter. Mit dir zu diskutieren ist wirklich herausfordernder als sein Budget gegen die Sparzwänge in irgendwelchen Ministerien zu verteidigen."

Alan hatte eine eigene Firma, die international gefragte Computersicherheitsprogramme entwickelte und auch die Daten wichtiger Behörden abschirmte.

Renie grinste triumphierend und bot großzügig an, „John und ich kümmern uns um das Geschirr."

Während sie den Geschirrspüler beluden und Töpfe und Pfannen schrubbten, erzählte sie ihrem Onkel, wie es heute in der Schauspielschule gewesen war.

„Natalie hat Chris so lange bekniet, bis er ihr die Rolle von Anne Boleyn gegeben hat. Wir mussten einiges am Ablauf ändern, damit sie während ihrer Auftritte durchgehend sitzen kann. Die Krücken hätten den originalgetreuen Eindruck doch einigermaßen gestört."

Sie räumte eine große Schmorpfanne in den Schrank.

„Na, auf jeden Fall mussten wir dann ewig proben und Chris war übel gelaunt und hatte ständig etwas auszusetzen. Dann kam Julie noch an und sagte, dass das Kostüm Natalie wohl nicht passen würde und dass man es ändern müsste. Natalie hat sich gleich auf den Schlips getreten gefühlt und rumgemotzt, dass sie eben nicht so ein magersüchtiger Kleiderständer wäre wie Veronica und das sollte man ihr ja wohl nicht zum Vorwurf machen und dann hat Chris sie wieder runtergemacht, dass sie sich ihre Ausbrüche gefälligst sparen soll und dass sowas total unprofessionell wäre. Klar, dass sie dann voll rumgeheult hat. In dem ganzen Chaos noch zwischendrin Lily mit ihrer verhuschten Trauermiene und Harry mit seinem waidwunden

Blick, der sagt: Meine geliebte Ronnie war kein Kleiderständer, sondern ein großartiges Mädchen und ihr habt sie alle nicht gemocht – und ich als Puffer mittendrin."

Sie ächzte und ließ sich auf einen Küchenstuhl fallen.

„Ach, John, manchmal frage ich mich doch, ob diese ganze Schauspielerszene wirklich etwas für mich ist. Die sind ja alle noch viel emotionaler als ich es bin. Und das heißt schon was."

John enthielt sich wohlweislich jeden Kommentars.

Sie zog einen klein gefalteten Zettel aus der Hosentasche.

„Also, jetzt sehen wir uns unsere möglichen Verdächtigen an. Ich habe schon mal eine kleine Liste angelegt."

John setzte sich ebenfalls.

„Da hätten wir erstmal Natalie. Sie hat Veronica am meisten gehasst von uns allen und jetzt hat sie auch noch ihre Rolle bekommen."

Renie sah John erwartungsvoll an.

Er nickte. „Wenn wir nach Leuten suchen, die eine Abneigung gegen Veronica hatten, können wir sie keinesfalls außer Acht lassen."

Was er nicht sagte, war, was er von Natalie in einem ihrer Gespräche erfahren hatte: Sie hatte eine Schwester, die seit ihrer Geburt immer einen Tick erfolgreicher, hübscher, beliebter gewesen war als Natalie und mit der sie eine überbordende Hassliebe verband. Veronica war für sie ein rotes Tuch gewesen, weil sie Natalie an just diese Schwester erinnert hatte.

„Okay, dann Harry. Irgendwie kommt es mir überzogen vor, wie er immer als Trauerkloß herumläuft. Vielleicht war ja der Anblick von Veronicas neuem Freund der Tropfen, der das Fass zum Überlaufen gebracht hat und er spielt uns den zutiefst erschütterten, Veronica immer noch ergebenen Jammerlappen nur vor", fuhr Renie fort.

„Schon möglich. Dann wäre er aber ein ziemlich begnadeter Schauspieler."

Renie zuckte mit den Schultern. „So übel ist er nicht. Außerdem ist er ein Medienprofi. Er macht schon seit seiner Schulzeit Radio und moderiert auch immer wieder kleinere Galas und Preisverleihungen. Ich traue ihm zu, dass er es über die Jahre gelernt hat, sich eine Fassade zuzulegen."

„Also behalten wir ihn im Auge", entschied John. „Wer noch?"

„Lily. Ich könnte mir vorstellen, dass das Leben mit Veronica unter einem Dach die Hölle war, selbst wenn es stimmt, dass Lily auch Mitleid mit ihrer Cousine wegen ihrer doofen Familie hatte. Wenn ich die beiden gesehen habe, hat Veronica Lily immer mit der gleichen Herablassung behandelt wie die meisten anderen. Wäre ich Lily, wäre mir das schon sehr sauer aufgestoßen, nach allem, was sie für Miss Teedynastie getan hat."

John nickte nachdenklich. „Die beiden hatten tatsächlich ein sehr zwiespältiges Verhältnis. Und wir dürfen nicht vergessen, dass Lily erstens als eine von wenigen über Veronicas Asthma Bescheid wusste und zweitens als Krankenschwester nicht nur über Medikamentenwirkungen bestens informiert ist, sondern auch problemlos Zugang zu allen möglichen Substanzen hat."

„Dann habe ich Benjamin van Burstyn auf meiner Liste. Wenn ich dich richtig verstanden habe, erbt er ja nun allein das Familienunternehmen, oder nicht? Da hätte er auf jeden Fall ein Motiv."

„Hm, ich weiß nicht. Wenn ich Lily richtig verstanden habe, ist Veronica nach ihrer Heirat mit Jimmy Fitch bereits von ihrem Vater enterbt worden – wenn Benjamin das wusste, wovon wir ausgehen können, hätte er durch den Tod Veronicas nicht viel zu gewinnen gehabt."

„Ach so. Zumindest finanziell hätte er damit keinen Beweggrund gehabt. Ehrlich gesagt wüsste ich auch nicht, wie er ihr die Medikamente hätte unterjubeln können, wenn er gar nicht in der Nähe war."

John richtete sich auf. „Oh, das habe ich dir noch gar nicht erzählt: Er war auf dem Schiff. Ich habe ihn gestern Abend auf Tommys Video entdeckt."

„Häh?" Renie starrte ihn erstaunt an. „Hattest du nicht gesagt, dass Lily gemeint hätte, Veronica hätte überhaupt keinen Kontakt zu ihrer Familie gehabt?"

„Doch, genau so hat sie es gesagt und auch Veronicas Bruder hat sich so geäußert. Ich habe Lily gestern noch angerufen und sie gefragt, ob sie ihn bei der Premiere gesehen hat, aber das hat sie verneint. Ich bin trotzdem fast sicher, dass er es ist, auch wenn er sich Mühe gegeben hat, nicht erkannt zu werden. Vielleicht solltest du Lily das Video zeigen. Die Stelle ist fast am Ende der Aufzeichnung, nachdem das Stück schon vorbei war."

Renie nickte. „Das mache ich gleich morgen. Tommy hat die Aufzeichnung ohnehin fertig geschnitten und ich bringe morgen einen ganzen Satz DVDs ins Studio mit, damit jeder eine bekommt. Und

Lily zeige ich die Rohfassung, wo noch ein paar Sachen drauf sind, die er in der Pause und nach dem Stück aufgenommen hat."

„Gut. Was ist mit dem Rest der Truppe? Frankie, Julie, Chris und dazu noch Fullers Schüler von der Academy, die im Stück dabei waren?"

„Hm. Ich wüsste nicht, was die groß mit Veronica zu tun gehabt hätten. Frankie ist in meinen Augen ein sehr netter und echt lecker aussehender Kerl, aber ein bisschen hohl in der Birne. Veronicas Rumzickereien und Giftpfeile waren ihm immer herzlich egal, glaube ich. Und für Chris war Veronica sowas wie eine sichere Bank. Auch wenn Natalie klar die Talentierteste von uns ist und dazu die mit der meisten Schauspielerfahrung, war Chris sich doch bei Veronica am sichersten, dass sie die Aufnahme schaffen würde – zumindest ist das immer bei uns allen so angekommen. Sie hatte einfach das Gesamtpaket aus Aussehen und Talent."

Sie sagte es ohne Bitternis oder Neid.

„Also hatte die Schauspielschule durch Veronicas Tod definitiv nichts zu gewinnen. Nein, ich würde vorschlagen, wir konzentrieren uns auf Natalie, Harry, Benjamin und Lily. Wie wir an den hochwohlgeborenen van Burstyn-Sprössling herankommen wollen, weiß ich nicht. Aber die anderen drei sehe ich ja täglich und du hast noch eine Reihe von Gesprächen mit Lily und Natalie geplant, nicht wahr?"

John nickte.

„Ich weiß schon, dass du mir wegen deiner verdammten Schweigepflicht nichts über eure Gespräche sagen wirst –" Sie ließ den Satz in der Luft hängen und sah ihn hoffnungsvoll an. John grinste lediglich und machte eine Geste, als zöge er einen Reißverschluss vor seinen Lippen zu.

„Ja, ja, schon gut, ich habe verstanden. Aber du kannst doch zumindest mal ganz unverfänglich fragen, ob eine der beiden schon mal Medikamente genommen hat, die in die Richtung gehen, was Veronica da im Blut hatte. Wobei es natürlich hilfreich wäre zu wissen, was genau das war. Dieser verdammte Simon! Wenn er unsere Hilfe braucht, sollen wir bereitstehen, aber wehe, wir bräuchten mal etwas Unterstützung und er verspricht sich gerade in dem Moment keinen Vorteil davon – dann ignoriert er uns einfach", grollte sie. „Dieser miese Egoist."

„John! Du musst mir helfen! Sofort!“, tönte es aus dem Hörer. Gerade, als John seine Sporttasche am folgenden Morgen in einem der Spinde deponieren wollte, hatte es geläutet.

„Worum geht es?“, fragte John mit betonter Zurückhaltung.

„Was denkst du, wer hier in diesem gottverdammten Besetzungsausschuss sitzt, der uns beurteilen soll? Dieser gottverdammte Briarson!“

John entfuhr ein amüsiertes Glucksen. Er wäre zu gern dabei gewesen, als sein Cousin seinem Erzfeind, Chief Superintendent Ian Briarson plötzlich wieder gegenüberstand, nachdem er gehofft hatte, ihn diesmal endgültig losgeworden zu sein.

„Diese Kanaille versucht jetzt natürlich, den ganzen Ausschuss gegen mich einzunehmen – nur, weil ich ihm dieses Jahr schon zweimal seine schmähliche Unfähigkeit aufzeigen musste! Der ist auf einem Rachefeldzug, das spüre ich.“

John konnte vor Erheiterung kaum noch an sich halten, bemühte sich aber um einen kühlen Ton.

„Ich weiß immer noch nicht, was du von mir willst, Simon.“

„Herrje, bist du schwer von Begriff? Ich habe schon zwei Tests versaut, wenn ich beim Rest jetzt nicht perfekt abschneide, kann ich die Beförderung in den Wind schießen. Du musst mir helfen, sie zu bestehen.“

John kamen bereits Lachtränen, aber er brachte noch heraus, „Du hast schon bei zwei Tests versagt? Was für Tests waren das?“

„Wir mussten so ein völlig aus der Luft gegriffenes Rollenspiel machen, bei dem wir ein Mitarbeitergespräch führen sollten. Danach konnte ich mir anhören, ich hätte einen veralteten, autoritären und nicht-kooperativen Führungsstil. Hah! Diese Sesselfurzer haben ja keine Ahnung. Und dann sollten wir eine Stärken-/Schwächenanalyse machen – da frage ich dich, welche Schwächen hätte ich da aufschreiben sollen? Ich hätte mir ja etwas aus den Fingern saugen müssen – ich habe nun mal keine.“

Während Simon sich immer weiter in Rage redete, biss John in sein Handtuch, um nicht laut herauszuplatzen. Seine Physiotherapeutin kam vorbei und musterte ihn verwundert.

Er wischte sich die Lachtränen aus dem Gesicht und atmete tief durch. Dann schnitt er Simon das Wort ab.

„Dir ist wohl nicht klar, dass ich gerade an der Wiederherstellung meiner Arbeitsfähigkeit arbeite. Ich gehöre schließlich zur Garde ihrer Majestät und sie hat jedes Anrecht darauf, dass ich meine wertvollen Dienste für unser Land so schnell wie möglich wieder aufnehme. Deshalb habe ich keine Zeit, mir weiter deine Klagen anzuhören. Und damit ist dieses Gespräch für mich beendet."

Mit einem Gefühl tiefer Befriedigung drückte er die „Auflegen"-Taste und schaltete sein Mobiltelefon aus. Sollte Simon doch im eigenen Saft schmoren.

Als er einige Stunden später in Fullers Studio kam, wurde er von einer Schar überdimensionalem Federvieh empfangen, die ihn aufgeregt schnatternd umtanzte.

„Äh, was …"

Da trat Chris auf ihn zu, der in einem farbenprächtigen Hahnenkostüm mit hohem Kamm steckte und vergnügt zwinkerte.

„Ist dies schon Tollheit, hat es doch Methode."

„Hamlet", gackerten die Hühner im Chor.

Fuller nickte zufrieden. „Wir machen heute mal ein Kontrastprogramm. Ich habe entschieden, dass wir einen Szenenwechsel brauchen, etwas Auflockerndes. Unser normales Programm ist für heute Nachmittag gestrichen, aber ich würde mich freuen, wenn Sie mitkommen. Wenn Sie möchten, können Sie sich auch ein Kostüm anziehen."

„Äh … ist das notwendig?", fragte John schwach mit einem Blick auf die strumpfhosenbewehrten, flügelschlagenden Gestalten um ihn herum.

Fuller kicherte. „Nein, natürlich nicht. Ich denke zwar, dass es Ihnen auch nicht schaden könnte, mal etwas lockerer zu sein, aber ich werde Sie nicht zwingen."

John warf ihm einen finsteren Blick zu. „Ich *bin* locker."

Das Huhn, das ihm am nächsten stand und hinter dessen rotem Schnabel er seine Nichte erkannte, gackerte prustend los.

„Hah! Verzeihung für das Wortspiel, aber da lachen ja die Hühner. Du und locker!" Sie kitzelte ihn mit einer Feder unter der Nase. „Meistens benimmst du dich so, als hättest du einen Stock im –"

Sie bemerkte seinen entrüsteten Gesichtsausdruck und ruderte hastig zurück. „Aber du bist trotzdem mein Lieblingsonkel und wir lieben dich alle genauso, wie du bist.“ Sie schob den Schnabel nach oben und drückte ihm einen herzhaften Kuss auf die Wange.

„Und nun lasst uns losziehen, Leute!“

Immer noch etwas grummelnd schlurfte John hinter der fröhlichen Schar her. Auch Natalie, deren Krücken unter den flauschigen Flügeln sichtbar waren, hüpfte soweit es ihr möglich war mit den anderen herum. Chris gesellte sich zu ihm.

„Was für eine Aktion wird das?“, fragte John ihn.

„Wir machen eine Performance auf dem Leicester Square, ganz spontan.“ Seine Augen funkelten. „Bei so was trennt sich schnell die Spreu vom Weizen und man sieht, wer es schafft, aus sich herauszugehen und sich auch mal zum Affen zu machen. Eine sehr wichtige Voraussetzung für einen guten Schauspieler. Deswegen freue ich mich auch, dass Sie dabei sind, um meine Schützlinge ein wenig zu beobachten. Oh, und Sie könnten auch das Filmen übernehmen, dann brauche ich mich nicht darum kümmern. Julie hat heute einen dringenden Zahnarzttermin“ – er runzelte missbilligend die Stirn –“ sonst hätte sie das gemacht. Nehmen Sie doch einfach Ihr Handy, diesmal brauchen wir keine professionellen Aufnahmen.“

„Mein Onkelchen ist technikmäßig im letzten Jahrhundert stehen geblieben, Chris. Falls er überhaupt ein Mobiltelefon dabei hat, kann man damit außer telefonieren und SMS schreiben wohl nichts machen.“ Renie war herangeflattert. Aus einer verborgenen Tasche ihres Federkostüms zog sie ihr eigenes Handy und reichte es John.

„Sieh her, so geht das.“

Mit wenigen Sätzen erklärte sie ihm die Handhabung – die nach ihrer Ansicht recht einfach war, was John anders sah – während Chris amüsiert zusah.

„Gut, John, nehmen Sie einfach auf, was Sie möchten“, sagte er dann. „Ach, und Sie könnten sich auch noch um die Musik kümmern. Das schaffen Sie doch, oder?“

Er öffnete eine versteckte Reißverschlusstasche an seiner Hahnenbrust und holte einen i-Pod hervor, der mit zwei kleinen Lautsprecherboxen verbunden war. Während sie zur U-Bahn-Station hinuntergingen, zeigte er John, wie er das Gerät in Gang setzen und die Musikauswahl aufrufen konnte.

„Als erstes brauchen wir logischerweise den Ententanz“, meinte er augenzwinkernd. „Und danach schauen wir einfach. Hier ist so gut wie alles drauf, was man sonst noch brauchen kann, denke ich. Ach, und dann könnten Sie nachher noch auf unsere Sachen aufpassen. Jedes Kostüm hat zwar eine Tasche für das Nötigste, aber wenn wir ein paar heiße Tänzchen aufführen, klappert da drin alles herum."

Er klatschte in die Hände.

„So, meine Küken. Hat jeder seine Oyster-Card dabei? Dann geht es jetzt ab in die U-Bahn. Falls wir getrennt werden – ihr wisst ja, drei Stationen mit der Piccadilly-Line, aussteigen am Leicester Square."

Während der Fahrt begann John zu filmen. Die Einwohner Londons waren an exzentrische Auftritte gewöhnt und lasen weiter stoisch ihre Zeitung oder tippten auf ihren elektronischen Spielzeugen herum, aber die wie immer zahlreichen Touristen starrten teils verunsichert, teils fasziniert auf die aufgeregte Hühnerschar.

Am Leicester Square angekommen, dirigierte Chris die Truppe zu einer freien Fläche und wies John an, die Musik bereit zu halten.

„Gut, Kinder, wer noch etwas in den Taschen hat, was stören oder kaputtgehen könnte, gibt es jetzt bitte John. Und dann stellt euch im Kreis auf. Wir beginnen erstmal mit dem Ententanz. Den dürfte ja jeder von euch kennen. Und danach improvisieren wir ein wenig. Wie ich euch vorhin schon angekündigt habe: Jeder von euch führt eine Kleinigkeit auf – was ihr wollt. Ihr hattet ja in der Zwischenzeit ein wenig Gelegenheit, euch dazu Gedanken zu machen. Ihr könnt etwas vorspielen, einen Monolog vortragen, etwas vortanzen oder in Interaktion mit den Zuschauern treten, egal. Wer dazu Musik braucht, kann auf meinem iPod nachsehen, ob da etwas Passendes dabei ist, ansonsten können wir auch problemlos etwas verwenden, was ihr auf euren Handys gespeichert habt."

Schon blieben die ersten Passanten stehen und bildeten erwartungsvoll einen Kreis um die Schauspielschüler.

Während der nächsten halben Stunde hatte John alle Hände voll zu tun, für die nötige musikalische Untermalung zu sorgen und alle Schüler aufzunehmen. Gerade, als Frankie eine äußerst umjubelte Tanzeinlage beendet hatte, in der er sich zu *You can leave your hat on* gekonnt seines Hühnerkostüms entledigt hatte, blinkte der Akku an Renies Handy. Da seine Nichte als nächstes dran war, griff John ohne zu überlegen in eine seiner Jackentaschen, wo er die gesammelten Mobiltelefone der Truppe aufbewahrte. Er zog das erstbeste heraus und bemerkte erleichtert, dass es dasselbe Modell war wie Renies Telefon. Versuchsweise tippte er mit dem Finger auf das Display.

„Bitte PIN eingeben", erschien auf dem Bildschirm.

„Verdammte Sch…“

Er griff nach dem nächsten Handy. Das sah ein wenig anders aus als das von Renie, war aber wenigstens nicht mit einem Passwort gesichert. John tippte auf eines der Symbole, um das Menü aufzurufen. Tatsächlich, es funktionierte. Dann jedoch lief irgendetwas schief und er landete im Telefonmenü.

Währenddessen trat Renie bereits vor die Zuschauer. John fluchte unterdrückt und versuchte verzweifelt, die Kamerafunktion zu aktivieren. Stattdessen erschien plötzlich eine Reihe von Telefonnummern auf dem Bildschirm. Er wischte mit dem Finger über das Display, um wieder aus dem Verzeichnis herauszukommen. Die Liste lief immer weiter nach unten. Dann wurde plötzlich immer dieselbe Nummer angezeigt, sicherlich ein Dutzend Mal. Unbewusst registrierte John das Datum und merkte, dass alle diese Anrufe am Freitag, dem Tag vor Veronicas Tod getätigt worden waren.

In der Zwischenzeit hatte Renie dem Publikum erklärt, dass sie berühmte Hühner der Filmgeschichte darstellen würde – wer die meisten erriet, sollte einen schon etwas zerdrückten Schokoriegel erhalten, den sie mit strahlender Miene präsentierte.

Während das Publikum unter viel Gelächter Lady Gluck, Ginger aus ‚Hennen rennen‘ und Chicky Boo erriet, überkam John das Bedürfnis, das technische Wunderwerk, das sich als erstaunlich widerspenstig erwies, auf den Boden zu feuern. Da erschien Lily neben ihm.

„Ich bräuchte mein Mobiltelefon, John. Da habe ich die Musik von Schwanensee drauf.“ Sie sah ihn genauer an. „Sie sehen so hektisch aus, kann ich Ihnen irgendwie helfen?“, erkundigte sie sich.

„Bei Renies Handy war der Akku leer, da habe ich versucht, eins der anderen zum Aufnehmen zu benützen. Aber irgendwie bekomme ich es nicht hin.“

„Lassen Sie mal sehen, ich glaube, das ist Harrys.“

Sie entwand ihm sanft das widerborstige Ding, das ihren getippten Befehlen sofort gehorchte und reichte es ihm wieder.

„Jetzt geht es. Könnte ich jetzt meins bekommen?“

John zog hastig die restlichen Telefone aus den Taschen, reichte sie ihr und begann dann endlich, Renie zu filmen. Wenig später war sie jedoch – nach einer gelungenen Darstellung des Huhns Spot aus 101 Dalmatiner – am Ende angelangt und verbeugte sich unter lautem Beifall, nachdem sie den Schokoriegel mit großer Geste an einen glückseligen kleinen Jungen überreicht hatte.

Als letztes kam Lily an die Reihe. Sie gab John ein Zeichen, die Musik einzuschalten und schritt – trotz des unförmigen Kostüms erstaunlich graziös – nach vorn. Verschwunden war ihre übliche Unsicherheit. Während Tschaikowskys herrliche Musik über den Platz wehte, verzauberte Lily das Publikum mit einem Balletttanz, der aus dem schnöden Huhn einen zarten Schwan entstehen ließ. Donnernder Applaus erklang, als der Tanz endete.

Flugs hatte Chris einen aufklappbaren Zylinder hervorgezaubert, den er auf den Boden stellte. Er rief seine Schützlinge zu sich und die ganze Mannschaft verbeugte sich zu einer weiteren Runde Applaus. Erste Geldmünzen flogen in den Hut und eine ganze Reihe Zuschauer kam herbei, um sich mit den Hühnern fotografieren zu lassen.

Während der Rest der Truppe noch damit beschäftigt war, kam Renie zu John herüber. „Na, wie war ich?"

„Hervorragend, Renie. Nur leider habe ich kaum etwas davon aufnehmen können, weil mir die Technik mal wieder über den Kopf gewachsen ist."

„Oh." Nicht einmal die Kostümierung konnte ihre Enttäuschung verbergen.

„Es tut mir leid, wirklich. Aber nachdem dein Akku leer war, habe ich eins der anderen Handys genommen und wollte damit weiterfilmen. Dabei bin ich irgendwie im Telefonmenü gelandet und Lily musste mir erst helfen, da wieder herauszukommen."

Sie seufzte. „Kann ich mal sehen, was du aufgenommen hast?"

„Dein Auftritt – oder eben leider nur ein kleiner Teil davon – ist hier drauf." Er reichte ihr das Gerät.

„Ah ja, das gehört Harry. Er hat sicher nichts dagegen, dass du es zum Filmen benutzt hast."

John stellte sich vor Renie, so dass sie vor den Blicken der anderen verborgen war. „Kannst du mal in seine Liste von hinausgehenden Anrufen hineinsehen? Mir ist aufgefallen, dass er am Tag der Premiere ständig dieselbe Nummer gewählt hat. Vielleicht kennst du sie."

Renie verlor keine Zeit. „Ja, du hast recht. Vierzehn Mal, von morgens bis zum frühen Abend. Auf den ersten Blick erkenne ich die Nummer nicht, aber ich versuche mal, sie mir zu merken."

Sie murmelte die Nummer zwei-, dreimal leise vor sich hin. „Abgespeichert. Das finden wir schon heraus, wem die gehört."

„Wahrscheinlich hat das sowieso nichts zu bedeuten", kommentierte John.

„Alle herkommen!", rief Chris. Als alle sich um ihn versammelt hatten, strahlte er in die Runde.

„Kompliment, Kinder, das war ausgezeichnet. Ihr alle habt diese kleine Talentprobe bestens gemeistert. Frankie, du hast alle anwesenden Ladies – und wahrscheinlich auch ein paar Gentlemen – vom Hocker gerissen. Renie, dein Auftritt war äußerst charmant und du hattest einen sehr guten Draht zum Publikum. Natalie, Harry – sehr überzeugend gespielt. Und schließlich Lily – ein besonderes Lob geht an dich. Zum ersten Mal habe ich dich vollends präsent und in deinem Element erlebt. Ganz hervorragend."

Dann wandte er sich zu John. „Und ein herzliches Dankeschön an unseren Roadie John, der zum reibungslosen Ablauf beigetragen hat!"

Die Schauspielschüler klatschten Beifall. Chris schüttelte den Zylinder, den er im Arm hielt.

„Wenn ich das richtig sehe, haben wir um die vierzig Pfund eingenommen, die wollen wir zur Feier des Tages jetzt sofort auf den Kopf hauen. Kommt, Kinder, lasst uns zurück ins Studio fahren, umziehen und in den Pub gehen!"

Freudengeheul brach aus.

„Kommst du auch mit, John?", fragte Renie.

John lehnte dankend ab und gab das Sammelsurium aus technischen Gerätschaften, Geldbeuteln und sonstigem Kleinkram an die jeweiligen Besitzer zurück.

„Dann sehen wir uns morgen!"

Er winkte der bestens gelaunten Truppe nach, die sich flügelschlagend zur U-Bahn aufmachte. Dann spazierte er gemächlich das kurze Stück zum Trafalgar Square, wo er sich auf eine Bank setzte und das Treiben um sich herum beobachtete.

Amüsiert verfolgte er die Bemühungen vieler Touristen, auf einen der vier riesigen Löwen zu klettern. Im letzten Jahr hatte es immer wieder Überlegungen gegeben, den Zugang zu den Bronzefiguren, die angeblich aus den Kanonen gekaperter französischer Kriegsschiffe geschmiedet worden waren, zu verbieten.

In den bald hundertfünfzig Jahren, in denen sie hier zu Füßen Lord Nelsons lagerten, hatten sie schon etliche Blessuren davongetragen, ertrugen die Kraxeleien und Streicheleinheiten aber immer noch mit Würde. Eine Legende besagte, dass sie zum Leben erweckt und sich erheben würden, sollten von Big Ben einmal dreizehn Schläge herüberhallen.

Er blickte nach Whitehall hinunter, wo der berühmte Glockenturm in einiger Entfernung zu sehen war. Von den Tausenden Besuchern, die sich jeden Tag auf der Westminster Bridge drängten, um ein Foto des bekanntesten Wahrzeichens der Stadt zu schießen, wusste wohl so gut wie niemand, dass der wahre Name des Turms Elizabeth Tower lautete. Nachdem das große Feuer von 1834 das Parlamentsgebäude vernichtet hatte, war der ganze Komplex neu erbaut worden und es war vermutlich Sir Benjamin Hall gewesen, einer der Verantwortlichen des Bauwerks, der der Namenspate für die große Glocke im Turm geworden war.

Beim Stichwort Parlament fiel ihm Tante Isabel ein. Ob sie sich wohl schon für oder gegen den Ritterschlag entschieden hatte? Müßig griff er in seine Tasche und schaltete sein Mobiltelefon ein, um seine Großtante anzurufen. Im selben Moment klingelte es auch schon. Er kam nicht einmal dazu, sich zu melden, als es schon aus dem Hörer fauchte, „Wenn du noch einmal einfach aufhängst, dann gnade dir Gott.“

Kapitel 10

„Erstens habe ich nichts anderes gemacht, als du bei unserem letzten Telefonat. Und zweitens bin ich deinen Ton leid, Simon. Also entweder unterhalten wir uns zivilisiert, lieber Cousin, oder gar nicht“, erwiderte John gelassen.

Sekundenlang war kein Laut zu hören. John stellte sich vergnügt vor, wie Simon, dem wahrscheinlich schon der Rauch aus den Ohren quoll, im Bemühen um Selbstbeherrschung die Zähne zusammenbiss.

Schließlich würgte Simon hervor, „Meine Karriere steht auf dem Spiel und du bist der Einzige, der mir helfen kann. Also machen wir einen Deal, John: Ich besorge dir die Informationen, die du haben wolltest und du verrätst mir, wie ich durch diese verfluchten, himmelschreiend verblödeten, nur auf Schikane angelegten Tests komme.“

„Das klingt nicht übel. Also pass auf.“

John vergewisserte sich, dass niemand in der Nähe war und das Gespräch belauschen konnte.

„Es geht um ein Mädchen namens Veronica Fitch, wie ich dir schon sagte. Sie wurde in der Nacht von Freitag auf Samstag ins Royal London Hospital eingeliefert, wo sie offenbar auch obduziert wurde. Kannst du herausfinden, welche Substanzen bei ihr nachgewiesen wurden?“

„Jaja, das ist kein Problem, das mache ich, sobald ich Zeit habe. Jetzt erstmal zu mir –“

„Nein, ich möchte, dass du dich gleich darum kümmerst. Danach reden wir weiter.“

Wieder herrschte Stille am anderen Ende der Leitung, dann vernahm John zwei dumpfe Schläge, als hätte Simon vor Wut den Kopf gegen eine Wand gedonnert.

„Ist alles in Ordnung bei dir?“, erkundigte er sich teilnahmsvoll.

Daraufhin machte es Klick und die Verbindung war unterbrochen.

Einen Moment befürchtete John, er hätte Simons offensichtlich angegriffenes Nervenkostüm überstrapaziert. Schon regte sich sein schlechtes Gewissen. Dann klingelte es wieder.

„Gib mir eine halbe Stunde. Ich melde mich bei dir“, knarzte Simon und war schon wieder weg.

John grinste in sich hinein und machte sich auf den Heimweg zum Tower.

Er hatte sich gerade eine Schale mit tiefgefrorener Kürbis-Ingwer-Suppe seiner Mutter zum Aufwärmen auf den Herd gestellt, als Simon zurückrief.

John griff nach Block und Stift und setzte sich an den Küchentisch.

„Dr. Myerson hat mir den Untersuchungsbericht hergefaxt. Ich lese dir die wesentlichen Passagen vor."

Simon ratterte eine Menge medizinischer Fachausdrücke herunter, die John soweit möglich mitschrieb. Nachdem Simon geendet hatte, besah John sich kritisch, was er vor sich auf dem Zettel stehen hatte.

„Hm. Zwei verschiedene Beruhigungsmittel: eine geringe bis mittlere Dosis eines Anxiolytikums und Spuren eines Sedativums. Dazu eine relativ niedrige Alkoholmenge – sicher eine ungesunde, aber nicht zwingend eine tödliche Kombination, würde ich sagen."

„So hat der Pathologe es auch gesehen. Wenn ihre Lunge nicht durch das Asthma vorgeschädigt gewesen wäre, hätte es kaum zu der tödlichen Atemlähmung kommen können. So, bist du jetzt zufrieden?"

„Zufrieden kann man es nicht nennen, aber ich danke dir auf jeden Fall für deine Mühe. Nun – wie kann ich dir helfen?"

„Ich sage dir, die Veranstaltung hier ist ein reiner Affenzirkus. Du weißt doch noch, wie Briarson schon oben in Schottland immer damit geprahlt hat, was er alles bei seinem Austauschprogramm in den USA gelernt hätte? Na, auf jeden Fall hat er unsere Führungsspitze hier überzeugt, das Auswahlverfahren hier auch nach den *neuesten FBI-Assessment-Center-Methoden* durchzuführen."

Simons Ton troff geradezu vor höhnischer Abscheu.

„Jetzt predigen sie uns hier beständig, „Die *soft skills* sind das Entscheidende, Männer." Soft skills! Was für ein sinnleeres Geschwafel. Wenn ich das schon höre, kommt mir das Grausen. In unserem Job zählen Ergebnisse, sonst nichts. Der öffentlichen Sicherheit ist nicht gedient, wenn ich eine Wohlfühlatmosphäre in der Dienststube habe, sondern wenn wir Täter effizient zur Strecke bringen."

John musste seinem Cousin zumindest teilweise recht geben – er verkniff sich dennoch jeden Kommentar und fragte lediglich, „Welche Tests kommen noch auf euch zu?"

„Hah, das wird uns natürlich nicht vorher gesagt. Damit überraschen sie uns jeden Morgen. Aber ich bin natürlich schlauer als die anderen und habe eins der Zimmermädchen bestochen, die Unterlagen im Zimmer dieser Psycho-Tante unauffällig zu sichten. Nun bin ich der Einzige, der genau weiß, was in den nächsten Tagen auf dem Programm steht“, schloss Simon mit einem teuflischen Lachen.

John schlug sich an die Stirn. Es war kein Wunder, dass Superintendent Simon Whittington ein so erfolgreicher Ermittler war: Er stand vielen seiner Gegner auf der anderen Seite des Gesetzes an Skrupellosigkeit, Gerissenheit und Unerschrockenheit in nichts nach.

„Okay, du Schlauberger. Dann lass hören, mit welchen Tests sie euch konfrontieren wollen.“

Simon ratterte eine Reihe von mehr oder weniger kryptischen Namen herunter, von denen die meisten John wohlvertraut waren.

„Gut. Die vier Erstgenannten sind kognitive Tests. Beim ersten geht es um die Konzentrationsleistung unter Monotonie beziehungsweise unter diversen Störfaktoren wie Lärm. Beim zweiten steht die visuelle Wahrnehmung im Vordergrund, das blitzschnelle Auffassen relevanter Details, in der Regel auf Fotografien –“

„Da mache ich mir keine Sorgen, dafür bin ich berühmt. Weiter“, unterbrach Simon begierig.

„Nummer drei und vier prüfen die Gedächtnisleistung und die Fähigkeit, logische Zusammenhänge erkennen zu können.“

„Alles kein Problem. Aber was ist der Backsteintest? Hat den ein Professor Backstein erfunden?“

„Nein, da geht es darum, Hinweise auf kreative Gedankengänge zu erfassen. Die Aufgabe ist, in kürzester Zeit möglichst viele Verwendungsmöglichkeiten für einen Alltagsgegenstand wie zum Beispiel eben einen Ziegelstein zu finden.“

„Aha! Dann ist der Besentest, der ganz zum Schluss kommen soll, auch so etwas Ähnliches?“

„Ehrlich gesagt habe ich vom Besentest noch nie gehört. Ich kann aber mal ein wenig recherchieren und dir dann Bescheid geben.“

„Tu das. Dann haben wir noch den Ferrinho-Test. Was soll das sein?“

John zögerte kurz. „Der dürfte die anspruchsvollste Herausforderung sein. Rationale Entscheidungsfindung unter Stressbedingungen – diese Fertigkeit spielt beim Militär naturgemäß eine große Rolle. Sie wird dort immer wieder auf den Prüfstand gestellt und auch trainiert."

„Was die Verantwortlichen nicht davon abhält, doch immer mal wieder spektakuläre Fehlentscheidungen zu treffen", bemerkte Simon zynisch.

„Du hast recht. Jemanden auf alle Situationen und Eventualitäten, mit denen er konfrontiert werden kann, vorzubereiten, ist schlicht unmöglich." Vor allem im Krieg, fügte er im Stillen hinzu. Als er an seine Erfahrungen in Afghanistan und dem Irak zurückdachte, begann ein altbekannter Schmerz sich zu regen.

„Und welche Stressbedingungen könnten das sein, John?"

„Das kann ich dir nicht sagen, dabei sind der Phantasie keine Grenzen gesetzt und die Variablen unendlich. Sag, sind vielleicht Ausflüge geplant, bei denen ihr in irgendeine inszenierte Situation kommen könntet?"

„Ja, tatsächlich ist uns für morgen eine gemeinsame Fahrt zum Hadrianswall in Aussicht gestellt worden und später in der Woche soll es noch eine Schlossbesichtigung geben." Simon pfiff durch die Zähne. „Gut, dass ich jetzt vorgewarnt bin. Ich werde aufpassen wie ein Schießhund. Hah, dieser Hampelmann Briarson und seine Konsorten werden schon sehen: Einen Simon Whittington hält keiner auf!"

John hatte sich eben häuslich auf dem Sofa niedergelassen, um die Abendnachrichten zu sehen, als Renie anrief.

„John, stell dir vor, Veronicas Großvater hat bei Lily angerufen! Und ich wette, Benjamin hat etwas mit dem Tod seiner Schwester zu tun."

John setzte sich auf. „Jetzt mal ganz langsam, Renie. Wie kommst du darauf?"

„Also, ich habe Lily nach unserem kleinen Umtrunk im Pub nach Hause begleitet, weil wir uns ungestört Tommys Aufzeichnung vom Premierenabend ansehen wollten. Kaum sitzen wir vor dem Fernseher, klingelt ihr Telefon und Alec van Burstyn ist dran, Veronicas Opa väterlicherseits. Lily war ziemlich verwundert, dass er anrief, offenbar ist es Jahre her, dass sie sich gesehen haben. Auf jeden Fall erzählte er ihr, dass es ja so schade wäre, dass Benjamin, der in seinem Auftrag nach London gefahren wäre, nicht mehr mit seiner Schwester hätte sprechen können. Und was meinst du, wozu der Opa Benjamin hergeschickt hatte? Er sollte Veronica bitten, ihre Großmutter in Liverpool zu besuchen, der es wohl sehr schlecht geht und die ihre Enkelin noch einmal sehen wollte. Ist das nicht der Hammer?"

„Der Senior der van Burstyns wollte Frieden schließen mit dem schwarzen Schaf der Familie? Das ist ja wirklich ein Ding."

„Genau! Und jetzt überleg mal weiter: Wenn Benjamin befürchten musste, dass das der erste Schritt sein würde, seine Schwester wieder in den Schoß der Familie aufzunehmen, dann hätte er doch plötzlich eine Menge zu verlieren gehabt, oder nicht? Genau gesagt die Hälfte von einem fabelhaften Vermögen. Wenn das nicht nach einem Mordmotiv klingt!"

„Schon möglich. Dann sagte Benjamin also zu seinem Großvater, er wäre nach London gefahren und hätte Veronica nicht finden können?"

„Genau. Er behauptete, er wäre am Freitag hier gewesen und hätte Lilys Wohnung aufgesucht, aber niemanden angetroffen. Dass er abends auf dem Schiff war, hat er dem Opa aber nicht gesagt."

„Nun ja, wir wissen ja auch nicht hundertprozentig, dass er es war", wandte John ein.

„Eben doch! Ich habe Lily anschließend das Video gezeigt und sie hat ihn wiedererkannt. Jetzt ist sie stinksauer auf Benjamin und will ihn bei der Gedenkfeier für Veronica konfrontieren."

„Wie bitte? Lily will dorthin fahren? Aber Benjamin hat ihr ziemlich eindeutig zu verstehen gegeben, dass sie dort nicht erwünscht ist."

„Benjamin hat wahrscheinlich gute Gründe, dass er Lily von seiner Familie fernhalten will. Aber der alte Alec hat sie darum gebeten, sogar richtiggehend angefleht, dass sie kommt. Er und seine Frau möchten hören, wie es Veronica in den letzten Monaten ergangen ist, wenn sie sie schon nicht mehr persönlich treffen können."

„Aha. Das ist trotzdem keine gute Idee." John runzelte die Stirn. „Wenn sie dort für Wirbel sorgt, ist die Stellung ihres Vaters in der Firma der van Burstyns in Gefahr, das hat sie selbst gesagt. Und wenn Benjamin tatsächlich schuldig ist, weiß man nicht, wie er reagiert. Das könnte auch für Lily selbst gefährlich sein."

„Das dachte ich auch. Aber keine Sorge, John: Ich werde bei ihr sein."

„Wie bitte?! Wie meinst du das? Du kannst dich doch nicht einfach dort einschleichen und überhaupt –"

„Bleib cool, John. Ich muss mich gar nicht einschleichen. Ich bin hochoffiziell eingeladen. Lily und ich haben blitzschnell geschalten und sie hat Veronicas Großvater zugesagt, dass sie nur kommt, wenn sie zur moralischen Unterstützung eine Freundin mitbringen darf. Darüber war der Alte zwar nicht recht glücklich, aber sie hat ihm gesagt, dass ich Veronica ebenfalls gekannt habe und er hat schließlich zugestimmt. Nun fahren wir am Samstag mit dem Zug dorthin. Wir dürfen sogar im Gästehaus auf dem Anwesen der van Burstyns übernachten, ist das nicht krass? Am Sonntag fahren wir wieder zurück. Das habe ich super gedeichselt, was?"

John raufte sich die Haare, aber ihm blieb keine Zeit, weitere Einwände zu erheben, denn Renie fuhr mit der Wucht einer Dampfwalze fort, „Und dann hatten wir gleich noch eine phantastische Idee. Und zwar müssen wir versuchen, mit CJ Kontakt aufzunehmen. Er könnte am ehesten mitbekommen haben, ob Benjamin seine Schwester an dem Abend angesprochen hat."

„Das stimmt. Aber wenn ich euch richtig verstanden habe, ist er sowas wie ein Rockstar. Wie wollt ihr an ihn herankommen?"

„Tja, mit der Raffinesse, die uns Frauen eben in die Wiege gelegt ist. Wir werden morgen Harry die Idee einpflanzen, dass er CJ zu einem Interview in seine Radiosendung einlädt. Nachdem die Crushers gerade ihre neue CD promoten, dürfte es nicht zu viel Mühe kosten, CJ zu diesem Termin zu bewegen. Er scheint soweit ein ganz netter Kerl zu sein, sagt Lily. Gestern hat er sie angerufen, um über Veronica zu sprechen und wie sie gestorben ist. Auch wenn sie offenbar nicht seine große Liebe war, schien ihm doch etwas an ihr gelegen zu sein. Okay. Und dann erinnern wir Harry an sein Versprechen, dass er Tommy und ein paar Leuten aus seinem Medienkurs einen kleinen Einblick hinter die Kulissen des Senders ermöglichen wollte. Das hat er Tommy schon zugesagt. Und schließlich managen wir die Termine so, dass es ganz zufällig zu einer zeitlichen Übereinstimmung kommt und schon kann die liebe Renie, die ihren kleinen Bruder und dessen Freunde als Aufsichtsperson zu ihrem Ausflug begleitet, ein paar vertrauliche Worte mit Mr. CJ Thomkins wechseln. Voilà."

John schüttelte nur noch den Kopf. „Renie, du weißt, dass ich größte Achtung vor deinem Organisationstalent habe, aber wenn du das auf die Reihe kriegst, ziehe ich wirklich den Hut vor dir."

„Pah, da habe ich oben in Schottland bei der Organisation des Clan-Festivals noch ganz andere Sachen bewerkstelligt. Was denkst du, mit wie vielen verschiedenen Anforderungen wir da die ganze Zeit jonglieren mussten? Aber nicht mal die Sonderwünsche von Ms. Ich-will-meine-Garderobe-in-Vergissmeinicht-Blau-und-mein-Hündchen-wünscht-ein-Boeuf-Bourguignon-zum-Dinner-Kyla Macpherson sind unerfüllt geblieben.“

Sie kicherte frech. „Naja, zumindest die Sonderwünsche, für die *ich* zuständig war; dass ein gewisser Beefeater Ihrer Majestät den speziellen Ansinnen dieser Dame nicht nachkam, ist ja nicht meine Schuld…“

Diese Episode trieb John noch jetzt, Monate später, die Schamesröte ins Gesicht und er beendete hastig das Gespräch.

Für den nächsten Tag hatte John eigene Nachforschungen im Sinn. Es traf sich gut, dass er mit Dr. Mohani nach Greenwich hinaus wollte.

Nachdem er herausgefunden hatte, dass die Pride of the Thames um kurz nach eins den Tower-Pier in Richtung Osten verließ, hatte er zwei Tickets erstanden und sich pünktlich mit der Wissenschaftlerin an der Anlegestelle getroffen. Das war gar nicht so einfach, da angesichts des kalten, aber sonnigen Wetters das Themseufer vor dem Tower schwarz vor Menschen war.

„Mit diesem Schiff bin ich noch nie gefahren. Sollen wir hinausgehen?“, fragte Claire Mohani, als sie das Deck betraten.

„Gern. Vielleicht aufs Hinterdeck? Dort zieht es nicht so. Gehen Sie ruhig schon voraus, ich hole uns etwas zu trinken.“

John ließ sich Zeit, sich das Innere des geräumigen Schiffs einzuprägen. Ganz offensichtlich war dieses Ausflugsschiff für Dinner- und Tanzveranstaltungen konzipiert worden. Der Bereich am Heck wurde dominiert von einer auf Hochglanz polierten Bar. Dahinter gingen zwei Türen ab. Auf der einen stand Küche, auf der anderen Crew. Hinter diesem Bereich lag ein Quergang, in dem es Toiletten für die Passagiere gab. Geradeaus gab es zwei Türen, die aufs Hinterdeck führten.

John bestellte zwei Tassen Tee beim Barkeeper, der noch keine weiteren Gäste hatte und sich über ein Schwätzchen freute.

„Schönes Schiff“, kommentierte John. „Und es sieht aus, als wäre es vielseitig nutzbar. Täusche ich mich oder habe ich am Pier ein Plakat gesehen, dass es hier sogar Theateraufführungen gibt?“

Der Barkeeper lächelte erfreut. „Ja, die Pride of the Thames ist schon ein Schmuckstück. Und Sie haben recht, wir machen nicht nur Ausflugsfahrten, sondern bieten auch exklusive Dinnercruises an, zu bestimmten Terminen auch mit Theateraufführungen. Ein ganz neues Konzept, aber es scheint aufzugehen. Unsere Premiere letztes Wochenende war komplett ausgebucht.“

John machte ein beeindrucktes Gesicht.

„Donnerwetter.“ Er drehte sich um und sah suchend herum. „Wo wird denn da die Bühne aufgebaut?“

„Direkt hier, ein paar Schritte vor der Bar. Natürlich muss das Bühnenbild aus leicht beweglichen Teilen sein, dann geht der Aufbau ganz fix. Sehen Sie“, er wies an die holzvertäfelte Decke, „da oben haben wir Schienen eingelassen, an denen wir Vorhänge befestigen können, mit denen man in kürzester Zeit den Raum abtrennen kann. Dann kann man mittels Hydraulik diesen ganzen Bereich hier um knapp zwei Fuß nach oben fahren, das ist die eigentliche Bühne. Und unser Crew-Aufenthaltsraum dient als Garderobe, von da kommen die Schauspieler durch einen Durchlass im Vorhang auf die Bühne. Perfekt, was?“

„Da ist bei der Planung wirklich mitgedacht worden“, lobte John. „Hm, ich hätte nicht übel Lust, mir so ein Theater einmal anzusehen. Was wird denn momentan gespielt?“

„*Henry VIII.* Naja, so ein Klassik-Schinken ist natürlich nicht jedermanns Sache, aber ich sage Ihnen, die Schauspieler – und vor allem die Schauspielerinnen – sind erste Sahne. Echt was fürs Auge.“ Er wackelte vielsagend mit den Augenbrauen. Dann lehnte er sich über den Tresen.

„Beim letzten Mal mussten wir direkt aufpassen, dass die Fans nicht bis in die Garderobe vorgedrungen sind. Ich selbst habe zufällig so ein windiges Bürschchen, das sich unbemerkt Zutritt verschaffen wollte, erwischt. Dem habe ich aber die Meinung gegeigt! Der hat sich dann ganz schnell verdrückt.“

Dass eine der Darstellerinnen auf dem Schiff gestorben war, behielt der Barkeeper wohlweislich für sich, wohl um den potenziellen Besucher nicht zu verschrecken. Er stellte zwei Pappbecher mit Tee vor John und wandte sich dann einem neuen Gast zu.

John sah sich noch einmal nachdenklich um, dann ging er nach draußen, wo Claire bereits nach ihm Ausschau hielt. Währenddessen hatte das Schiff abgelegt und glitt unter der Tower Bridge hindurch.

Er genoss die Fahrt hinaus nach Greenwich, auch wenn er beständig gebeten wurde, Fotos von lächelnden Touristen zu schießen.

„Aus dieser Perspektive habe ich die Stadt schon lange nicht mehr gesehen. Es ist unglaublich, was sich über die Jahre alles verändert hat“, bemerkte er, als sie an den Docklands vorbei nach Osten fuhren.

„Deswegen liebe ich Greenwich. Während sich ringsum alles mit rasanter Geschwindigkeit weiterentwickelt, fühle ich mich hier, als könnte ich einen Schritt zurück in die Vergangenheit tun. Die UNESCO hat gut daran getan, den Bereich hier als Welterbe unter Schutz zu stellen.“

„Es ist schon ein erhabener Anblick“, stimmte John zu, als Christopher Wrens von zwei Kuppeln gekröntes Meisterwerk, das Royal Naval College nach einer guten halben Stunde vor ihnen lag.

Dic Pridc of thc Thamcs drchtc bci und lcgtc cin Stück untcrhalb des Komplexes am Südufer an.

Nachdem sie von Bord gegangen waren, sah Claire auf die Uhr.

„Bis zum Niedrigwasserstand bleibt uns eine Stunde. Wenn Sie Lust haben, könnten wir den Hügel zum Observatorium hinauflaufen – von dort oben müssten wir heute eine wundervolle Sicht haben.“

„Sehr gern.“

Tatsächlich war das Panorama vom Aussichtspunkt oben im königlichen Park an diesem Tag atemberaubend – im Westen schweifte der Blick bis zur Kuppel von St. Paul's, im Osten war über die Türme der Greenwich Power Station hinweg die futuristische O2-Arena zu sehen. Die Gondeln der Emirates Air Line schwebten hoch über die Themse hinweg. Vor ihnen, am Fuß des Hügels, bildete der schneeweiße Komplex aus Queen's House, Maritimem Museum und Royal Naval College einen reizvollen Kontrast zu den hochaufragenden Türmen von Canary Wharf.

Claire Mohani blinzelte gedankenverloren in die Sonne.

„Was für ein geschichtsträchtiger Ort dies ist. Schon die Römer erbauten sich hier ihre Villen; im elften Jahrhundert ankerte dort unten die Flotte der Dänen, von hier machten sie sich zu ihren Beutezügen in den umliegenden Grafschaften auf. Viel später wurde Henry VIII hier geboren, genauso wie seine Töchter Mary und Elizabeth. Admiral Nelson wurde nach seinem Tod bei Trafalgar dort unten in der Painted Hall des Colleges aufgebahrt und von hier aus startete seine Begräbnisprozession über den Fluss nach Whitehall.“

Unversehens griff sie nach seiner Hand.

„Kommen Sie, lassen Sie uns gehen. Ich kann es nicht erwarten, mit unserer Suchaktion am Ufer zu starten. Irgendwie habe ich das Gefühl, dass wir heute etwas Spannendes finden.“ Schon trabte sie davon.

„Los, wer als Erstes unten am Parktor ist!“

John musste über ihre kindliche Begeisterung lachen. Dann setzte er ihr nach, so gut es mit dem geschienten Bein ging. Und so wunderten sich zahlreiche Spaziergänger über zwei Erwachsene mittleren Alters, die angetan mit Gummistiefeln quietschend und prustend über das akkurat geschnittene Grün hinabrasten, bis sie schwer atmend gleichzeitig am Parkausgang anlangten.

Kapitel 11

„Gutes Rennen, John“, schnaufte sie und hängte sich vergnügt bei ihm ein. Sie schritten zügig zum Themseufer, vorbei an der Cutty Sark und zum Eingang des Themsetunnels. Gemeinsam mit einer Familie und deren drei Kindern fuhren sie im Lift fünfzig Fuß in die Tiefe. Als die Lifttür sich öffnete, lag eine weißgekachelte Röhre vor ihnen, deren Ende nicht erkennbar war.

„Ich war zuletzt als Halbwüchsiger hier, aber genauso habe ich es in Erinnerung“, staunte John.

In diesem Moment entdeckten die Kinder, die zuerst noch ehrfürchtig schweigend und ein wenig ängstlich um sich geschaut hatten, dass jedes Geräusch hier drin großartig hallte. Sofort begannen sie entzückt, in höchsten Tönen zu kreischen.

John und Claire ergriffen die Flucht und eilten die knapp vierhundert Meter unter der Themse hindurch. Als sie auf der Isle of Dogs ankamen, wies Claire Mohani den Weg über das Gelände eines Ruderclubs zu einem breiten Uferstreifen.

„Okay, es geht los. Wir gehen hier entlang in Richtung City. Ich schlage vor, wir grasen den Streifen von hier bis zu den nächsten Stufen in der Ufermauer gründlich ab. Das dürfte in etwa eine Viertel Meile sein. Lassen Sie sich Zeit und nehmen Sie alles mit, was Ihnen interessant erscheint. Aussortieren können wir nachher immer noch.“ Sie reichte ihm dünne Gummihandschuhe und zwei unterschiedlich große durchsichtige Plastikbeutel.

„In den größeren Beutel tun Sie alles, was eindeutig moderner Müll ist. Den entsorgen wir dann später. In Ordnung?“

John nickte. „Und was machen Sie?“

„Ich packe meinen Metalldetektor aus. Hier habe ich schon gelegentlich römische Münzen gefunden.“

Voller Vorfreude machte John sich daran, den kiesigen Boden unter sich abzusuchen. Nach einer halben Stunde jedoch, in der er außer Kieselsteinen in allen Größen, ausgelaufenen Batterien und mehreren Plastikfetzen nichts gefunden hatte, richtete er sich ächzend auf. Sein Rücken nahm die ungewohnte Haltung merklich übel und sein Knie, das ihm schon seit einiger Zeit keine Schmerzen mehr bereitet hatte, fühlte sich heiß an.

Er ging zu Claire hinüber, die sich Kopfhörer aufgesetzt hatte und ihr Metallsuchgerät methodisch über dem Boden hin- und herschwenkte.

„Entweder ich brauche allmählich eine Brille oder hier gibt es nichts Interessantes.“

Sie sah auf und grinste ihn an. „Geduld, John, Geduld – die erste Tugend, die man als Archäologe braucht. Denken Sie an Howard Carter und wie viele Jahre er im ägyptischen Wüstensand buddelte, bis er Tutenchamuns Grab fand. Machen Sie nur weiter. Bis jetzt hat noch jeder, der mit mir unterwegs war, irgendetwas Historisches gefunden, und wenn es nur ein Pfeifenröhrchen war.“

Mit neuem Ehrgeiz machte John sich wieder daran, die Oberfläche des Flussbetts zu durchforsten. Einige Minuten später wurde er belohnt, als er den abgebrochenen Henkel eines Kruges fand, der ein hübsches grünweißes Muster trug. Stolz wie ein Schuljunge trug er das Fundstück zu Claire hinüber.

„Sehr schön, John. Das sieht auf den ersten Blick wie achtzehntes Jahrhundert aus, aber wir werden das noch in unserer Datenbank mit Vergleichsmustern nachprüfen“, lobte sie.

Beglückt, aber mit zunehmend bemerkbarem Hinken ging John zum Fundort zurück und entdeckte in schneller Folge eine ganze Reihe von Keramikscherben mit unterschiedlichen Glasuren, die er säuberlich eintütete.

„John! Kommen Sie mal, ich zeige Ihnen etwas“, rief Claire.

Sie hielt ihm eine ziemlich verschmutzte Münze entgegen, auf der der lorbeerumkränzte Kopf eines Mannes auf einem ziemlich umfangreichen Hals zu erkennen war.

„Ist die römisch?“, fragte er beeindruckt.

Sie lachte. „Sehen Sie mal die Jahreszahl an.“

Er kniff die Augen zusammen. „1817. Oh.“

„Genau. Das ist unser alter George III. Als die Münze geprägt wurde, war er schon seit Jahren umnachtet. Er hat nicht mehr mitbekommen, dass wir mit unseren Verbündeten zwei Jahre zuvor Napoleon endgültig geschlagen hatten, dass er selbst zum König von Hannover gekrönt wurde und seine Frau starb. Eine tragische Figur. So, und nun suchen wir weiter.“

Wenig später fiel Johns Blick auf etwas Goldglänzendes. Hatte er ebenfalls eine Münze gefunden? Aufgeregt hob er das kleine runde Teil auf, verzog gleich darauf aber enttäuscht das Gesicht. Es war nur ein Knopf. Allerdings war darauf ein Wappen zu erkennen. Er wischte vorsichtig ein wenig Sand beiseite.

„Was haben Sie da?“ Claire war herübergekommen.

„Es ist nur ein Knopf. Vielleicht von einer Uniform.“

Er hielt ihr den kleinen Fund hin. Sie drehte ihn um und deutete auf einen rundumlaufenden Schriftzug auf der Rückseite.

„Sehen Sie, da ist noch der Name des Herstellers zu erkennen. Vielleicht können wir herausfinden, was für ein Knopf das ist. Nehmen Sie ihn auf jeden Fall mit.“

Während das Wasser allmählich wieder stieg und die sinkende Sonne lange Schatten warf, füllten sich die Beutel der Schatzsucher. Eine halbe Schere, zwei Fingerhüte, einen hübschen kleinen Keramikvogel, eine Handvoll Pfeifenröhrchen und jede Menge Müll später stellte John schließlich seine Tüten ab und streckte sich.

Mittlerweile schmerzten Rücken und Knie höllisch. Er fluchte leise. Ob er das lädierte Gelenk überstrapaziert hatte? Heute Abend würde er ausnahmsweise eine Schmerztablette einnehmen; die Packung, die ihm der Arzt nach der Operation gegeben hatte, lag noch fast voll zu Hause.

Er bückte sich mit einem Ächzen, um vorsichtig einen abgebrochenen Flaschenhals und eine weitere Batterie aufzusammeln. Plötzlich fuhr er wie elektrisiert hoch. Die Tablettenpackung! Er schloss die Augen, um sich besser erinnern zu können. War das nicht …? Er hetzte zu Claire hinüber. Sie nahm den Kopfhörer ab und sah ihn erwartungsvoll an.

„Ja? Was haben Sie diesmal gefunden?“

„Können Sie sich an die Tablettenschachtel erinnern, die Sie beim letzten Mal aufgesammelt haben? Als Sie am Towerstrand unterwegs waren?“

Sie zog die Augenbrauen nach oben.

„Ja, ich denke schon. Aber warum fragen Sie?“

„Ich erkläre es Ihnen gleich. Wahrscheinlich haben Sie sie weggeworfen?“, fragte er gespannt.

„Hm, lassen Sie mich überlegen. Die meisten Sachen werfe ich gleich weg. Problemmüll wie Spritzen, Batterien, Reste von irgendwelchem Elektronikspielzeug oder auch mal Medikamente gebe ich in einen Sondermülleimer bei uns im Museum, damit er fachgerecht entsorgt wird. Ich kann mich noch erinnern, dass ich diese Schachtel dorthinein gegeben habe, weil noch eine Menge Tabletten drin waren. Aber ehrlich gesagt habe ich keine Ahnung, wie oft der Eimer geleert wird und wo das Zeug nachher hingeht. Da müsste man unseren Hausmeister fragen."

John wäre am liebsten sofort zur nächsten U-Bahn-Haltestelle losgerannt.

„Wäre es unverschämt, wenn ich Sie bitten würde, dass wir im Museum nachsehen? Es könnte wichtig sein."

Sie lachte.

„Nein, es ist überhaupt nicht unverschämt. Wir müssen hier sowieso die Zelte abbrechen, sonst bekommen wir nasse Füße. Wenn Sie mich ins Museum begleiten, können wir uns auf die Suche nach dieser ominösen Tablettenschachtel machen – vorausgesetzt, Sie verraten mir, warum Sie sich plötzlich so sehr dafür interessieren."

Es wurde bereits dunkel, als sie im Museum of London eintrafen. Claire Mohani führte John, für den mittlerweile jeder Schritt eine Qual war, zum Personaleingang und von dort über einige verwinkelte Gänge in ihr Büro. Auf der Fahrt hatte er ihr in knappen Worten erzählt, dass eine Freundin seiner Nichte – hier hatte er die Wahrheit ein wenig gestreckt – in der vergangenen Freitagnacht an Bord eines Themseschiffes direkt an der Anlegestelle vor dem Tower gestorben war und dabei wohl Medikamente im Spiel gewesen wären, deren Herkunft unklar war.

Dr. Mohani hatte der Geschichte betroffen gelauscht.

„Warten Sie mal, ich glaube, ich kann mich erinnern, wie die Dinger hießen."

Sie legte nachdenklich einen Finger auf die Nase.

„Hmm. Irgendwas mit Nox oder so. Ich weiß noch, dass ich mir dachte, das müssten Schlafmittel sein."

John nickte.

„Mir ist auch so, als hätte ich das Design auf der Packung erkannt, nur habe ich die Verbindung vorher nicht gesehen – ich denke, die Arznei ist CalmaNox. Als ich noch bei der Truppenbetreuung war, haben unsere Ärzte das häufig verschrieben, wenn einer der Soldaten ein Problem mit dem Einschlafen hatte."

Sie warf ihm einen interessierten Blick zu. „Sie waren beim Militär?"

„Jedes Mitglied der Yeoman Warders war zuvor über zwanzig Jahre lang bei der Britischen Armee. Ich selbst war beim Psychologischen Dienst.“

„Das klingt ja spannend. Warum haben Sie diesen Beruf aufgegeben?“

„Lange Geschichte. Ich erzähle sie Ihnen bei Gelegenheit.“

Im Büro schaltete Claire sogleich ihren Computer ein und griff zum Telefonhörer.

„Mal sehen, ob Fred noch in seiner Werkstatt ist“, murmelte sie. Nachdem sie kurz mit jemandem gesprochen hatte, legte sie auch schon wieder auf.

„Okay. Der Sondermüllbehälter wird nur einmal die Woche geleert und das ist glücklicherweise morgen. Also können wir uns auf die Suche begeben.“

Sie öffnete einen Schrank und holte ein Paar Einweggummihandschuhe und feste Arbeitshandschuhe heraus.

„Zur Sicherheit. Ich habe keine Lust, mich an einer Spritzennadel aufzuritzen oder mit Batteriesäure zu verätzen. Kommen Sie.“

Sie ging voraus in den Keller des Gebäudekomplexes, wo sie die Tür zu einer Art Abstellkammer aufsperrte.

„Hier wären wir. In dieser Tonne muss das Ding sein.“

Sie hob den Deckel.

„Ah, wir haben Glück. Ich sehe die Schachtel schon, sie liegt recht weit oben.“ Sie zog sich einen Gummihandschuh über und fischte die weiße Packung mit dem dunkelblauen Streifen vorsichtig heraus.

„Sie hatten recht. CalmaNox.“

Dolche, Schwerter, Pfeilspitzen, Bronzestatuetten, Handelssiegel – John schwirrte schon der Kopf von der Fülle an Funden aus der Themse, die Claire Mohani ihm voller Stolz zeigte. Er bemühte sich redlich, ihren Ausführungen zu folgen, dennoch schweiften seine Gedanken immer wieder ab. Die Tablettenschachtel, die er sicher in einem Plastikbeutel verpackt eingesteckt hatte, schien ihm förmlich ein Loch in die Jacke zu brennen.

Auf Claires fragenden Blick hin hatte er etwas von der Familie des toten Mädchens gemurmelt, der er die Packung übergeben wollte und inständig gehofft, dass sie keine weiteren Fragen stellen würde.

Glücklicherweise brannte die Forscherin schon darauf, ihn durch die Ausstellung zu führen und ließ das Thema auf sich beruhen.

„Hier haben wir ein Schwert aus deutscher Produktion. Wir nehmen an, dass ein Landsknecht es bei sich hatte, als Karl V. 1522 London besuchte. Sein Sohn Philipp heiratete später Mary Tudor, Elizabeths Halbschwester. Ein weiteres Stück, das wahrscheinlich während eines vorübergehenden Aufenthalts in London verloren worden ist, ist dieser Ring hier."

John blickte auf einen glatten, wenn auch etwas verschrammten Goldring, auf dessen Innenseite Spuren einer Inschrift zu sehen waren.

„Einer meiner Mitarbeiter hat ihn vor einigen Monaten bei Wapping gefunden. Von der Gravur ausgehend vermuten wir, dass er William Dunbar gehört hat. Er war als schottischer Abgesandter 1501 in London und erlebte die Hochzeitsprozession für Katharina von Aragon und Arthur, Prince of Wales mit."

„Katharina war vor ihrer Ehe mit Henry VIII schon einmal verheiratet? Das wusste ich gar nicht."

„Nur für vier Monate. Arthur starb kurz nach der Hochzeit an einem Fieber und Katharina war als gerade einmal Fünfzehnjährige bereits Witwe. Mit Arthurs Bruder Henry wurde sie erst acht Jahre später vermählt."

Claire ging weiter zur nächsten Vitrine und deutete auf eine Handvoll kleiner dunkler Würfel.

„Diese hier gehören zu meinen Lieblingsstücken. Sie sind direkt bei der London Bridge aus der Themse gefischt worden. Der Witz ist, dass sie alle gezinkt sind. Einige zeigen nur niedrige, andere nur hohe Zahlen an. Und ein Teil ist mit einer Quecksilbereinlage so präpariert, dass sie immer auf dieselbe Seite fallen."

„Wie alt sind diese Würfel?"

„Fünfzehntes Jahrhundert. Noch einmal über zweitausend Jahre älter ist diese Gebissstange, die einmal zu einem Pferdezaumzeug gehört hat und aus einem Stück Geweih gefertigt worden ist. Und dies hier ist einer unserer ältesten Funde aus dem Fluss: Eine Axtklinge aus Mortlake, die aus Jadeit geschliffen wurde. Wir schätzen sie auf circa viertausend vor Christus. Damals, in der Jungsteinzeit, traf eine ganze Welle von neuen Siedlern im Themsetal ein. Diese Menschen waren eigentlich schon recht weit entwickelt, wenn man bedenkt, dass sie fünf-, sechstausend Jahre vor uns gelebt haben. Sie verstanden sich bereits auf den Bootsbau, sie bauten verschiedene Feldfrüchte an, sie züchteten Schweine, Rinder und Schafe. Den Langbogen zur Jagd, Getreidemühlen und auch Töpferwaren gab es bereits. Oh, apropos Töpferwaren: Haben Sie Lust, dass wir uns die Keramikscherben ansehen, die Sie gefunden haben? Und wir wollten auch noch recherchieren, ob wir die Herkunft Ihres Knopfs herausfinden können."

John stöhnte innerlich. Obwohl er Dr. Mohanis Forschungsgebiet wirklich faszinierend fand und er ihr an jedem anderen Tag gerne noch stundenlang gelauscht hätte – heute sehnte er sich danach, sein Knie mit einer Kühlmanschette versehen hochzulegen und außerdem drängte es ihn danach, mit Renie über seine Entdeckung zu sprechen. Ein Blick in Claires erwartungsvolles Gesicht genügte jedoch und er hörte sich selbst sagen, „Natürlich, sehr gern."

Und so war es zwei Stunden später, als er in ein Taxi stieg, das ihn nach Hause bringen sollte. Üblicherweise wäre er mit dem Bus oder der U-Bahn gefahren oder die zwei Meilen auch zu Fuß gegangen – aber heute wollte er keinen einzigen Schritt mehr tun, als unbedingt nötig war.

In der Jackentasche trug er den goldfarbenen Knopf mit dem Löwenwappen, den er in Greenwich aufgesammelt hatte. Tatsächlich hatten sie herausfinden können, woher er stammte: Eine altehrwürdige Knopffabrik in Connecticut hatte ihn dereinst für die belgische Armee gefertigt. Auch einige der Keramikstücke hatte er mitgenommen. Claire hatte sie für ihn mit kleinen Schildchen versehen, die Herkunft und Alter angaben. Mithilfe der gigantischen Datenbank des Museums – und Claire Mohanis unerschöpflichem Wissen – hatten sie fast alle Fundstücke zuordnen können. John spürte, dass die Sammelleidenschaft bereits allmählich von ihm Besitz ergriff und er hatte fest vor, sich der Themseforschergruppe anzuschließen, die von Claire geleitet wurde.

Als er endlich zu Hause anlangte, steuerte er schnurstracks das Sofa an. Erschöpft streckte er sich aus und betastete sein Knie, das heiß und geschwollen war. Gleich würde er aufstehen und die Kühlmanschette und das Telefon holen. Er schloss kurz die Augen. Ehe er sich versah, war er eingeschlafen.

Er erwachte, als sein Wecker am nächsten Morgen im Schlafzimmer losging. Desorientiert und mit steifem Nacken sah er sich um und fragte sich, warum er in voller Montur auf dem Sofa lag. Als er sich, immer noch ziemlich bedröppelt, aufzurichten versuchte, gesellte sich zu dem Ziehen in seinem Genick noch ein durchdringender Schmerz in seinem lädierten Knie. Schlagartig fiel ihm der gestrige Ausflug mit Dr. Mohani nach Greenwich wieder ein. Herrje, er hatte mit Renie telefonieren und ihr von der Tablettenpackung erzählen wollen. Mit einem lauten Stöhnen erhob er sich und schlurfte ins Bad.

Nach einer Dusche und zwei Tassen kräftigen Tees fühlte er sich immer noch wie ein Wrack. Er stierte einige Minuten zum Fenster hinaus und griff schließlich zum Telefon.

Renie meldete sich gut gelaunt.

„Einen wunderschönen guten Morgen, John. Hattest du gestern einen schönen Tag? Die anderen im Studio haben schon nach dir gefragt. Irgendwie gehörst du schon richtig zur Truppe dazu, du bist sozusagen unser Faktotum."

Faktotum? Der einzige Mensch, den John je so bezeichnet gehört hatte, war der hochbetagte Hausdiener eines Earls, der schon so lange in dessen Haushalt arbeitete, dass er quasi zum Inventar gehörte. Er wusste nicht recht, ob dieser Vergleich ihm behagte. Seine Nichte hörte sich außerdem für seinen Geschmack entschieden zu munter an.

„Morgen", brummelte er.

„He, was ist los? Bist du dem *Grumpy old men's Club* beigetreten? Pass auf, ich habe herausgefunden, wem die Telefonnummer gehört, die Harry letzten Freitag andauernd angewählt hat: Es war Veronicas Nummer."

„Oh. Naja, irgendwie wundert mich das nicht."

„Und stell dir vor, ich habe es tatsächlich geschafft: Mr. CJ Thomkins, diesjähriger Music Award-Gewinner von MTV Europe, wird morgen Nachmittag in Harrys Sendung kommen. Tadaa."

John konnte sich zu einem matten „Du bist einfach die Beste, Renie" aufschwingen.

„Nur nicht so überschwänglich, John. Sag mal, warum störst du mich eigentlich beim Frühstück, wenn du nur rumstänkern willst?"

John seufzte und erzählte seiner Nichte von der Medikamentenpackung, die Claire Mohani gefunden hatte.

„Diese Tabletten enthalten Zolpidem, das ist einer der beiden Wirkstoffe, die bei Veronica nachgewiesen wurden –"

„Was? Wie? Woher weißt du plötzlich, was die Ärzte genau bei ihr gefunden haben?"

„Ah, das hatte ich dir noch gar nicht erzählt. Simon hat sich nun doch bereitgefunden, uns zu helfen –“

„Häh?! Wieso das denn? Was geht denn hier ab?“

„Das ist doch jetzt gleichgültig, Renie.“ John verspürte absolut keine Lust, seiner Nichte Simons Zwangslage auseinanderzusetzen. Außerdem musste er sich allmählich aufmachen, wenn er die Rehapraxis pünktlich erreichen wollte.

„Tatsache ist, dass in ihrem Körper besagtes Zolpidem, ein Schlafmittel, sowie ein Benzodiazepin, also ein angstlösendes Beruhigungsmittel gefunden wurden. Diese Tablettenpackung ist am Morgen nach Veronicas Tod auf dem Towerstrand gefunden worden. Es liegt also nahe, dass jemand sie in der Nacht über Bord geworfen hat. Und das dürfte kaum Veronica selbst gewesen sein – welchen Grund hätte sie dafür haben sollen?“

„Genau!“, fiel Renie aufgeregt ein. „Es gibt nur eine logische Schlussfolgerung: Jemand anderes hat versucht, die verräterische Schachtel loszuwerden. Und das war mit Sicherheit der Mörder oder die Mörderin!“

„So sehe ich das auch. Ich hatte gestern auch Gelegenheit, mich auf der Pride of the Thames ein wenig umzusehen und mich mit dem Barkeeper zu unterhalten. Er hat mir gesagt, dass er einen jungen Mann erwischt hat, der unbemerkt in eure Garderobe eindringen wollte. Könnte sein, dass das Benjamin van Burstyn war. Es ist nicht ausgeschlossen, dass er es an dem Abend doch noch geschafft hat, einen unbeobachteten Moment zu erwischen und den Medikamentencocktail in Veronicas Thermosflasche zu schmuggeln. Er sagte selbst, dass er die gleiche Flasche hätte, daher wusste er, dass sie seiner Schwester gehörte. Natürlich alles in allem ein Plan, der durchaus mit Risiken behaftet war, aber Benjamin mit seiner angeborenen Arroganz würde davor wohl nicht zurückschrecken.“

„Ich denke auch, dass es möglich gewesen wäre, sich durch die Kulissen in unsere Garderobe zu stehlen“, meinte Renie langsam. „Sag mal, meinst du, dass sich auf dieser Packung noch Fingerabdrücke nachweisen lassen?“

„Keine Ahnung, aber wir sollten es versuchen. Vielleicht kann ich Simon darum bitten, dass das Labor von Scotland Yard die Schachtel untersucht. Allerdings dürfte das schwierig werden ohne eine offizielle Ermittlung.“

„Warte, ich habe eine bessere Idee! Du weißt doch, dass wir im Museum einige forensische Experten haben."

John erschauerte unwillkürlich. Seine Bekanntschaft mit jener Abteilung war kurz, aber recht unangenehmer Natur gewesen.

„Unsere Anthropologen haben hervorragendes Equipment, mit dem sie in erster Linie Mumien, prähistorische Schädel und Knochen und sonstige Funde untersuchen. Auch DNA-Analysen gehören da zum Alltagsgeschäft, also haben wir bestimmt auch die nötige Ausrüstung, um Fingerabdrücke zu analysieren."

„Das klingt nach einer vielversprechenden Idee", lobte John, dessen Lebensgeister allmählich wieder erwachten. „Aber ohne Vergleichsabdrücke hilft uns das auch nichts. Hast du eine Idee, wie wir an die Abdrücke unserer Verdächtigen kommen?"

„Hm. Mal überlegen. Oh, ich weiß: Wir veranstalten eine Party und sammeln hinterher die Gläser der Leute ein. Das müsste doch funktionieren, oder?"

„Ich denke schon."

„Bleib mal kurz dran. Ich muss schnell mit Geoff reden."

Nach ein paar Minuten war Renie wieder da.

„Alles klar, ich lade die ganze Bagage hierher in Geoffs Wohnung ein, am besten gleich für heute Abend. Mit einem kostenlosen Essen lassen sich Schauspieler immer locken. Es wird ohnehin Zeit, dass ich mich mal revanchiere. Die meisten anderen in der Gruppe haben auch schon solche spontanen Partys geschmissen. Und Geoff möchte die anderen ohnehin kennenlernen. Er freut sich schon darauf, ihnen seine berühmten Chicken Fajitas vorzusetzen, mit dieser Guacamole, in die man sich am liebsten reinlegen möchte."

Sie senkte die Stimme. „Ich sage dir, John, dieser Mann ist einfach ein Knaller. Ein echter Hauptgewinn."

Da konnte ihr Onkel nur zustimmen. Mit einem Lächeln legte er auf, um gleich darauf vernehmlich zu stöhnen, als er sich vom Stuhl hochstemmte. Die Krankengymnastik würde heute kein Vergnügen werden.

Kapitel 12

In der Tat sah John sich einer außerordentlich zornigen Physiotherapeutin gegenüber, die nach einem Blick auf sein dickes Knie förmlich an die Decke ging.

„Was haben Sie sich dabei nur gedacht? Gerade Ihnen hätte ich solche Dummheiten nicht zugetraut. Einen Hügel hinunterzulaufen, sagen Sie mal, haben Sie den Verstand verloren? Und dann das Knie noch zusätzlich zu belasten, indem Sie sich ein ums andere Mal nach irgendwelchem Kram bücken! Das ist wirklich der Gipfel der Dummheit."

John bekam es mit der Angst zu tun – die stämmige Frau sah aus, als wollte sie ihm jeden Moment eins mit dem Handtuch, das sie über die Schulter geworfen hatte, überziehen.

Er ließ betreten den Kopf hängen. „Es tut mir wirklich leid. Ich … war wirklich zu übermütig."

Sie verschränkte die Arme und funkelte ihn an.

„Wenn Sie mit ihrem hirnlosen Verhalten unsere mühsam erzielten Fortschritte zunichte gemacht haben, wird es Ihnen erst leidtun! Für heute ist die Krankengymnastik gestrichen. Ich verlange, dass Sie jetzt sofort zum Arzt fahren und das Knie untersuchen lassen. Erst, wenn wir sicher sind, dass Ihr neues Kreuzband keinen Schaden genommen hat, werde ich Sie weiterbehandeln. Vielleicht."

Damit machte sie auf dem Absatz kehrt und verließ den Raum.

John schluckte und humpelte zum Empfang hinaus, wo er sich ein Taxi rufen ließ. Dann saß er viereinhalb Stunden im Wartezimmer des Orthopäden, nur um sich dort dieselbe Strafpredigt noch einmal anzuhören.

„Mr. Mackenzie! Wenn Sie Ihre Genesung durch diese hirnrissige Aktion gefährdet haben, dann wird das Konsequenzen haben. Leute wie Sie belasten unser ohnehin marodes Gesundheitssystem über Gebühr. Mann, Sie sind doch keine zwanzig mehr, sondern über vierzig! Benehmen Sie sich um Gottes Willen entsprechend!"

John fühlte sich wie ein Rekrut, der während der Wache geschlafen hatte und wegen dieser groben Verfehlung von seinem Vorgesetzten abgekanzelt wird. Halb erwartete er, der Arzt würde ihn zu drei Tagen Einzelhaft im Bunker verdonnern.

Stattdessen fuhr der Arzt mit sichtlicher Befriedigung fort, „Natürlich kann ich ohne eine erneute Tomographie gar nichts sagen. Und dafür haben wir heute leider Gottes keinen Termin mehr frei."

Er stand auf. „Sie müssen morgen wiederkommen. Aber machen Sie sich auf ein paar Stunden Wartezeit gefasst. Sie können froh sein, wenn wir Sie irgendwo einschieben können. Und das auch nur, weil Sie in Diensten Ihrer Majestät stehen – ansonsten könnten Sie auf die Untersuchung leicht ein paar Wochen warten."

John bedankte sich demütig und schlurfte hinaus. Er überlegte kurz, ob er direkt in den Tower zurückfahren sollte, dann jedoch entschied er, erst noch einen Abstecher in Fullers Studio zu machen.

Die Schauspielschüler freuten sich sichtlich, ihn wieder zu sehen und bestürmten ihn, wenigstens eine kurze Einheit Entspannungstraining mit ihnen zu machen.

„Oh, bitte, bitte, John. Wir brauchen heute wenigstens noch einen netten Ausklang. Chris hat uns den ganzen Tag getriezt. Er hat üble Laune, weil Julie ein Weisheitszahn gerissen werden musste und sie für ein paar Tage flachliegt, die Ärmste. Jetzt muss er sich allein um alles kümmern und das gefällt ihm gar nicht." Renie zwinkerte ihm zu.

„In Ordnung", seufzte John. „Wenn ich dabei mein Bein hochlegen kann. Mein Knie hat einen leichten Rückfall erlitten."

Natalie kam näher. „Könnte ich nachher noch mit Ihnen reden?"

John nickte und folgte ihr in den Gruppenraum, wo Renie bereits eilfertig einen zusätzlichen Stuhl für ihn bereitgestellt hatte, auf dem er sein Bein ablegen konnte.

„Brauchen Sie noch eine Kühlpackung?", erkundigte sich Lily besorgt. „Chris hat so etwas da, ich kann Ihnen eine holen."

„Das wäre sehr nett, Lily."

John ließ sich dankbar in den Stuhl sinken. Als alle vollzählig vor ihm saßen, ließ John den Blick über die kleine Schar schweifen: Harry, Frankie, Lily, Natalie, Renie. Es war das erste Mal seit Veronicas Tod, dass er die kleine Truppe bei einer Entspannungsübung anleitete. Irgendetwas war anders als sonst, und das lag nicht nur daran, dass die Gruppe geschrumpft war. Nein, auch die Atmosphäre war anders. Gelöster, weniger mit Spannungen aufgeladen. Allerdings bemerkte er, dass sowohl Lily als auch Natalie auffällig oft zu Harry hinübersahen, der wiederum von diesem weiblichen Interesse nichts wahrzunehmen schien und immer noch wie ein waidwunder Hirsch wirkte.

Während John automatisch auf seine „Sandmännchen-Stimme“ umschaltete und die Gruppe durch die Übung führte, kam ihm mit einem Mal ein Verdacht, den er jedoch gleich selbst als absurd einstufte: Konnte eines der beiden Mädchen auf die Idee gekommen sein, Harry endgültig von seiner früheren Flamme zu befreien, der er auch nach dem Beziehungsende immer noch sichtlich nachgetrauert hatte – in der Hoffnung, zukünftig selbst einen Platz an seiner Seite einnehmen zu können? Er beschloss, später Renie danach zu fragen, was sie von dieser Idee hielt.

Nach der Sitzung zerstreuten die Schüler sich, nur Natalie blieb zurück. Renie steckte noch einmal schnell den Kopf herein.

„John, möchtest du heute Abend auch zum Fajitas-Essen kommen?“

Er schüttelte den Kopf.

„Danke für die Einladung, Renie, aber der Doktor hat mir strengste Order gegeben, mich ein paar Tage ruhig zu halten. Also werde ich den Abend lieber auf der Couch verbringen. Ach, da fällt mir ein, ich habe für Geoff etwas aus der Apotheke mitgebracht. Sieh mal in meine Jackentasche, da ist eine kleine Tüte drin. Kannst du die bitte mitnehmen?“

Renie verstand und warf ihm hinter Natalies Rücken einen bedeutungsvollen Blick zu.

„Klar, wird ordnungsgemäß abgeliefert.“

„Oh, und bring mir bitte noch schnell die Schmerztabletten, die auch in meiner Jacke sind, und vielleicht ein Glas Wasser.“

„Wird erledigt.“

Als er schließlich mit Natalie allein war, schluckte John eine Tablette und nickte dann zu ihren Krücken hinüber.

„Was macht Ihr Bein? Haben Sie auch Schmerzen?“

„Nein, das war nach den ersten Tagen vorbei. Ich kann es kaum noch erwarten, bis ich endlich wieder ohne die blöden Krücken laufen darf. Die ganze Geschichte zieht sich schon ganz schön hin.“

John nickte verdrießlich.

„Das können Sie laut sagen. Und diese Tabletten helfen auch nicht besonders viel, finde ich. Welche haben Sie von Ihrem Arzt bekommen?“

„Puh, ich weiß gar nicht genau. Diclo-irgendwas. Ich habe nur am ersten Tag, als ich aus dem Krankenhaus entlassen wurde, eine genommen, ansonsten bin ich ohne ausgekommen. Ich hasse Medikamente.“

„Ich eigentlich auch, aber gestern zum Beispiel habe ich tatsächlich eine Schlaftablette genommen, weil mein Knie so wehtat, dass ich sonst die ganze Nacht wachgelegen hätte“, schwindelte John.

„Sie Ärmster, das ist ätzend, wenn man sich die ganze Zeit von einer Seite auf die andere wälzt“, meinte sie teilnahmsvoll. „Wenn ich mal keine Ruhe finde, bügle ich. Oder manchmal nutze ich dann auch die Zeit und zeichne etwas.“

„Sie zeichnen?“

Natalie zuckte verlegen mit den Schultern. „Nur so ein bisschen, zum Zeitvertreib. Ich bin darin nicht gut oder so …“

John lächelte sie an. „Ich wette, doch. Es würde mich sehr interessieren, etwas von Ihren Skizzen zu sehen.“

„Wirklich? Ich … hätte meinen Block dabei. Den trage ich immer im Rucksack mit mir herum.“

„Ich würde mich wirklich geehrt fühlen, wenn Sie mir ein paar Bilder zeigen würden“, sagte er ernsthaft.

„Okay. Dann … hole ich den Block schnell.“

Wenig später blätterte John fasziniert in Natalies Skizzen, während sie ihm atemlos zusah. Ein Eichhörnchen im Park, ein streng dreinblickender Bobby, eine Blume auf der Fensterbank, ein Hund, der vor einem Geschäft angebunden war – alles wirkte ungeheuer plastisch und lebendig.

„Natalie – die sind ja herausragend!“, sagte er schließlich. „Damit könnten Sie sich an jeder Kunstakademie bewerben.“

Sie wurde vor Freude ganz rot.

„Ehrlich? Sie gefallen Ihnen? Aber die habe ich doch nur ganz schnell hingeworfen, zum Beispiel wenn ich an der Bushaltestelle warten musste.“

„Also, ich bin kein großer Kunstkenner, aber ich finde, Sie sind eine gute Beobachterin und Sie haben echtes Talent. Haben Sie nie überlegt, etwas daraus zu machen?“

Sie schüttelte den Kopf. „Nein, ich … also meine ältere Schwester …“

„Sarah? Sie haben mir von ihr erzählt. Was hat sie damit zu tun?“

„*Sie* hat am Goldsmiths studiert und gehört dort jetzt zu den Dozenten. Angeblich reißen sich die Studenten um einen Platz in ihren Kursen.“

John wusste, dass das Goldsmiths eine der renommiertesten Kunsthochschulen des Landes war. Plötzlich fiel ihm ein, dass er den

Namen Sarah Sinclair sogar schon bei einer Ausstellung junger britischer Künstler in der Tate Gallery gesehen hatte.

„Gegen das, was sie draufhat, ist mein bisschen Talent nicht viel wert, das war mir immer schon klar."

John wollte protestieren, aber Natalie hob abwehrend die Hand.

„Wissen Sie was? In einem unserer letzten Gespräche haben Sie mir doch diese Geschichte von dem alten Mann vorgelesen, dessen Sohn sich schlimm verletzt. Während alle um ihn herum in Wehklagen ausbrechen, bleibt der Alte recht gelassen. Kurze Zeit darauf bricht der Krieg aus und alle jungen Männer müssen in die Schlacht ziehen, nur sein Sohn bleibt verschont, weil er ein kaputtes Bein hat."

John nickte.

„Das hat mich ins Nachdenken gebracht. Vielleicht gibt es tatsächlich Dinge, die uns momentan schlimm vorkommen, die aber auf lange Sicht doch etwas Gutes haben." Sie sah zum Fenster hinaus.

„Ich hatte als Kind eine Leseschwäche. Wenn ich vor der Klasse etwas vorlesen sollte, war es jedes Mal eine Qual. Dann bin ich auf die Idee gekommen, mir zuhause die Texte von meiner Mutter vorlesen zu lassen und sie mehr oder weniger auswendig zu lernen. Das hat perfekt funktioniert und meine Lehrer waren begeistert, welche Fortschritte ich gemacht hätte. Dabei habe ich nur so getan, als ob."

John verstand.

„Und genau diese Fähigkeit – sich schnell einen Text aneignen zu können und ihn überzeugend vorzutragen – hat Ihnen beim Theaterspielen geholfen."

„Genauso ist es. Damit hatte ich endlich etwas gefunden, was ich gut konnte. Auf einem Gebiet, an dem Sarah glücklicherweise kein Interesse hatte", setzte sie trocken hinzu und fuhr fort, „Und dann habe ich gleich noch etwas gefunden, was ich zuerst verflucht habe, was im Nachhinein aber ein recht glücklicher Umstand war: Mein Fahrradunfall."

„Warum das?"

Sie grinste. „Ich konnte ja bei der Premiere nicht auf der Bühne stehen. Chris hatte mich gefragt, ob ich wenigstens soufflieren könnte, aber dazu hätte ich die ganze Zeit hinter dem Bühnenvorhang stehen müssen. Dazu hatte ich keine Lust, das überließ ich Julie. Ich saß also im Publikum und was meinen Sie, wer sich an meinen Tisch setzte? Celia Chambers."

John konnte sich dunkel erinnern, den Namen schon gehört zu haben. Julie Walker hatte ihn erwähnt. Dann fiel es ihm ein.

„Die, die im Auswahlkomitee des Drama Centres ist?“

„Genauer gesagt die, die das Komitee leitet“, korrigierte sie triumphierend. „Ich habe sie sofort erkannt. Wir haben uns sehr nett unterhalten. Es hat sich herausgestellt, dass sie den Regisseur einer kleinen, unabhängigen Produktion kennt, bei der ich mitgespielt habe und auf den sie große Stücke hält. Am Schluss hat sie gesagt, sie freut sich darauf, mich bei der Bewerbungsrunde im Januar zu sehen. Ich bin sicher, dass sie sich dann an mich erinnern wird.“

„Glückwunsch, Natalie. Zum einen dafür, dass Sie anfangen, zwei Seiten einer Medaille zu sehen. Und zum anderen, dass Sie Ihre Chance ergriffen haben, Bekanntschaft mit Ms. Chambers zu schließen. Das klingt vielversprechend. Ich bin überzeugt, dass Sie beim Casting hervorragend sein werden. Nach allem, was ich höre, haben Sie beste Voraussetzungen, Ihren Weg auf der Bühne zu machen.“

„Danke, John.“ Sie senkte verlegen den Kopf.

„Im Nachhinein ist es mir wirklich peinlich, wie biestig ich manchmal gewesen bin, anstatt irgendwelche Kritteleien oder kindischen Hickhack einfach an mir abprallen zu lassen. Ich glaube, dass ich in Zukunft bei so was drüberstehen kann. Und vielleicht werde ich sogar mit meiner Schwester beim nächsten Familientreffen die Friedenspfeife rauchen.“ Sie lachte auf. „Okay, das war übertrieben. So viel Harmonie muss jetzt auch nicht gleich sein.“

Sie rappelte sich auf und streckte John die Hand hin.

„Danke. Die Gespräche mit Ihnen haben mir wirklich weitergeholfen, John.“

„Nichts zu danken, Natalie. Es war mir ein Vergnügen. Ich freue mich darauf, Sie auf der Bühne des Globe oder im National Theatre bewundern zu dürfen.“

Sie grinsten sich an und verließen dann beide humpelnd Chris Fullers Studio.

Am nächsten Tag saß John bereits seit geschlagenen drei Stunden in einem völlig überfüllten Wartezimmer, als Renie anrief. Er hob ab und meinte, „Einen Moment. Ich gehe mal eben auf den Gang hinaus, hier drin versteht man sein eigenes Wort nicht.“

Mit Mühe fand er eine einigermaßen ruhige Ecke neben der Patiententoilette.

„Okay. Jetzt geht es. Wie war eure Party gestern?"

„Ein voller Erfolg, muss ich sagen. Geoffs Fajitas sind super angekommen und alle waren gut drauf. Nur leider konnten Harry und Julie nicht dabei sein. Harry musste für einen erkrankten Moderator beim Sender einspringen und Julie hatte nach ihrer Zahnoperation immer noch eine dicke Backe und Schmerzen. Aber von den anderen haben wir wunderbare Fingerabdrücke auf den Gläsern."

Sie kicherte.

„Geoff ist das Ganze natürlich wissenschaftlich-systematisch angegangen und hat auf der Stelle alles penibel etikettiert und verpackt. Er hat die Sachen heute gleich mit ins Museum genommen. Den Kollegen, der dort zuständig ist, hatte er vorher schon informiert. Spätestens am Montag kriegen wir die Ergebnisse."

„Das geht ja schnell. Allerdings fehlen uns noch Vergleichsabdrücke von Benjamin und Harry."

„Harry sehe ich heute Nachmittag beim Radiosender, vielleicht finde ich da eine Gelegenheit. Und der liebe Benjamin ist morgen dran, wenn ich mit Lily zur Beerdigung fahre."

John knurrte. „Seid um Himmels Willen vorsichtig. Mit der Familie van Burstyn ist sicher nicht zu spaßen. Also keine unüberlegten Aktionen, hörst du?"

„Also wirklich, John", entgegnete sie empört. „Du kennst mich doch."

„Eben."

Als John ins Wartezimmer zurückkehrte, war sein Platz besetzt und auch ansonsten kein Stuhl mehr frei. Er lehnte sich an die Fensterbank.

„Sagen Sie, sind Sie vielleicht Mackenzie?", fragte ein älterer Mann ihn, der auch schon seit Stunden da war.

John nickte überrascht.

„Sie wären gerade aufgerufen worden. Dieser Drachen vom Empfang kam rein und war offenbar echt sauer, dass Sie nicht da waren. Dann hat sie einen anderen mitgenommen."

John dankte dem Mann und hastete hinaus.

Die Empfangsdame fixierte ihn mit kaltem Blick.

„Was wollen Sie? Wenn Sie mich fragen wollen, wie lange es noch dauert: Ich kann es Ihnen nicht sagen. Hier muss jeder abwarten, bis er dran ist."

„Mein Name ist John Mackenzie. Sie hatten mich gerade aufgerufen, aber ich war kurz da hinten im Flur, um zu telefonieren …"

Ihre Augen verengten sich zu messerscharfen Schlitzen.

„Sind Sie blind? Haben Sie nicht das Schild an der Eingangstür gesehen, das den Gebrauch von Mobiltelefonen im Bereich der Praxis untersagt?"

John schluckte. „Oh, Verzeihung, das habe ich wohl übersehen –"

Sie schnitt ihm barsch das Wort ab.

„Gehen Sie wieder ins Wartezimmer. Es wird jetzt eine Weile dauern, bis wir wieder eine Möglichkeit finden, Sie einzuschieben – falls das heute überhaupt noch möglich ist", fügte sie düster hinzu.

John schlich ins Wartezimmer zurück und postierte sich wieder an der Fensterbank. Pflichtschuldig schaltete er sein Handy aus.

„Die hat Haare auf den Zähnen, was?", raunte ihm der ältere Herr teilnahmsvoll zu.

John warf einen furchtsamen Blick zur Tür und nickte dann.

„Ich nenne sie Fluffy", kam es leise von der anderen Seite, wo ein junger Mann saß, der den Arm in einer Schlinge trug. „Wie der dreiköpfige Hund, der bei Harry Potter die Kammer des Schreckens bewacht."

Die Umsitzenden grinsten sich verschwörerisch zu. In diesem Moment erschien die so Gescholtene in der offenen Tür und alle nahmen unbewusst Haltung an.

„Winterbottom", bellte sie.

„Das bin ich, Mam. Schon zur Stelle." Der alte Herr zwinkerte John noch einmal zu und beeilte sich dann, hinauszukommen.

John war gerade im Begriff, sich in den freien Stuhl fallen zu lassen, als eine junge Frau hereinkam, die ein Kleinkind auf einem Arm trug. Um die andere Hand hatte sie einen Verband gewickelt. Sie blieb in der Mitte des Raumes stehen und blickte sich suchend um.

John verfluchte seine Wohlerzogenheit und erhob sich sofort wieder. „Bitte nehmen Sie doch hier Platz. Ich kann stehen."

Die Frau dankte ihm mit einem müden Lächeln und setzte sich. Das Kind, ein Junge, versuchte sofort, sich aus ihren Armen zu winden. Sie setzte ihn auf dem Boden ab.

„Stell aber nichts an, Jason“, ermahnte sie ihn und griff nach einer der wenigen zerfledderten Zeitschriften. Keine Minute später krabbelte Jason zielsicher zu John, krallte sich in dessen Hose ein und zog sich nach oben, bis er recht wackelig auf zwei Beinen stand. Die Mutter, die sich in einen Artikel über Hochsteckfrisuren vertieft hatte, schenkte ihm keine Aufmerksamkeit. Da krähte der Kleine los und schlug mit der Hand erstaunlich kräftig genau auf Johns ramponiertes Knie.

„Uff“, entrang sich Johns Brust. Jason sah ihn erstaunt an. Während seine Mutter immer noch in den Zeitschriftenartikel versunken war, beobachtete der Rest der Wartenden amüsiert dieses kleine Schauspiel. Dem Jungen schien es zu gefallen, dass er so viel Aufmerksamkeit bekam. Bevor John reagieren konnte, hatte der Kleine ihm abermals mit aller Kraft, die in seinem kleinen Körper steckte, auf die Kniescheibe gehauen. Während John vor Schmerz zusammenzuckte, klatschte der kleine Angreifer vor Begeisterung über dieses schöne Spiel in seine Hände und fiel prompt auf den Hintern.

„Wääh.“ Lautes Wehklagen erhob sich. Nun schien die Mutter aus ihrer Träumerei aufzuwachen. Sie warf John einen erbosten Blick zu. „Was haben Sie mit meinem Sohn gemacht? Nicht weinen, mein Herzchen, nicht weinen, Mummy ist ja da.“ Sie hob den Kleinen wieder auf ihren Schoß, von wo aus er John mit stummem Vorwurf anstierte.

Als die Drachenlady John schließlich nach einer gefühlten Ewigkeit aufrief, hätte er ihr um den Hals fallen können. Er trottete ihr wie ein Lamm nach.

„Da rein. Freimachen“, kommandierte sie. Sie schien es zu bedauern, dass dieser lästige Patient tatsächlich noch zu seiner Untersuchung kam. Auch die Arzthelferin, die ihn für die Fahrt in die Röhre des Computertomographen vorbereitete, warf ihm unfreundliche Blicke zu. John, der die Beengtheit in diesem Gerät hasste und jedesmal einen Anflug von Panik niederkämpfen musste, während er dort auf seiner harten Unterlage hineinglitt, war beinahe erleichtert, aus ihrem Blickfeld zu sein.

Es folgte noch einmal eine Stunde bangen Wartens, bis er wieder aufgerufen wurde. Mittlerweile hatte die Praxis sich fast komplett geleert.

„Sie haben noch mal Glück gehabt“, brummte der Arzt fast enttäuscht. „Es ist kein dauerhafter Schaden entstanden. Wenn Sie das

Bein die nächsten Tage schonen, wird die Schwellung wieder zurückgehen und Sie können am Montag mit der Reha fortfahren. Und jetzt trollen Sie sich. Ich will Sie erst wieder sehen, wenn die Behandlung abgeschlossen ist und ich Sie endlich dienstfähig schreiben kann."

Trotz dieser barschen Verabschiedung stand John ein glückseliges Lächeln im Gesicht, als er die Praxis verließ. Draußen dunkelte es bereits. Er überlegte, ob er sich ein Taxi heranwinken sollte, entschied sich dann aber, ein Stück zu laufen. Nach diesem Tag in den Fängen des National Health Service brauchte er dringend Bewegung.

Erst, als er eine halbe Stunde später zuhause ankam – das letzte Stück war er mit dem Bus gefahren – dachte er daran, sein Handy wieder einzuschalten. Gleich darauf rief Renie an, offensichtlich höchst erheitert.

„John! Stell dir vor, ich habe grade bei *Star Radio One* Hausverbot bekommen." Sie gluckste.

„Wie bitte?"

„Nur gut, dass Tommy und seine Kumpels aus dem Medienkurs da schon weg waren. Sonst hätte er sich noch für seine große Schwester geschämt, die Memme."

John fuhr sich über die Stirn und setzte sich. Das klang nach einer längeren Geschichte.

„Erzähl doch von vorn, Renie."

„Also, der Nachmittag war eigentlich toll. Harry hat uns durch das ganze Studio geführt und auch wirklich geduldig alle tausend Fragen beantwortet, die die Kids ihm gestellt haben. Natürlich sind jetzt alle Feuer und Flamme und haben auch fest vor, Radiomoderator zu werden. Tommy hat auch gleich Interesse an einem Praktikumsplatz angemeldet. Aber in den nächsten Ferien arbeitet er ja erstmal in dieser Werbefirma mit –"

„Das weiß ich, Renie", unterbrach John mühsam beherrscht. „Bitte erzähl weiter."

„Ist ja gut. Sei nicht schon wieder so brummig. Oh, ich habe ja noch gar nicht gefragt, wie dein Arzttermin war – ist dein Knie okay?", fragte sie, plötzlich besorgt.

„Es ist alles in Ordnung, Renie. Ich muss es nur die nächsten Tage schonen, dann kann ich am Montag mit der Reha weitermachen", antwortete er besänftigt. „Wie ging euer Nachmittag nun weiter?"

„Na, dann kam natürlich der große Kracher, als CJ als Studiogast aufgetaucht ist. Er war total nett und hat auch fleißig Autogramme verteilt und sich mit allen fotografieren lassen. Während er mit Harry auf Sendung war, durften wir draußen in der Produzentenkabine sitzen und uns durch die Glasscheibe alles ansehen. Und dann hatte ich Glück, denn bevor er danach gegangen ist, wollte er noch zur Toilette. Auf dem Weg habe ich ihn abgepasst und ihn auf Veronica angesprochen. Er hatte mich natürlich nicht wiedererkannt, obwohl sie uns vorgestellt hatte, aber er war dann gleich bereit, über sie zu reden. Lily hatte ihm ja erzählt, dass Veronica an einem Cocktail aus Medikamenten und Alkohol gestorben war. Nachdem CJ in der Showbranche zuhause ist, hat ihn das nicht übermäßig schockiert, im Gegenteil, er sagte mir, dass er schon zwei seiner Freunde auf diese Weise verloren hat."

John schüttelte den Kopf.

„Wenn es tatsächlich Mord war – was wir ja momentan lediglich vermuten – war hier wirklich jemand sehr clever in der Auswahl seiner Methode. Auch Simon ist der Ansicht, dass diese Art zu sterben in der Künstlerszene, wie er sich ausdrückte, an der Tagesordnung ist. Auf diese Weise schöpft kaum jemand Verdacht, dass an so einem Todesfall etwas faul sein könnte." Er überlegte kurz.

„Was sagt dein Gefühl? Könnte CJ etwas damit zu tun haben? Du sagtest ja selbst, er wäre vor der Vorstellung hinter der Bühne gewesen. Er hätte sich also vielleicht in einem unbeobachteten Moment Veronicas Flasche schnappen können."

„Das kann ich mir nicht vorstellen. Er war nur ganz kurz dort, weil Chris ihn ja recht flott hinauskomplimentiert hat. Außerdem schien er mir ehrlich traurig. Zwar nicht am Boden zerstört – so eine Romeo-und-Julia-Geschichte war es wohl nicht zwischen den beiden – aber doch betroffen. Man darf auch nicht vergessen, dass er und Veronica gerade mal seit ein, zwei Wochen zusammen waren. Also, nein, ich glaube nicht, dass er ihr etwas hätte antun wollen."

„Okay. Konntest du herausfinden, ob er irgendeinen Kontakt zwischen Veronica und ihrem Bruder beobachtet hat?"

„Wir haben uns über die Premierenvorstellung unterhalten und ich habe einfließen lassen, dass Veronica, attraktiv, wie sie war, gerade in diesem Anne-Boleyn-Kostüm, viele Blicke auf sich gezogen hat und sogar ein paar Typen versucht haben, bis in unsere Garderobe vorzudringen. Da hat er nur gelacht und gemeint, das wäre er als

Musiker gewöhnt. Wenn ihm aufgefallen wäre, dass sich jemand Veronica aufgedrängt hätte, wäre er dazwischengegangen, aber da wäre niemand gewesen. Allerdings ist CJ ja bald nach der Vorstellung gegangen. Ob Benjamin da noch auf dem Schiff war, wissen wir leider nicht – oh, da hätte ich eine Idee."

„Was für eine Idee?"

„Wir haben ja kommenden Freitag die nächste Vorstellung. Ich könnte von Tommys Video ein Standbild von Benjamin ausdrucken und beim Bordpersonal herumzeigen. Vielleicht ist ja dort jemandem etwas aufgefallen."

„Und welchen Grund willst du nennen, falls dich jemand danach fragt?"

„Ach, ich sage einfach, das ist ein Stalker, der mir schon länger nachstellt. Ich mache einen auf kleines, verängstigtes Frauchen, das klappt schon."

„Du als verängstigtes Frauchen! Denkst du, dass du das glaubwürdig rüberbringen kannst?"

„Hast du eine Ahnung, was ich alles kann. Heute haben mich meine Darstellungskünste auch vor einer Diebstahlsanzeige bewahrt."

Sie kicherte.

„Also, nachdem ich mich mit CJ unterhalten hatte, wollte ich doch noch sehen, ob ich nicht zur Sicherheit eine Fingerabdrucksprobe von ihm und auch von Harry kriegen kann. Ich also zurück in die Kabine neben dem Studio. Ich wusste, dass die beiden bei der Aufnahme jeweils Wassergläser auf dem Tisch stehen hatten. Beim Radio wäre es schließlich fatal, wenn einem plötzlich die Kehle trocken würde."

John schwante Übles.

„Dann bist du rein und hast die Gläser geklaut."

„Genau. Aber leider bin nicht weit damit gekommen. Irgendeine Aufnahmeleiterin hat mich beobachtet und draußen abgepasst. Da musste ich die Dinger leider wieder rausrücken, was schon echt Mist war. Dann hat diese Tussi aber voll Wind um die Sache gemacht – du musst dir vorstellen, John, es ging um zwei bescheuerte Wassergläser mit dem Logo des Senders im Wert von vielleicht fünf Pfund. Wenn überhaupt", schimpfte sie empört.

„Sie hat gleich was gefaselt von wegen Diebstahlsanzeige. Da ist mir dann doch die Düse gegangen – wenn Mum das mitgekriegt hätte, hätte ich mich gleich für ein Auslandssemester in Timbuktu anmelden können."

Da lag Renie wohl richtig, dachte John. Maggie war vor einiger Zeit in die Abteilung für Wirtschaftsstraftaten gewechselt, wo sie nun als Staatsanwältin ermittelte. Eine Diebstahlsanzeige gegen die eigene Tochter hätte im Hause Hughes mit Sicherheit einen Orkan mittlerer Stärke ausgelöst.

„Wie bist du dann aus der Situation herausgekommen?"

„Ich habe eine 1 A- Vorstellung als bis über beide Ohren verliebter Fan von CJ hingelegt und als Krönung den letzten Hit der Crushers angestimmt. Das hat ihr Herz erweicht und sie hat mir dann sogar anvertraut, dass sie in ihren jungen Jahren so ein Michael Jackson-Fan war, dass sie mal vor einem Konzert auf der Straße vor dem Halleneingang geschlafen hat, nur um dann ganz vorne an der Bühne stehen zu können. Das Hausverbot hat sie mir dann trotzdem aufgebrummt."

„Wenn Harry mitbekommen hat, was los war, hält er dich jetzt für komplett verrückt", mutmaßte John.

„Schon möglich", meinte sie gleichmütig. „Das macht mir wenig aus. Eine gewisse Überspanntheit ist in unserem Metier normal. Was mich mehr stört ist, dass mir die Fingerabdrücke durch die Lappen gegangen sind. Aber was soll's, CJ sehe ich sowieso nicht als Täter und Harrys Abdrücke werde ich mir bei Gelegenheit in Chris' Studio sichern. Morgen früh fahre ich jetzt erstmal mit Lily nach Liverpool. Auf die Begegnung mit dem ehrwürdigen van Burstyn-Clan bin ich ja schon gespannt. Und du legst schön übers Wochenende dein Bein hoch, John. Keine Dummheiten mehr, hörst du?"

„Keine Dummheiten mehr?", entgegnete John entgeistert. „Das ist dein Ratschlag an mich? Wäre das jetzt nicht *mein* Text gewesen?"

Seine unverbesserliche Nichte kicherte lediglich und legte auf.

Kapitel 13

„Dieses arme Mädchen! Sie hätte noch alles vor sich gehabt“, meinte Pauline bestürzt, als er ihr beim freitäglichen Abendessen erzählt hatte, was passiert war. „Aber du und Renie gemeinsam werdet es bestimmt schaffen, der Sache auf den Grund zu gehen.“

„Deine Zuversicht in allen Ehren, Pauline, aber ich bin mir da nicht so sicher. Es ist eine Woche her, dass Veronica gestorben ist und ich habe das Gefühl, dass wir die ganze Zeit nur planlos im Nebel stochern. Ich hätte ja nicht gedacht, dass ich das je sagen würde, aber ich wäre froh, wenn Simon hier wäre. Na, warten wir's ab, vielleicht wissen wir nach dem Wochenende mehr.“

Er biss in ein Stück Käse und kaute genießerisch.

Pauline kam näher an den Bildschirm.

„Was ist das für ein Käse, den du da hast?“

„Ein Wensleydale mit Cranberries. Den habe ich erst kürzlich für mich entdeckt. Schmeckt hervorragend, finde ich.“

„Den kenne ich. Er kommt hier aus der Nähe, aus den Yorkshire Dales.“

Pauline grinste.

„Jetzt, wo du schon dein eigenes Brot bäckst, könntest du ja als nächstes noch deinen eigenen Käse fabrizieren. Eine meiner neuen Kolleginnen hier macht das tatsächlich und sie hat mich kürzlich einen ihrer Schnittkäse mit Bärlauch probieren lassen. Der war köstlich. Und vor allem weiß man wenigstens, was drin ist, wenn man die Sachen selber macht. Allerdings scheint es ziemlich aufwändig zu sein.“

„Hm, die Idee ist vielleicht gar nicht schlecht. Reizen würde mich so etwas schon. Ich werde mich mal informieren, wie man so etwas anstellt. Am Wochenende werde ich mich erstmal wieder am Brotbacken versuchen, diesmal möchte ich eines mit Pecannüssen machen.“

„Oh, das klingt lecker. Schade, dass ich so weit weg bin, sonst würde ich gern zum Testessen vorbeikommen.“ Sie klang wehmütig.

John nahm sich vor, ihr so bald wie möglich ein frisch gebackenes Brot zu schicken. Wenn er einen Expressdienst beauftragte, konnte es innerhalb eines halben Tags in York sein.

„Erzähl mal, wie war deine erste Kirchenführung?“, erkundigte er sich dann.

„Es war traumhaft, John. Die Zeit ist so schnell verflogen, unglaublich“, schwärmte Pauline. „Und das Beste war, dass einer der Besucher, ein offensichtlich recht wohlhabender älterer Herr, so beeindruckt von den Restaurationsarbeiten an unserem Ostfenster war, dass er am Ende meiner Führung darauf bestanden hat, dreihundert Pfund für unseren Kirchenerhaltungs-Fonds zu spenden.“

„Gratulation, Pauline. Offensichtlich hast du deinen Job gut gemacht.“

Pauline studierte eingehend ein paar Krümel auf ihrem Teller.

„Ich ... ich würde dir sehr gern einmal unsere Kathedrale zeigen. Und natürlich York. Die Stadt ist wirklich wunderschön und auch in der Umgebung gibt es viel zu sehen. Mit ein paar anderen Freiwilligen aus der Kathedrale habe ich kürzlich einen Ausflug in die North York Moors gemacht, eine herrliche Gegend. Wir haben uns den Bahnhof von Goathland angesehen, der in den Harry Potter-Filmen als Endstation des Hogwarts-Expresses aufgetaucht ist und eine wunderschöne Rundwanderung gemacht. Auch die Küste drüben bei Whitby muss phantastisch sein. Also ... wenn du Lust hast, Yorkshire zu erkunden, bist du herzlich eingeladen. Du könntest bei mir übernachten – also ich meine, in meinem Gästezimmer“, beeilte sie sich hinzuzufügen. Verlegen wickelte sie eine Strähne ihres glatten roten Haars um den Finger.

„Das ist eine großartige Idee, Pauline“, erwiderte John etwas überrascht. „Im Sommer werde ich eine Woche Urlaub haben, das wäre doch eine gute Gelegenheit. Bis dahin ist auch mein Bein sicher wieder hergestellt, auch wenn ich gerade einen kleinen Rückfall erlitten habe.“

Sie sah ihn mitfühlend an. „Was ist passiert?“

„Ach, nichts Großes. Ich war etwas übermütig und bin mit einer Bekannten um die Wette einen Hügel hinuntergelaufen.“

Sie zog eine Augenbraue nach oben.

„Mit einer Bekannten?“

„Dr. Mohani. Vielleicht kennst du sie sogar. Sie ist Archäologin.“

„Claire Mohani? Ich bin ihr tatsächlich schon begegnet. Sie hat für meine Oberstufenklasse eine Themseexkursion durchgeführt und ich war in einigen ihrer Vorträge. Sie ist eine Koryphäe auf ihrem Gebiet. Und dazu noch eine tolle Frau.“

John, dem der spitze Unterton in Paulines Stimme leider entgangen war, stimmte ihr lebhaft zu.

„Du hast recht, sie ist eine faszinierende Person. Sie hatte mich zu einem kleinen Ausflug eingeladen und wir haben einen sehr schönen Tag miteinander verbracht. Wir sind mit dem Boot nach Greenwich hinausgefahren –“

„Wo du dich dann dazu hast hinreißen lassen, mit ihr ein kleines Wettrennen zu machen, obwohl du ein frisch operiertes Knie hast“, warf Pauline in bedeutungsschwangerem Ton ein.

„Ach, es war so ein herrlicher Tag und wir waren in guter Stimmung“, erwiderte John arglos.

„Dann haben wir bei Ebbe im Fluss nach Schätzen gesucht und sind anschließend ins Museum, wo sie eine exklusive Führung für mich gemacht hat, nachdem alle Besucher gegangen waren. Ich könnte ihr stundenlang zuhören. Sie hat so eine Leidenschaft für ihr Fach, die reißt einen geradezu mit –“

„Oh, ich habe ganz vergessen, dass ich mich heute noch mit Kollegen im Pub treffen wollte.“ Pauline warf einen betonten Blick auf ihre Armbanduhr. „Ich fürchte, ich muss jetzt Schluss machen, John. Bye.“

Verdutzt blickte John auf seinen leeren Bildschirm. Was war jetzt schiefgelaufen? Dann dämmerte es ihm langsam.

Er fasste sich an die Stirn. Herrje, ich bin doch der größte Hornochse des Vereinigten Königreichs.

„Wenn nicht des ganzen Commonwealth“, war Maggies Kommentar, die am nächsten Tag vorbeikam, um ihrem Bruder einige Vorräte vorbeizubringen.

„Da rafft Pauline sich schon mal auf, endlich einen Schritt nach vorn zu wagen und dich einzuladen und du hast nichts Besseres zu tun, als ihr von einer anderen Frau vorzuschwärmen. Wie kann man nur so vernagelt sein.“

Sie schüttelte den Kopf und griff nach einem Stück des noch warmen Brots, das John auf den Tisch gestellt hatte. Er hatte die beiden Laibe mit frisch gebackenem Sauerteigbrot vor einer halben Stunde aus dem Ofen gezogen und seine ganze Wohnung duftete verlockend.

Maggie kaute mit geschlossenen Augen. Dann gab sie ein ekstatisches Stöhnen von sich.

„Uoh, das ist definitiv das beste Brot, das ich je gegessen habe. Sag mal, hast du vielleicht Honig da? Der würde hier wunderbar dazu passen."

John nickte lächelnd und holte ein Glas aus seinem Vorratsschrank. Maggie bestrich eine Scheibe und kaute andächtig.

„Himmlisch. Wenn du Pauline eins dieser Brote schickst, dann kann sie dir gar nicht länger böse sein, glaub mir. Wenn du es gleich verpackst, kann ich es bei der Heimfahrt mitnehmen. Ich komme bei einer Annahmestelle des Paketdienstes vorbei."

„Das wäre nett, Maggie. Ich habe auch noch die Autogrammkarte von Chris Fuller hier, die schicke ich gleich mit."

„Und du solltest auch noch ein paar Zeilen dazu schreiben."

„Du hast wohl recht. Aber was könnte ich da …"

Maggie verdrehte die Augen. „Also echt, Bruderherz. Bist du sicher, dass du Psychologie studiert und nicht etwa Holzfäller gelernt hast?"

Er warf ihr einen finsteren Blick zu und ging ins Wohnzimmer, wo sein alter Sekretär an der Wand stand. Dort schrieb er *Liebe Pauline, ich vermisse dich und freue mich schon sehr darauf, wenn wir uns wiedersehen – John.*

Seine Schwester kam näher und sah ihm über die Schulter, um einen Blick auf die Nachricht zu erhaschen. Sie nickte zufrieden. Gemeinsam verpackten sie das Brot und Maggie verabschiedete sich.

„Jetzt muss ich Bella von ihrer Reitstunde abholen und danach Tommy zu einem Basketballspiel bringen. Abends möchte Alan, dass ich ihn zu einem Essen mit zwei seiner Geschäftspartner begleite. Die Einzige, die heute keine Aufträge für mich hat, ist Renie."

Sie kramte in ihrer Handtasche nach ihrem Autoschlüssel.

„Eigentlich habe ich sie in letzter Zeit kaum gesehen. Entweder ist sie im Museum, im Schauspielstudio oder bei Geoff."

Mit plötzlicher Besorgnis sah sie John an. „Du siehst sie doch öfter. Ich weiß, dass ihr wegen dieses Todesfalls in der Schauspieltruppe Nachforschungen anstellt. Aber ihr stellt doch nicht wieder etwas Gefährliches oder Dummes an, oder?"

John schüttelte den Kopf. „Aber nein, Maggie. Ich denke, Renie hat ihre Lektion gelernt und stürzt sich nicht mehr so leichtfertig in Abenteuer."

Sie gab ihm einen Kuss.

„Naja, vorausdenken gehört wohl immer noch nicht zu ihren Stärken. Aber du passt schon auf meine Tochter auf, das weiß ich."

An diesen Satz sollte John sich eine Stunde später schmerzhaft erinnern.

„Bist du sicher, Geoff? Keine Verwechslung möglich?"

„Hundertprozentig, John. Wir haben alles nochmal nachgeprüft. Ich habe die Gläser selbst eingepackt und etikettiert."

John glaubte dem jungen Biologen, dass er keinen Fehler gemacht hatte. Wie Renie bereits bemerkt hatte: Geoff Tomlinson war schon von Berufs wegen an sauberes und systematisches Arbeiten gewöhnt.

„Mein Kollege hier, Dr. Singh, und ich sitzen gerade im Labor und sehen uns die Sache an. Er hat sich selbst um den Abgleich der Fingerabdrücke gekümmert und am Ergebnis ist nicht zu rütteln: Außen auf der Tablettenpackung sind Abdrücke von mehreren Personen. Das erscheint auch logisch, da die Schachtel ja von der Abfüllung in der Fabrik bis zur Apotheke oder dem Krankenhaus durch etliche Hände gegangen sein dürfte. Der einzig zuordenbare jedoch gehört zu Lily Carruthers. Innen an der Blisterverpackung sind nur noch zwei verschiedene Personen auszumachen. Von der einen haben wir keine Vergleichsabdrücke, die andere ist wiederum Lily."

„Verdammt", fluchte John.

„Was hat das zu bedeuten? Denkst du, Renie ist in Gefahr?"

John fuhr sich durch die Haare, wie er es oft tat, wenn er aufgewühlt war.

„Ich weiß es nicht, Geoff. Herrje, musste sie ausgerechnet heute mit Lily zu dieser Beerdigung fahren!"

„Wir müssen die Polizei in Liverpool alarmieren! Und ich setze mich sofort ins Auto und fahre hin –"

John hörte einen Krach und dann einen Schmerzensschrei.

„Geoff! Was ist passiert?"

„Ich habe einen Stuhl umgeschmissen und er ist mir genau auf den Zeh gefallen. Verflucht, wo habe ich nur meine Autoschlüssel hin?"

„Langsam, Geoff. Es bringt nichts, wenn wir jetzt in Panik verfallen. Setz dich wieder hin. Wir müssen nachdenken."

John zwang sich, ruhig zu atmen.

„Okay, ich sitze wieder", meldete Geoff.

„Gut. Also, pass auf: Lily kann eigentlich keinen Verdacht geschöpft haben, soweit ich das sehe. Es hat doch niemand mitbekommen, dass ihr bei eurem Fajitas-Abend die Gläser für die Fingerabdrücke eingetütet habt, oder?“

„Nein, da haben wir schon aufgepasst“, erwiderte Geoff.

„Und dass wir die Packung mit den Schlafmitteln gefunden haben, kann sie auch nicht wissen, oder? Renie und ich waren uns einig, dass wir niemandem aus der Schauspielschule davon erzählen.“

„Bis gestern hatte sie das auch nicht, da bin ich mir sicher. Allerdings hatten die beiden heute im Zug stundenlang Zeit zum Schwatzen, wer weiß, ob Renie da etwas herausgerutscht ist. Du weißt ja, dass sie –“

„Eine Plaudertasche ist“, ergänzte John mit einem Stirnrunzeln. „Du hast recht, wir können nicht unbedingt darauf vertrauen, dass sie dichthält.“

Er fasste einen Entschluss. „Ich versuche, sie anzurufen und zu warnen. Ich melde mich dann nochmal bei dir.“

Er legte auf, um gleich darauf Renies Nummer zu wählen.

„Hi, John“, begrüßte sie ihn etwas gehetzt. „Was gibt's? Die Beerdigung geht gleich los und mein Akku ist auch fast leer.“

„Renie, hör zu: Lily –“

„Steht grade neben mir. Wir sind in der Gästetoilette bei den van Burstyns. Total krass hier. Na, das erzähle ich dir, wenn wir wieder zuhause sind. Lily wird mir nachher helfen, Fingerabdrücke von Benjamin zu bekommen. Ich habe ihr von der Tablettenpackung erzählt und sie hatte gleich eine gute Idee, wie wir das anstellen. Ich melde mich später bei dir, John, sie rufen nach uns.“

Die Verbindung war unterbrochen. John knirschte mit den Zähnen und wählte sofort erneut.

„Die von Ihnen gewählte Nummer ist derzeit nicht erreichbar. Sie können eine Nachricht hinterlassen“, säuselte die Stimme der automatischen Ansage.

„Ruf mich sofort an, wenn du das abhörst“, bellte er in den Hörer. „Geoff konnte einen Abdruck auf der Tablettenpackung identifizieren: Er ist von Lily. Also nimm dich in Acht, Renie. Hörst du? Sei vorsichtig.“

Mit dieser eindringlichen Ermahnung legte er auf und rief wieder bei Geoff an, der sich sofort meldete.

„Hast du sie erreicht?“

„Ja, aber ich hatte keine Gelegenheit, die Warnung loszuwerden. Sie sagte, die Beerdigung ginge allmählich los, deshalb hat sie dann wohl auch gleich darauf ihr Handy ausgeschaltet. Ich habe ihr dann auf die Mailbox gesprochen. Hoffentlich hört sie die bald ab. Sie hat Lily nämlich tatsächlich von der Tablettenpackung erzählt."

Geoff stöhnte auf. „Dieses Mädchen ist einfach …"

„Unglaublich, ich weiß." John überlegte einen Moment.

„Sie braucht mich. Ich fahre hin und hole sie da raus." Luke Skywalker, der sich aufmachte, Prinzessin Leia aus den speckigen Fängen von Jabba the Hut zu befreien, hätte nicht heroischer klingen können.

John seufzte unhörbar. Renies Freund war offensichtlich wieder in den Der-weiße-Ritter-zieht-aus-um-die-holde-Maid-zu-retten-Modus verfallen, wie in jener denkwürdigen Episode im vergangenen Sommer.

„Ich weiß nicht, ob das sinnvoll ist, Geoff. Mit dem Auto brauchst du um diese Tageszeit an die vier Stunden, um nach Liverpool zu kommen. Zudem ist das Anwesen einer so wohlhabenden und einflussreichen Familie gewiss schwer gesichert. Ohne weiteres kämst du da gar nicht hinein. Und schließlich kann ich mir nicht vorstellen, dass Lily mitten auf einer Beerdigung Renie etwas antun würde, selbst wenn sie gemerkt hat, dass wir ihr auf der Spur sind. Also würde ich vorschlagen, wir warten ab, bis Renie sich meldet."

„Hm. Wenn du meinst." Aus Geoffs Stimme klangen Zweifel. Und auch John wünschte, er wäre überzeugt von seiner eigenen Einschätzung.

In den nächsten drei Stunden konnte John kaum stillsitzen. Unruhig tigerte er durch die Wohnung. Mehrfach war er kurz davor, zum Telefonhörer zu greifen. Mal wollte er Maggie anrufen, mal die Polizei, mal die Residenz der van Burstyns. Jedes Mal ließ er die Hand wieder sinken. Nervös knabberte er an einem Stück Brot herum und wünschte fast, er würde rauchen. Dann hätte er sich jetzt zur Beruhigung eine Zigarette anzünden können. Er fuhr hoch, als ein scharfes Klopfen am Küchenfenster ertönte. Was um Himmels Willen …?

Da seine Wohnung im Hochparterre lag, befand sich die Fensterbrüstung in einer Höhe von rund zwei Metern über dem Innenhof des Towers – praktisch, weil ansonsten den lieben langen Tag Heerscharen von Touristen hereingespäht hätten. Hatte jemand ein Steinchen gegen das Glas geworfen?

John ging zum Fenster hinüber und schob die Gardine zur Seite. Dann entfuhr ihm ein ungläubiges Lachen. Auf der Fensterbank draußen saß ein Rabe, der mit schief gelegtem Kopf versuchte, in die Wohnung zu spähen. Vorsichtig öffnete er einen Fensterflügel.

„Gworran, du Gauner! Wie kommst du hier rauf? Das hast du ja noch nie gemacht.“

Zur Antwort gab der Vogel ein ganz leises *Kraah* von sich. Sanft strich John ihm über das Gefieder. Gworran konnte mit dem einen ungestutzten Flügel durchaus ein paar Meter fliegen, aber das Manövrieren war nicht so einfach. Es hatte sicher einiger Anläufe bedurft, bis er hier auf dem Fenstersims gelandet war, nur um seinen bevorzugten Menschen zu Gesicht zu bekommen. Es gab John einen leichten Stich, als ihm klar wurde, wie wenig er in den letzten Tagen an seine und Georges Schützlinge gedacht hatte.

„Es tut mir leid, mein Kleiner. Ich werde es wieder gutmachen. Bis ich endlich wieder arbeiten darf, werde ich euch jetzt jeden Tag besuchen kommen. Versprochen.“

Gworran rieb seinen Schnabel an Johns Hand. Dann wandte er sich ab und hopste wieder auf den Rasen des Tower Green hinunter, wo er sich nach einem kurzen Fanfarenstoß auf die Suche nach Würmern machte.

Lächelnd schloss John das Fenster. Verrückt, aber er hatte das Gefühl, dass der Rabe sich nicht nur eine längst fällige Streicheleinheit hatte abholen wollen, sondern dass er Johns Anspannung irgendwie gespürt hatte und gekommen war, um ihn ein wenig abzulenken.

Johns Beefeater-Kollegen geleiteten gerade die letzten Besucher des Tages zu den Toren hinaus, als endlich das Telefon klingelte. Er riss den Hörer hoch und sah enttäuscht, dass eine ihm fremde Nummer angezeigt wurde. Umso glücklicher war er, als gleich darauf Renies Stimme an sein Ohr drang.

„Hi, John. Alles klar bei dir?“

„Die wichtigere Frage ist doch wohl, ob bei dir alles in Ordnung ist. Wir haben uns Sorgen gemacht, Renie. Hast du deine Mailbox abgehört?“

„Ja, und das hat mich den letzten Saft gekostet. Jetzt ist der Akku leer und ich habe mein Ladegerät zuhause vergessen. Lily schaut gerade, ob sie hier ein passendes auftreiben kann. Einstweilen hat Mrs. van Burstyn mir erlaubt, eines der Telefone hier im Haus zu benutzen.“

John atmete erleichtert auf.

„Also geht es dir gut?“

„Natürlich geht’s mir gut, John. Du denkst doch nicht wirklich, dass Lily mir etwas tun würde, oder? Das ist doch eine total bescheuerte Idee.“

„Denk nach, Renie – sie hatte die Packung mit dem Schlafmittel in der Hand. Sie hat selbst zugegeben, dass ihr Verhältnis zu Veronica sehr schwierig war. Sie wusste über Veronicas Asthma Bescheid. Sie hat ein Auge auf den Exfreund ihrer Cousine geworfen –“

„Das stimmt allerdings“, warf Renie ein. „Wir hatten heute den schönsten Mädchen-Tratsch und sie hat mir gestanden, dass sie Harry schon die ganze Zeit toll findet, seit sie ihn im Schauspielstudio kennengelernt hat. Nur hatte Harry keinen Blick für sie übrig, solange Veronica da war.“

„Mhm“, gab John in bedeutungsvollem Ton von sich.

„Ja, ich weiß, es spricht viel gegen sie. Trotzdem glaube ich nicht, dass sie was damit zu tun hat.“

John seufzte. Diesen bockigen Tonfall kannte er nur zu gut. Er wusste, dass weiteres Argumentieren zwecklos war.

„Versprich mir, dass du sie keinesfalls mit dieser Entdeckung konfrontierst, während du allein mit ihr in Liverpool bist. Wir überlegen uns, wie wir das am besten machen, wenn du wieder hier bist.“

„In Ordnung.“

„Mir wäre es trotzdem lieber, du kommst heute noch nach Hause. Ich habe vorhin schon nachgesehen. Es geht jede Stunde ein Zug aus Liverpool zurück nach London –“

„Spinnst du? Ich mache mich keinesfalls jetzt schon vom Acker. Nachher gibt es ein Familien-Dinner und ich lasse mir nicht die Chance entgehen, im Gästehaus der van Burstyns zu übernachten. Außerdem müssen wir Benjamin noch ein wenig in die Zange nehmen und ihm auch seine Fingerabdrücke abluchsen.“

John konnte sich eine spitze Bemerkung nicht ganz verkneifen. „Lass dich aber nicht wieder erwischen, wie du irgendwelches Inventar mitgehen lässt.“

„Danke für diesen ungeheuer hilfreichen Hinweis“, schoss Renie zurück. „Wir hören uns morgen, John. Ich komme aber erst abends zurück nach London. Wenn ich schon mal hier bin, möchte ich mir wenigstens die Stadt ein bisschen ansehen. Lily fährt morgen früh noch mit zu ihren Eltern, die zwischen hier und Manchester leben. So, jetzt muss ich mich umziehen. Und davor noch schnell Geoff anrufen, der hat mir heute schon mindestens ein Dutzend Nachrichten geschickt. Das ist ja ganz süß und alles, aber er übertreibt es auch manchmal mit seiner Fürsorglichkeit", grummelte sie. „Als ob ich nicht selbst auf mich aufpassen könnte."

Damit legte sie auf und ließ ihren Onkel halb verärgert, halb besorgt zurück. Er hatte jedoch nicht viel Gelegenheit, sich Gedanken um seine abenteuerlustige Nichte zu machen. Wenig später rief sein Cousin an.

„Stell schon mal den Champagner kalt, John. Ach so, ich vergaß, du verschmähst ja diese lukullischen Genüsse. Na, ich werde auf jeden Fall eine Magnumflasche Bollinger köpfen, sobald ich wieder zuhause bin."

„Steht deine Beförderung fest?"

„So gut wie." Er senkte die Stimme zu einem verschwörerischen Flüstern. „Deine Tipps waren wirklich Gold wert. Mein hilfreiches Zimmermädchen hat Einsicht in die Tagesergebnisse nehmen können und ich liege auf dem zweiten Rang der Lehrgangsteilnehmer."

„Gratulation, Simon. Wie lief nun der Ferrinho-Test?"

„Hah, da wäre ich fast drauf hereingefallen, wenn ich nicht gewarnt gewesen wäre. Den ganzen gestrigen Tag war ich darauf gefasst, dass irgendetwas passiert. Wir wurden mit dem Bus zu einer Stelle am Hadrianswall kutschiert. Dort stand eine längere Wanderung auf dem Programm und anschließend die Besichtigung eines rekonstruierten Römerkastells. Auf der Rückfahrt gab es noch einen Stopp in einem urigen Pub und ich muss sagen, die meisten meiner Kollegen haben sich ganz schön was zur Brust genommen. Ich dagegen – Adlerauge, sei wachsam – hatte nur einen Pint und anschließend einen ganz kleinen Whisky. Wir sind erst spät wieder zurückgekommen und die meisten sind gleich zu Bett gegangen. Ich blieb noch auf, weil ich mit Patricia telefoniert habe. Dann ging plötzlich der Feueralarm los." Simon gluckste.

„Das hättest du sehen sollen, John. Eine solche Versammlung an desorientierten, pyjamabekleideten mittelalterlichen Herren, die wie aufgescheuchte Hasen durch die Gänge rennen – es war wirklich ein Anblick für Götter. Ich dagegen – einwandfrei gekleidet, ruhig, überlegt, mit dem Essentiellen in der Jackentasche. Zimmerschlüssel, Brieftasche, Handy. Mir war ja klar, dass der Alarm nicht echt war.

Und dann hörte ich auch noch eine Frau aus einem der Zimmer nach Hilfe rufen, als ich mit der gebotenen Zügigkeit den Fluchtweg entlangschritt. Sie schrie, sie bekäme die Tür nicht auf. Also habe ich sie kurzerhand eingetreten und die hysterische Person nach draußen verbracht. Dort wurden wir aufgeklärt, dass es sich um einen Test gehandelt hätte. Mein kühler Kopf und verantwortungsbewusstes Handeln wurden in höchsten Tönen gelobt. Sogar Briarson musste das anerkennen, was ihm offensichtlich ganz und gar nicht gefiel. Erfolg auf der ganzen Linie."

Simon ließ sich seinen Triumph richtiggehend auf der Zunge zergehen.

„Nun steht nur noch dieser mysteriöse Besentest aus. Wenn ich bei dem gut abschneiden würde, könnte ich noch die Spitze erklimmen. Hast du nun herausgefunden, worum es sich da handelt?"

„Ich, äh, nein", stotterte John, der im Durcheinander der letzten Tage völlig vergessen hatte, dass er sich darum kümmern wollte. „Ich wollte heute noch einen früheren Kollegen diesbezüglich anrufen. Wenn ich etwas erfahren habe, melde ich mich sofort bei dir."

„Aber bitte bis spätestens morgen früh. Gleich nach dem Frühstück fahren wir ab zu dieser Schlossbesichtigung und wenn wir zurückkommen, ist der Lehrgang offiziell beendet. Dann bekommen wir unser Abschneiden mitgeteilt – oder zumindest die anderen bekommen es mitgeteilt, ich weiß ja bereits ziemlich genau, wie es aussieht, hehe – und ob der Ausschuss unsere Beförderung befürwortet. Und dann werde ich mich schnurstracks auf den Heimweg machen, noch eine Nacht in dieser Bruchbude tue ich mir nicht an."

„Versprochen, Simon. Ich rufe dich noch heute Abend oder spätestens morgen früh zurück."

Nachdem er aufgelegt hatte, schaltete John seinen Computer ein und suchte in der Datenbasis des Psychologenverbands nach dem ominösen Besentest. Nichts war zu finden. Dann suchte er die Nummer von Professor Brian Donahue heraus, einem Freund aus Schultagen, der seit Jahren den Lehrstuhl für Psychologische Diagnostik an der altehrwürdigen Universität Durham innehatte.

Nachdem sie eine Weile Neuigkeiten ausgetauscht hatten, fragte John, ob Donahue je etwas von einem Besentest gehört hätte.

„Wie? Besentest? Noch nie gehört. Was soll das sein? Geht es da um einen Besen oder ist BESEN eine Abkürzung?“

„Keine Ahnung, Brian. Mein Cousin hat irgendwo davon gehört und mich danach gefragt.“

„Guter Gott, doch nicht etwa der schnöselige Simon?“

John lachte. „Doch, genau der. Kannst du dich noch an ihn erinnern?“

„Aber sicher. Ich habe ihn ein-, zweimal getroffen, als ich übers Wochenende bei euch in Kew zu Besuch war. Deine Mutter wollte immer, dass wir ihn mitspielen lassen. Das war furchtbar. Er meinte immer, alles besser zu wissen, wollte immer rumkommandieren und konnte es auf den Tod nicht ausstehen, wenn er mal verlor. Ich weiß noch, dass Maggie ihn mal als Pestbeule bezeichnet hat.“

John platzte vor Lachen heraus.

„Seitdem hat er sich nicht wesentlich weiterentwickelt. Es gibt zwar manchmal Momente, wo ich das Gefühl habe, er ist doch gar nicht so übel, aber die sind meist schnell wieder vorbei.“

„Sorry, alter Knabe, dass ich dir nicht weiterhelfen konnte. Hat mich auf jeden Fall gefreut, von dir zu hören. Wenn ich mal wieder in London bin, melde ich mich.“

Nachdem sie sich verabschiedet hatten, wählte John Simons Nummer und hörte erleichtert, dass sein Cousin gerade nicht erreichbar war. Er sah auf die Uhr. Wahrscheinlich saß Simon gerade beim Abendessen. Er beschloss, eine Nachricht zu hinterlassen.

„Simon, hier John. Tut mir leid, aber ich konnte nichts über diesen Test herausfinden, nicht einmal ein Diagnostik-Professor kannte ihn. Ich wünsche dir viel Erfolg für morgen.“

Er legte das Telefon weg. Obwohl er den ganzen Tag nur in der Wohnung gesessen war, fühlte er sich erschöpft. Müßig griff er nach der Fernbedienung. Auf BBC2 lief die Wiederholung von „Museum of Life“, einer Dokumentationsreihe über das Naturhistorische Museum. Sein Gesicht hellte sich auf, als Dippy, das vertraute Wahrzeichen des Hauses auf dem Bildschirm auftauchte. Er holte sich eine Scheibe Brot und etwas Käse und ließ sich gemütlich auf dem Sofa nieder.

Kapitel 14

Am Sonntag nahm John die U-Bahn hinaus nach Kew, um seine Eltern zu besuchen. Kaum, dass Emmeline den vorzüglichen Sonntagsbraten aufgetragen hatte, verkündete James Mackenzie, fast vor Stolz platzend, „Isabel hat vorhin angerufen. Sie hat beschlossen, die Ehrung als Dame Commander anzunehmen, allerdings unter der Voraussetzung, dass die Investitur erst nach dem Schottland-Referendum stattfindet. Das war zwar nicht ganz im Sinn von Downing Street, aber sie haben schließlich zugestimmt."

Seine Frau stellte klirrend eine Schale mit Bohnen auf den Tisch. „Du lieber Himmel. Sie wollen Isabel wirklich in den Ritterstand erheben? Mich erinnert sie ja eher an den Drachen, gegen den Ritter Georg gekämpft hat", bemerkte sie in beißendem Ton.

„Emmeline, bitte." James runzelte die Stirn.

Johns Mutter und seine Großtante standen seit bald einem halben Jahrhundert auf Kriegsfuß und die Reise der Mackenzies zum Clan-Festival in Edinburgh im letzten Sommer hatte wenig dazu beigetragen, das Verhältnis der beiden zu entkrampfen.

„Was hat sie nun dazu bewogen, die Verleihung anzunehmen?", erkundigte sich John.

„Ihre Mitstreiter konnten sie offensichtlich mit dem Argument überzeugen, dass sie sich als schottische Patriotin nichts vergibt, wenn sie sich vom Königshaus ehren lässt. Selbst ein so prominenter Kämpfer für die schottische Unabhängigkeit wie Sean Connery hat sich schließlich von der Queen zum Knight Bachelor schlagen lassen."

„Phh. Das war doch von vorneherein klar, dass Isabel sich so etwas nicht entgehen lässt. Sie wollte sich gewiss nur zieren, um sich wieder wichtig zu machen. *Dame Isabel* – dass ich nicht lache. Da können in Zukunft ihre Schafe einen Knicks vor ihr machen", grollte Emmeline.

John hielt es für klüger, das Thema zu wechseln und erzählte seinen Eltern von der Themseexkursion, die er mit Dr. Mohani unternommen hatte – eine Materie, die sein Vater erwartungsgemäß hochinteressant fand.

Nach dem Essen ging er mit seiner Mutter ein wenig in den Königlichen Gärten spazieren und Emmeline plauderte angeregt über die Projekte, die sich der Gartenbauverein, dem sie vorstand, für das kommende Jahr vorgenommen hatte. Seit Jahrzehnten war Emmeline

Mackenzie auch äußerst rührig, wenn es darum ging, allerlei Veranstaltungen zu organisieren, um Spendengelder für den Unterhalt der Königlichen Gärten aufzutreiben.

„Im Frühjahr machen wir hier einen Erlebnistag für Kinder, um auch den Nachwuchs für die Natur zu begeistern. Dabei gibt es Streifzüge durch die Außenanlagen und durch die Gewächshäuser, Schnitzeljagden, Bastelangebote, Tierfilme und so weiter. Ich habe auch Geoff schon engagiert, der mit der Becherlupe mit den Kindern herumziehen und Insektenbestimmungen durchführen wird."

„Da hast du ein ganz schönes Programm auf die Beine gestellt, Mum."

„Mhm. Die Kinder sind heute so verwöhnt, da muss man ihnen schon etwas bieten." Mit einem Mal sah sie ihn an, als wäre ihr gerade etwas eingefallen.

„Sag mal, Junge, könntest du nicht auch kommen und ein bisschen was über Raben erzählen? Oder noch besser: Einen der Raben mitbringen –"

„Nein, Mum, das geht keinesfalls", wehrte John ab. „Wenn ich an dem Tag freibekomme, kann ich gerne kommen, aber einen unserer Vögel als Anschauungsobjekt herzubringen, das ist nicht möglich."

Sie sah ein wenig enttäuscht aus.

„Hm. Na, vielleicht wäre ja wenigstens als Spende ein schöner Plüschrabe drin, den wir bei unserer Tombola als Preis aussetzen könnten?"

John seufzte innerlich und beschloss, selbst im Towershop einen Raben zu erwerben und seiner Mutter zu geben. Die hübschen Tiere in Originalgröße kosteten gerade einmal gut zehn Pfund und wenn er dann seine Ruhe hatte …

„Wird erledigt, Mum", versprach er.

„Schön. Oh, und dann könntest du mir noch einen Gefallen tun, der dir sicher selbst auch viel Freude machen würde."

Er warf seiner Mutter einen misstrauischen Blick zu. „Aha?"

„Wir wollen einmal ganz etwas anderes versuchen, um Gelder für unsere Gärten einzunehmen. Die Idee stammt von Jane Argyll, aber sie ist ausnahmsweise trotzdem gut."

Die Vizepräsidentin des Gartenbauvereins war Emmelines Dauerrivalin auf allen Rosen- und Gemüsezucht-Wettbewerben. Wenn sie beim Kampf um die Siegerschärpe ausgerechnet gegen die verhasste Konkurrentin den Kürzeren zog, lag ihr das tagelang schwer im Magen.

„Wir veranstalten eine Junggesellenversteigerung“, verkündete Emmeline mit funkelnden Augen.

„Das wird ein Spaß, Junge. Und wir haben uns schon erkundigt – dabei kann richtig viel Geld in die Kasse kommen. Natürlich braucht man ein entsprechend qualitatives Angebot für die Ladies.“ Sie schenkte ihrem Sohn ein Lächeln, das John beim besten Willen nur als durchtrieben bezeichnen konnte.

Er schrak zurück. „Du denkst dabei ja wohl nicht an mich?!“

„Aber sicher, mein Junge. Du bist perfekt. Du hast einen interessanten Job, siehst gut aus und bist Single – oder sollte mir da etwas entgangen sein?“ Sie blieb stehen und fixierte ihn mit forschendem Blick.

„Äh, nein, also … nein, aber Mum, sowas ist überhaupt nichts für mich“, protestierte er.

Ihre Unterlippe begann zu zittern. „Aber John, du wirst mich doch nicht hängen lassen. Jane hat schon zwei ihrer Neffen aufgeboten, der eine ist Zahnarzt und der andere Fernsehproduzent. Wir haben uns darauf geeinigt, dass jede von uns im Vorstand mindestens einen Kandidaten gewinnen muss. Ich wüsste nicht, wen ich sonst fragen sollte.“

John wünschte einen Moment lang, er wäre bei der Armee geblieben und säße in diesem Augenblick sicher in einer Kaserne in Kabul.

„Aber Mum, das … kannst du wirklich nicht von mir verlangen, dass ich mich da auf eine Bühne stelle und von einem Auktionator an den Mann oder vielmehr an die Frau bringen lasse wie ein Stück Vieh. Das wäre mir entsetzlich peinlich.“

Emmeline nestelte in ihrem Mantel nach einem Taschentuch und betupfte sich die Augen.

„Na, wenn das schon zu viel verlangt ist, dass du mit einer Frau einen netten Abend verbringst, nachdem sie für dieses Vergnügen ihr Portemonnaie geöffnet hast … wenn du deiner alten Mutter, die dich bis vor kurzem aufopferungsvoll gepflegt und dir all deine Lieblingsgerichte gekocht hat, nicht einmal diesen kleinen Gefallen tun kannst …“ Sie drehte sich um, ein Bild des Jammers, und schickte sich an, davonzugehen.

John schluckte schwer und streckte dann den Arm aus, um sie aufzuhalten.

„Nun sei doch nicht gleich gekränkt, Mum. Also gut, ich mache es."

Sie drehte sich um. Verschwunden waren die tränenfeuchten Augen. Sie strahlte ihn an und John überlegte zähneknirschend, ob Renie ihr Schauspieltalent am Ende von ihrer Großmutter geerbt hatte.

„Ich wusste es, mein Schatz, dass du dich bereitfinden würdest, dieses kleine Opfer zu bringen. Und wer weiß, vielleicht lernst du ja dabei tatsächlich endlich einmal eine nette Frau kennen. Das würde deine Eltern sehr glücklich machen."

John schnaufte erleichtert auf, als er spätnachmittags wieder in seinen eigenen vier Wänden ankam. Noch besser wurde seine Laune, als das Telefon klingelte und er Paulines Nummer im Display erkannte.

„Hallo, Pauline", meldete er sich mit Herzklopfen. „Schön, dass du anrufst."

„Hi, John. Ich wollte dir sagen, dass dein Brot angekommen ist. Tausend Dank, ich finde es sehr süß, dass du es extra mit Express hier herauf geschickt hast. Und auch noch das Autogramm von Chris Fuller! Das bekommt einen Ehrenplatz bei mir."

„Keine Ursache, Pauline. Wie findest du das Brot?"

„Es schmeckt phänomenal, wirklich. Es ist sehr saftig und ich liebe diesen Nussgeschmack."

„Das freut mich."

Eine kleine Pause entstand, dann begannen beide gleichzeitig zu reden.

„Ich wollte mich –"

„Wegen unserem letzten Telefonat –"

Beide verstummten wieder.

John biss sich auf die Lippen und erkundigte sich, „Wie war dein Wochenende?"

Pauline stürzte sich wie erlöst auf die Frage und hob an, ihm ausführlich von einem Ausflug nach Norden zu erzählen, den sie am Samstag mit einer ihrer Kolleginnen unternommen hatte.

„Jenna und ich haben sozusagen einen Erkundungstrip gemacht. Wir haben die Aufgabe, die Klassenausflüge für das nächste Trimester zu planen und sehen uns zur Zeit einige mögliche Ziele an. Gestern war Alnwick dran. Auf dem Weg ins Schloss sind wir noch bei diesem göttlichen Second Hand-Buchladen vorbeigegangen. Ich sage dir, John, ich wäre auch zufrieden gewesen, wenn ich den ganzen Tag nur dort verbracht hätte. Du würdest dieses Geschäft lieben, John. Es ist ein Eldorado für alle Bücherfreunde."

„Oh, ich glaube, ich habe darüber einmal einen Bericht im Fernsehen gesehen. Warte mal, wie hieß der Laden doch noch? Barter Books, nicht wahr?"

„Genau. Allein schon das Gebäude ist ein Traum, ein umgebauter Bahnhof aus viktorianischer Zeit. Innen drin fährt über den Köpfen der Kunden ein niedlicher Modellzug seine Runden und es gibt interessante Wandgemälde bekannter Autoren und natürlich Regale über Regale mit Büchern zu allen nur erdenklichen Themen. Ich habe mir eine ganze Tüte voll gekauft. Ach, und dann hängt dort natürlich auch noch das berühmte Originalposter aus dem zweiten Weltkrieg mit dem „Keep calm and carry on"-Motto, das ja mittlerweile überall prangt. Also, der Laden ist an und für sich schon eine Sehenswürdigkeit. Aber unser eigentliches Ziel war natürlich Alnwick Castle – und das ist echt eine Schau, sage ich dir."

„Ist das nicht der Familiensitz der Percys?"

„Genau. Die Dukes von Northumberland."

„Einer ihrer Vorfahren, ich glaube, es war der neunte Earl, war im siebzehnten Jahrhundert einer der Langzeitgefangenen des Towers, weil er verdächtigt wurde, Teil der Verschwörung um Guy Fawkes zu sein. Siebzehn Jahre hat er hier verbracht, aber es ist ihm wohl nicht schlecht ergangen. Er hatte großzügige Räumlichkeiten, die er nach eigenem Gusto ausstatten konnte und interessante Gesprächspartner wie Sir Walter Raleigh, der zu jener Zeit auch hier war. Außerdem hatte er einen ganzen Schatz an Büchern zusammengesammelt, um sich die Zeit zu vertreiben."

„Seine Sammlung ist bis heute erhalten, John. Die Percys bewahren sie in einer wirklich hinreißenden Bibliothek hier auf. Überhaupt ist das ganze Schloss sehr sehenswert und auch die einzelnen Sonderausstellungen. Dabei gibt es auch so spannende Dinge zu sehen wie den Reisekopfkissenbezug von Oliver Cromwell – ich finde, gerade solche kleinen Dinge des Alltags bringen einem das Leben in früheren Zeiten näher. Wir werden unsere Schülerinnen auf jeden Fall hierherbringen. Der Clou ist ja, dass es hier nicht nur Historisches zu sehen gibt – das ganze Anwesen ist auch ein Anziehungspunkt für Filmfans."

„Wurden dort nicht Teile von Harry Potter gedreht?", fiel es John ein.

„Genau, einige der Szenen der ersten und zweiten Folge spielen hier. Natürlich ist das Ganze ziemlich kommerziell aufgezogen und es werden jede Menge Potter-Souvenirs verkauft, aber andererseits gibt es auch wirklich liebevoll gestaltete Führungen und Mitmachangebote für die Kinder. Das wird unseren Mädchen mit Sicherheit gefallen. Und wenn sie dann hinterher alle mit preisgünstigen Hexenbesen bewaffnet wieder nach Hause fahren, soll es mir auch egal sein." Sie kicherte.

„Das Schärfste ist ja, dass es genau auf der Wiese, wo Harrys erste Flugstunde gedreht worden ist, mit zwei „Hogwarts-Professoren" Unterricht im Besenflug gibt. Ich sage dir, John, du lachst dich krank. Die Kinder sind so süß, total atemlos und mit leuchtenden Augen sind sie dabei und es gibt sogar Erwachsene, die den Unsinn mitmachen. Jenna und ich sind trotz der Kälte mindestens eine halbe Stunde dort draußen gestanden und haben uns gebogen vor Lachen."

John lächelte.

„Wahrscheinlich werden deine Schülerinnen von dir erwarten, dass du dann auch eine Flugstunde nimmst."

„Kein Problem, bei dem Spaß bin ich gerne dabei. Und wer weiß, vielleicht kaufe ich mir anschließend sogar so einen schicken Umhang und einen Zauberstab und mache einen auf Professor McGonagall."

„Einen Zauberer, der mich aus meiner Bredouille bringt, könnte ich momentan gut brauchen – meine Mutter hat mich in eine unmögliche Situation gebracht", klagte John.

„Was ist los?"

„Ihr Verein veranstaltet eine Wohltätigkeitsveranstaltung zugunsten der Königlichen Gärten in Kew. Und dabei sind die Damen auf die grandiose Idee einer Junggesellenversteigerung gekommen."

„Und dafür will sie dich?" Pauline bekam einen Lachanfall.

Nun war John doch ein wenig beleidigt. „Wieso lachst du so? Denkst du, ich finde keine Abnehmerin?"

„Oh nein, John, keinesfalls", versicherte sie ihm immer noch nach Luft ringend. „Aber hast du schon einmal gesehen, wie so etwas abläuft?"

„Klar. Im Fernsehen. Bei ‚Täglich grüßt das Murmeltier' wird Bill Murray versteigert."

„Toller Film. Und was macht Bill Murray da auf der Bühne?"

John überlegte. „Er spielt Klavier, glaube ich."

„Genau. Jeder, der da angeboten wird, sollte irgendeine kleine Talentprobe abliefern."

Talentprobe? John wurde etwas flau, aber Pauline sprach bereits weiter.

„Allerdings läuft es nicht immer so zivil ab wie in diesem Film. Eine Cousine von mir lebt in Anchorage. Die habe ich mit meinen Eltern vor Jahren einmal in Alaska besucht und dabei haben wir uns auch so eine Versteigerung angesehen. Was soll ich sagen – dort ging es erheblich, äh, freizügiger zu. Eigentlich mussten dort alle Teilnehmer einen –" Sie brach wieder in Lachen aus. John ahnte schon, was kommen musste.

„Also, da mussten alle einen Strip machen, zwar nur bis auf die Boxershorts, aber immerhin. So richtig zur Musik. Das war ein Gekreische in dieser Halle, Wahnsinn. Alle Mädels haben mit Dollarscheinen gewunken. Ich weiß noch, dass den höchsten Preis so ein Typ erzielt hat, der mit einer roten Rose im Mund und nur mit einem Tanga bekleidet die Hüften hat kreisen lassen."

John wurde kreidebleich.

„Ich wandere aus."

„Na, na, so schlimm wird es schon nicht werden, John. Es geht ja hier immerhin um eine Veranstaltung eines altehrwürdigen Gartenclubs, da wird es schon nicht so frivol zugehen. Allerdings –"

„Was?", fragte John beunruhigt.

„Wenn wir schon über Filme sprechen – kannst du dich an ‚Calender Girls' erinnern?"

„Das ist doch diese Komödie, wo irgendein Frauenverein beschließt, Geld mit einem Kalender mit eher betagten, aber, äh, leicht bekleideten Damen aufzutreiben."

„So ist es. Der Film basiert auf einer realen Geschichte, die sich hier oben in Yorkshire zugetragen hat. An dem Beispiel sieht man, dass durchaus gesetzte Damen auf ziemlich, sagen wir mal, gewagte Ideen kommen können, wenn es dem guten Zweck dient. Also, wer weiß, vielleicht musst du doch die Hüllen fallenlassen."

John konnte partout nicht nachvollziehen, warum dies Anlass für einen erneuten Heiterkeitsausbruch sein sollte. Etwas verstimmt beendete er das Gespräch.

Während er überlegte, wie er aus dieser Geschichte herauskommen könnte, ging ihm plötzlich etwas durch den Kopf, das Pauline erwähnt hatte. Flugstunden auf Hexenbesen … in einem Schloss … oben in Northumberland!

Aufgeregt griff er zum Telefon und wählte. Während ein monotones Tuten aus dem Hörer drang, trommelte er ungeduldig mit den Fingern auf den Tisch.

„Chief Superintendent Whittington“, meldete sein Cousin sich schließlich mit freudetrunkener Stimme.

„Wow! Simon, du hast es geschafft! Gratulation. Ich wollte dir gerade sagen, dass ich eine Idee habe, was dieser Besentest sein könnte –“

„Hat sich schon erledigt, mein Bester, hat sich schon erledigt.“

Mein Bester? John entschied, dass Simon nicht nur vor Freude trunken war, sondern sich auch sonst schon einiges hinter die Binde gekippt haben musste.

„Lass mich raten: Wart ihr auf Alnwick Castle?“

„Hallo, bist du ein Hellseher oder was? Genauso ist es, genauso.“

„Musstet ihr auf den Hexenbesen reiten?“

Simon gab einige keckernde Laute von sich, die auch von dem Raben Gworran hätten stammen können.

„Hah! Du bist echt gut, John, echt gut. Tatsächlich haben die uns die Anweisung gegeben, ein Wettrennen auf diesen Besen zu machen, komplett mit Hut und Umhang. Stell dir das mal vor!“

Simon brüllte vor Lachen.

„Ein paar von diesen Schwachmaten, also ich meine, von meinen überaus geschätzten Mitstreitern hier, haben dem tatsächlich Folge geleistet. Ich und noch ein Kollege haben uns kategorisch geweigert, so einen Humbug mitzumachen. Und was denkst du? Genau das war die richtige Reaktion. Hinterher haben sie uns erklärt, dass sie testen wollten, ob unsere Autoritätshörigkeit gesunde Grenzen hat oder wir nur blinde Befehlsempfänger sind.“

John schüttelte ungläubig den Kopf. „Das ist wirklich ein sehr … eigenwilliger Test.“

„Hey, ist doch egal, ich habe auf jeden Fall bestanden, und zwar mit Pauken und Trompeten. Vorhin, als wir wieder zurückgekommen sind, haben wir unsere Ergebnisse der ganzen Woche bekommen und was soll ich sagen – ich werde eine Urkunde als Lehrgangsbester bekommen und auch die Ernennung zum Chief Superintendent dürfte nächste Woche ins Haus flattern.“

Auf einmal stimmte Simon aus vollem Hals an, „We are the champions, my friend, we'll keep on fighting till the end …“

John wünschte, er hätte ein Aufnahmegerät. Solche ausgelassenen Töne hatte er noch nie von seinem Cousin gehört und wahrscheinlich würde er sie auch nie wieder hören.

„Hey, mein Alter, ich und meine Kumpels hier müssen jetzt noch ein bisschen feiern. Ich fahre dann doch erst morgen nach Hause. Cheerio.“

„Cheerio, Chief Superintendent.“

Kapitel 15

Zwei Stunden später, als er sich gerade die Abendnachrichten ansehen wollte, klingelte es an seiner Tür. Draußen stand Renie etwas abgekämpft mit einem großen Rucksack.

„Hi John. Ich dachte mir, dass ich gleich direkt bei dir zur Lagebesprechung vorbeikomme. Geoff holt mich nachher hier ab. Hast du etwas zu essen da?"

Sie warf ihren Rucksack in eine Ecke und sich selbst aufs Sofa.

„Mum hat mir etwas von dem Braten mitgegeben, den wir heute Mittag hatten und dazu eine Portion Bohnengemüse."

Sie verzog das Gesicht. „Das ist nichts für mich. Was gibt es noch?"

„Ich habe noch etwas von dem Brot da, das ich gestern gebacken habe."

„Oh ja, davon möchte ich etwas. Am liebsten mit Frischkäse und Honig. Und am besten einen heißen Tee dazu, in dem blöden Zug hat die Heizung nicht funktioniert und jetzt bin ich ganz durchgefroren."

Während er in die Küche ging, streckte sie die Beine auf dem Sofa aus.

„Mann, bin ich fertig. So viel gelaufen wie heute bin ich schon lange nicht mehr."

„Was hast du gemacht?"

„Ich habe mir den ganzen Tag die Stadt angesehen. Liverpool ist ja total toll, das hätte ich nicht gedacht. Warst du mal dort?"

„Ja, aber das letzte Mal muss schon über zehn Jahre her sein."

„Ich war nur einmal dort, als Kind. Damals sind wir in den Ferien rauf in den Lake District gefahren. Tommy war noch ein winziger Knirps, kann ich mich erinnern, also muss ich so acht oder neun gewesen sein. Wir haben einen Zwischenstopp in Liverpool gemacht und ich weiß noch, dass ich alles irgendwie hässlich und schmuddelig fand. Aber jetzt hat es mir super gefallen. Vor allem die Gegend rund um das Albert Dock ist toll. Und die Museen erst!"

Sie stürzte sich auf das Brot, das John ihr brachte. Mit vollem Mund redete sie weiter.

„Leider hatte ich nicht genug Zeit, um mir alle anzusehen. Ich muss dort unbedingt bald wieder hin. Zuerst mal bin ich in das World Museum, allein da hätte ich den ganzen Tag verbringen können. Dann war ich im Museum of Liverpool. Das ist auch sehr interessant, aber da hatte ich nicht viel Zeit, weil ich unbedingt noch in das Museum der Sklaverei wollte."

Sie hatte den letzten Bissen hinuntergeschlungen und warf einen sehnsuchtsvollen Blick in Richtung Küche. John stand auf, um ihr eine zweite Portion zu bringen.

„Von diesem Museum habe ich schon gehört. Das Thema der Sklaverei wird dort sehr gut aufgearbeitet, nicht wahr?", rief er aus der Küche.

„So gut, dass ich zwischendurch geheult habe wie ein Schlosshund", gab sie zurück. „Die Schicksale, die da dargestellt sind, ergreifen einen richtig. Ich finde es gut, dass eine Stadt wie Liverpool, die ihren Reichtum gerade auf den Sklavenhandel gegründet hat, so offensiv mit ihrer eigenen Geschichte umgeht. Aber weißt du, wessen Namen da auch hineingehören würde, den man im Museum aber vergeblich sucht?"

John reichte ihr den Teller.

„Van Burstyn, schätze ich."

„Genau. Lily hat mir auf der Hinfahrt einiges über die Familiengeschichte erzählt. Das ist vielleicht eine Sippschaft, echt gruslig. Im Nachhinein tut Veronica mir echt leid, dass sie in so einer Familie aufwachsen musste. Vor allem ihr Vater – wenn der nur den Mund aufmacht, dreht sich mir schon der Magen um. Der hat ja Ansichten, dass es einem die Schuhe auszieht!"

Sie schüttelte sich.

„Er erinnert mich mit seiner Doppelmoral an diese ganzen Priester, die von der Kanzel herunter angeblich Gottes Wort verkündigen und dann gehen und Kinder missbrauchen. Als wären sie irgendeine Sonderkaste, als würden Gebote und Gesetze nur für Normalsterbliche, aber nicht für sie gelten. Genauso ist Veronicas Familie davon überzeugt, dass sie etwas Besseres ist. So versnobt wie die ist nicht mal unser Königshaus. Nach ein paar Stunden im Chateau van Burstyn kann ich bestens verstehen, dass Veronica dort ausbrechen wollte. Auch wenn der Schuppen dort wirklich erste Sahne ist."

Sie holte ihr Mobiltelefon hervor.

„Ich kann dir ein paar Fotos zeigen. Sieh mal, das ist das Zimmer, in dem ich geschlafen habe. Es gibt dort ein ganzes Gästehaus, das mit dem Hauptgebäude durch einen Glasgang verbunden ist."

John sah einen großzügig dimensionierten Raum mit glänzendem Parkett, indirekter Beleuchtung und einem Kingsize-Bett.

„Sehr schnieke, was? Im Bad – jedes der Zimmer hat ein eigenes, sagt Lily – war eine tolle Powerdusche. Und natürlich keine schnöden Fliesen, sondern feinster Marmor. Gerade, dass es keine goldenen Wasserhähne gab. Und das ist der Blick aus dem Fenster.“

Auf dem Bildschirm erstreckte sich eine makellos gepflegte Rasenfläche, die an einer mindestens vier Meter hohen Mauer endete.

„Das ist wohlgemerkt nur der Garten des Gästehauses. Die Familie hat auf der anderen Seite des Haupthauses noch ihren privaten kleinen Park. Es gibt auch einen Tennisplatz und eine kleine Schwimmhalle mit Sauna und Dampfbad. Davon hat Lily mir nur erzählt, zu sehen bekam ich das alles nicht.“

Sie steckte das Telefon wieder weg und meinte bedauernd, „Ich hätte ja zu gern auch in den Familiengemächern ein paar Fotos gemacht, aber da ständig jemand von den van Burstyns dabei war, habe ich mich das doch nicht getraut. Dann hätten die mich gleich für noch unkultivierter gehalten als ohnehin schon, oder sie hätten gedacht, ich würde das Haus für eine Einbrecherbande ausspionieren.“ Sie kicherte respektlos.

„Auf jeden Fall kann das Haus wahrscheinlich locker mit einem der kleineren Paläste der Windsors mithalten. Gigantische Eingangshalle mit Marmortreppe, edelste Holzvertäfelungen, Kronleuchter, feines Porzellan und eine Ahnengalerie. Echt cool.“

Sie zwinkerte John zu.

„Lily und ich haben uns ja überlegt, ob wir in der Nacht, wenn alle schlafen, ein wenig herumschnüffeln und schauen, ob wir Veronicas Thermosflasche finden können.“

Johns Stirn legte sich in Falten. „Ihr seid doch wohl nicht –, begann er beunruhigt.

„Nur keine Aufregung, wir haben es uns verkniffen. Aber nur, weil der Zugang vom Gäste- zum Haupthaus von einer Kamera überwacht wird“, fügte sie mit Bedauern hinzu. „Dieser Clan misstraut offenbar selbst den eigenen Gästen.“

John atmete tief durch und fragte, „Welche Familienmitglieder hast du kennengelernt?“

„Also, da wären erstmal Veronicas Großeltern. Die zwei wirkten gar nicht so übel. Lily hat mir aber hinterher gesagt, die beiden wären erst im Alter milder geworden, vielleicht auch durch den herannahenden Tod von Grandma Heather. Sie haben uns nach der Beisetzung in ihren Räumlichkeiten – sie bewohnen den obersten Stock der van Burstyn-

Villa – empfangen und wir haben bei Tee und Cremetörtchen alte Fotoalben der Familie angesehen."

Sie rührte nachdenklich in ihrer Tasse.

„Als ich die alte Frau gesehen habe – sie ist bettlägerig und wirkt sehr, sehr schwach – habe ich beschlossen, zur Abwechslung einmal diplomatisch zu sein. Lily und ich, wir haben uns nur einen Blick zugeworfen und waren uns einig, dass wir den alten Leutchen die Realität ersparen wollen. Also haben wir nur in den höchsten Tönen über ihre Enkelin gesprochen. Ich hatte ein Foto von Veronica, das Dad bei der Premiere geschossen hatte, ausgedruckt und in einem hübschen Rahmen mitgebracht. Darüber haben sie sich wirklich gefreut und es gleich auf dem Nachtkästchen aufgestellt."

Sie sah John traurig an.

„Ist es nicht tragisch, wenn man sich mit seiner Familie erst aussöhnt, wenn es schon zu spät ist? Jetzt, wo ihre Großeltern mit ihrem Enkelkind Frieden schließen wollten, ist Veronica tot."

John nickte.

Renies Ton wurde bitter.

„Für ihren Vater gibt es so etwas wie Verzeihung und Aussöhnung auf jeden Fall nicht. Am liebsten hätte er Veronica wahrscheinlich irgendwo anonym verscharren lassen. Nur, weil er auf sein verdammtes Image bedacht ist, hat sie ein vernünftiges Begräbnis bekommen, wenn auch unter Ausschluss der Öffentlichkeit. Es gab ein paar Reporter, die draußen vor dem Friedhof standen, aber die sind von extra angeheuerten Sicherheitsleuten auf Abstand gehalten worden. Eine Firmensprecherin von van Burstyn hat draußen ein vorbereitetes Statement vorgelesen, von wegen, dass die Familie in tiefer Trauer wäre und um Zurückhaltung bitte. Lauter Blabla."

„Wer durfte beim Begräbnis dabei sein?"

„Außer dem Großvater, den Eltern und Benjamin nur noch Lily, deren Eltern – die sind aber gleich nach der Beisetzung wieder gefahren – und ich. Und das Schärfste war, dass die Familie sogar den Pastor belogen hat: In seiner Grabrede hat er was von Schicksal gefaselt und dass es das Asthma gewesen wäre, das Veronica so früh dahingerafft hätte. Pah! Und dann erst die Sprüche auf den Kränzen: Deine dich ewig liebenden Eltern oder In innigster Verbundenheit – Dein Bruder." Sie schnaubte. „Eine einzige Farce."

John stimmte ihr zu.

„Das Ganze wirkt inszeniert wie ein kleines Schauspiel. Wie hat die Familie darauf reagiert, dass du als Außenstehende dabei warst?“

„Ihr Vater – Alexander der Große, wie Lily ihn nennt – war zwar untadelig höflich, aber er hat nicht nur mich, sondern auch Lily deutlich spüren lassen, dass er unserem Kommen nur zugestimmt hat, weil sein alter Herr das so gewünscht hat und dass er unsere plebejische Anwesenheit eigentlich als Zumutung empfindet. Außerdem hat er uns dann noch eingebläut, dass wir Veronicas Herkunft nicht vor Krethi und Plethi, wie er es ausgedrückt hat, breittreten sollen. Im Klartext soll am besten niemand erfahren, dass es seine hochwohlgeborene Tochter war, die sich unter das lose Schauspielervolk gemischt hatte.“

John warf ihr einen neugierigen Blick zu. „Wirst du seinen Wunsch beherzigen und den anderen in der Schauspielschule tatsächlich nichts über die Beerdigung und der Teedynastie erzählen?“

„Ich hätte schon gute Lust dazu, aber Lily hat mich auch noch einmal darum gebeten, Stillschweigen zu bewahren. Ihre Eltern sind einfach von den van Burstyns abhängig und da will ich keinen Ärger machen. Also werde ich versuchen, meine Zunge im Zaum zu halten.“

„Hm. Was hattest du für einen Eindruck von Veronicas Mutter?“

„Adelaide. Sie steht eindeutig unter seiner Fuchtel. Bei allem, was sie sagt oder tut, scheint sie ängstlich zu schauen, ob er einverstanden ist. Ich glaube, dass sie schon vor langer Zeit aufgehört hat, als selbstständiges Wesen zu existieren und nur noch ein Anhängsel ihres Mannes ist.“

„Und der Firmenerbe?“

„Oh, Benjamin – der wird mal sein würdiger Nachfolger, schätze ich. Er wirkt jetzt schon wie eine Kopie von seinem Alten!“

Sie richtete sich auf und gab eine durchaus glaubwürdige Imitation von Veronicas Zwillingsbruder von sich, komplett mit selbstgerecht-blasiertem Gesichtsausdruck und herablassendem Tonfall. „Veronica hat sich benommen wie eine Hure – ich musste erkennen, dass jedes Gespräch mit ihr völlig sinnlos gewesen wäre.“

„Das hat er wirklich gesagt? Eine Hure?“ John sah seine Nichte entsetzt an.

Renie ließ sich wieder ins Sofa zurücksinken.

„Genau das waren seine Worte. Allerdings erst, nachdem wir ihm Tommys Video gezeigt hatten und er merkte, dass es sinnlos war, weiter zu behaupten, er hätte seine Schwester seit ihrem Auszug von zuhause nicht mehr gesehen."

„Verstehe ich das richtig? Er hat zugegeben, dass er an Bord des Schiffs war, aber er bleibt dabei, dass er nicht mit ihr gesprochen hat?"

„Genau. Er sagte, wenn seine Großeltern gesehen hätten, zu was für einem verderbten Weibsstück sich Veronica entwickelt hätte, hätte es ihnen das Herz gebrochen. Deswegen hätte er beschlossen, dass es für alle Seiten besser gewesen wäre, wenn es keinen erneuten Kontakt gegeben hätte. Er sagt, er ist gleich nach der Vorstellung wieder zurückgefahren, ohne ein Wort mit Veronica zu wechseln."

John sah Renie forschend an. „Glaubst du ihm?"

Sie zuckte mit den Schultern.

„So eine verdrehte Logik würde in sein Weltbild vielleicht sogar hineinpassen. Mag sein, dass er wirklich an das glaubt, was er da von sich gibt. Genauso ist es möglich, dass er aus Angst um sein Erbe oder vielleicht sogar, weil er um den untadeligen Ruf seiner Teedynastie besorgt war, Veronica aus dem Weg räumen wollte."

John nickte langsam.

„Konntest du herausfinden, ob er tatsächlich gleich nach Ende des Stückes zurück nach Liverpool gefahren ist?"

Sie nickte.

„Als Lily und ich heute gegangen sind, habe ich mich in der Halle noch ein wenig mit der Haushälterin unterhalten. Ich sagte so etwas wie, dass es ein großer Schock für die Familie gewesen sein muss, als sie die traurige Nachricht erfahren haben. Sie meinte, dass sie ja den Anruf von Lily entgegengenommen und dann Master Benjamin, wie sie ihn nennt, geholt hätte. Der wäre zu der Zeit, gegen halb neun, gerade am Frühstückstisch gesessen, wie jeden Samstag. Das wäre ihr noch aufgefallen sagte sie, weil der junge Herr in der Nacht zuvor erst gegen halb zwei Uhr nach Hause gekommen wäre. Das war für ihn scheinbar eher unüblich, anders als seine Schwester ist er wohl kein Feiertier. Na, auf jeden Fall müsste er damit spätestens gegen zehn, halb elf das Schiff verlassen haben, schätze ich. Das würde also zu seiner Geschichte passen."

„Oder die Haushälterin hat aus Loyalität gelogen", merkte John zweifelnd an. „Hast du Benjamins Fingerabdrücke?"

„Ja, das war ganz einfach. Wir haben die Schachtel, wo die DVD drin war, sauber abgewischt und auf den Tisch gelegt, bevor er reinkam. Er hat sie dann natürlich in die Hand nehmen müssen, um die

DVD rauszunehmen und einzulegen. Also haben wir einen ganzen Satz Abdrücke auf der Box, die ich gleich nachher an Geoff weitergeben werde."

Sie gähnte. „Puh, ich bin echt bratfertig –" Aus ihrem Rucksack drang ein munteres Liedchen.

Sie seufzte. „Das ist mein Klingelton für unbekannte Anrufer. Ich habe gar keine Lust, hinzugehen."

Dennoch schleppte sie sich in die Küche.

„Renie Hughes."

Ihr Ton änderte sich schlagartig. „Mrs. Carruthers! Natürlich kann ich mich an Sie erinnern." Sie kam ins Wohnzimmer zurück und raunte John zu, „Lilys Mutter".

Sie lauschte einige Minuten lang. John konnte sehen, dass sie immer beunruhigter wurde.

„Heute Morgen beim Frühstück hat Lily schon ein wenig blass um die Nase ausgesehen, aber sie hat nichts gesagt, dass es ihr schlecht geht. Wir sind zusammen von den van Burstyns weggegangen und haben uns an der Lime Street Station verabschiedet. Sie ist in den Zug gestiegen, um zu Ihnen nach Manchester zu fahren und ich bin von dort ins Museum gegangen. Und nun geht es ihr so schlecht? Das tut mir leid." Sie runzelte nachdenklich die Stirn.

„Nein, ich habe nichts dergleichen bei mir bemerkt, Mrs. Carruthers. Und ich glaube, dass ich gestern so ziemlich das Gleiche gegessen habe wie Lily. Ach, halt, warten Sie: Von dieser Weinschaumcreme, die es als Nachspeise beim Abendessen gab, hatte ich nichts. Lily aber schon, soweit ich mich erinnern kann."

„Ach so, dort haben Sie schon nachgefragt? Bei den van Burstyns geht es allen gut? Dann kann es daran auch nicht gelegen haben."

„Ich drücke die Daumen, dass es Lily bald wieder besser geht. Wenn ich darf, melde ich mich morgen bei Ihnen und frage nach, wie es aussieht. Ja. Ja. Bitte sagen Sie ihr ganz liebe Grüße und alles Gute von mir. Bis morgen."

Sie legte auf und sah John mit großen Augen an.

„Lily musste ins Krankenhaus. Ihre Mutter sagt, es ging ihr den ganzen Tag immer schlechter und nun wussten sie sich nicht mehr zu helfen. Sie scheint einen schlimmen Brechdurchfall zu haben und nun hat sie auch noch Fieber bekommen. Kurz, bevor der Arzt kam, ist sie auf der Toilette ohnmächtig geworden."

Sie schlug die Hand vor den Mund.

„Oh, John, sie wird doch nicht auch vergiftet worden sein? Wie Veronica?“

Kapitel 15

„Jetzt lass uns nicht die Pferde scheu machen, Renie. Es könnte doch sein, dass sie einfach eine Blinddarmentzündung hat."

„Nein! Eben nicht! Mrs. Carruthers sagte eben, dass Lily schon als Kind am Blinddarm operiert wurde."

„Hm. Es gibt bestimmt noch eine Menge anderer Erkrankungen, die solche Symptome zeigen. Vielleicht hat sie sich ja in dem Krankenhaus, in dem sie arbeitet, einen Keim eingefangen –"

Es läutete an der Tür.

„Das muss Geoff sein." Renie eilte hinaus, um ihm zu öffnen. John folgte ihr, zog sich aber gleich diskret wieder zurück. Geoff Tomlinson hielt Renie in seinen Armen und murmelte etwas, das sich anhörte wie „Mein Goldstück, mein Zuckerkeks, mein Häschen …"

John musste sich auf die Zunge beißen, um nicht herauszuplatzen. *Häschen* passte zu seiner Nichte wie die Faust aufs Auge. Er schlich zurück ins Wohnzimmer und setzte sich, um auf das jungverliebte Paar zu warten.

Es dauerte noch einige Minuten, bis die beiden zu ihm stießen.

„Hi, John", begrüßte der Biologe ihn strahlend. „Was bin ich froh, dass Renie wieder unversehrt zuhause ist. Ich habe kein Auge zugetan letzte Nacht."

Renie rollte mit den Augen und knuffte ihren Freund spielerisch.

„Versteh doch endlich, dass ich kein hilfloses kleines Weibchen bin. Ich kann selbst auf mich aufpassen. Wir sollten uns lieber Sorgen um Lily machen."

Geoff sah sie verdutzt an. „Um Lily? Wieso? Was ist mit ihr?"

Renie erzählte ihm von Mrs. Carruthers Anruf und schloss, „Ich wette, diese verkommene Bagage versucht, jetzt auch sie loszuwerden."

„Häh? Jetzt verstehe ich gar nichts mehr. Ich dachte, wir hätten Lily in Verdacht, dass sie Veronica die Medikamente untergejubelt hat. *Sie* ist doch diejenige, deren Fingerabdrücke wir auf der Tablettenschachtel gefunden haben. Warum sollte sie jetzt selbst in Gefahr sein?" Geoff sah skeptisch drein.

„Na, weil …" Renie verstummte.

„Siehst du, dir fällt selbst kein Grund dafür ein. Das wäre ja auch eine total unlogische Schlussfolgerung."

Oh-oh. John überlegte sich, ob er in der Küche in Deckung gehen sollte, als er das Blitzen in den Augen seiner Nichte sah.

„Unlogisch?!", fuhr sie auf. „Sag du mir nicht, dass ich nicht logisch denken kann. Auch wenn du Naturwissenschaftler bist, hast du schließlich nicht die Weisheit gepachtet."

„Aber Häschen …"

„Und nenn mich nicht Häschen!"

Im Moment glich Renie eher einer sehr zornigen Wildkatze. Geoff schrak zurück.

Renie sprang vom Sofa auf und baute sich kämpferisch vor den beiden Männern auf.

„So, und ich kann euch auch ein mögliches Motiv für die van Burstyns sagen: Was, wenn sie Lily irgendwie unter Druck gesetzt haben, ihrer Cousine diese Medikamente zu geben und jetzt befürchten sie, dass sie nicht dichthält? Ich sage euch, diese Sippe geht über Leichen. Benjamin ist so ein kalter Fisch, der würde nicht mit der Wimper zucken, seine Schwester aus dem Weg zu räumen. Und es würde absolut zu ihm passen, dass er dazu seine Cousine benutzt. Ein van Burstyn macht sich schließlich nicht selbst die Finger schmutzig. Ich wette, er hat die Medikamente an dem Abend an Bord gebracht und als er sie Veronica nicht selbst unterschieben konnte, zwang er Lily dazu. Und jetzt versucht er, sie aus dem Weg zu räumen, damit sie niemandem sagen kann, dass er sie dazu angestiftet hat."

Triumphierend verschränkte sie die Arme und stierte Geoff an.

„Hm? Was sagst du jetzt, du Klugscheißer?"

„Du musst nicht gleich beleidigend werden. Ich meine, dass du dich nur auf diese Familie einschießt, weil du sie offensichtlich verabscheust", setzte der sich zur Wehr.

John, der Geoffs Meinung teilte und Renies Theorie für ausgemachten Unsinn hielt, wusste dennoch, dass seine Nichte ihre fixe Idee mit Zähnen und Klauen verteidigen würde. Er beschloss, dass er eingreifen musste, bevor die Fetzen flogen.

„Renie, du sagtest doch, du hättest eine Probe von Benjamins Fingerabdrücken aus Liverpool mitgebracht. Ich würde vorschlagen, dass wir die Analyse abwarten. Vielleicht lassen sich ja einige der nicht identifizierten Abdrücke auf der Tablettenschachtel ihm zuordnen – damit wäre deine These gestützt. Einstweilen sollten wir die ganze Sache mal systematisch angehen. Wie wäre es, wenn wir alles aufschreiben, was wir wissen und dann verschiedene Theorien, die zu den Fakten passen, sammeln. Danach können wir überlegen, wie wir vorgehen können, um diese Theorien zu überprüfen."

Renie atmete tief durch und setzte sich mit einem letzten Funkeln in Richtung ihres Freundes wieder. „In Ordnung."

Geoff nickte stumm.

John holte etwas zu schreiben.

„Okay. Also, fangen wir mit dem Tag von Veronicas Tod an. Versuchen wir, den zeitlichen Ablauf festzuhalten, soweit bekannt. Renie, du hast den besten Überblick, wie alles abgelaufen ist. Leg los."

Wenig später hatte er Folgendes auf seinem Zettel stehen:

Tagsüber: Harry wählt mehr als 10 Mal Veronicas Handynummer
13 bis 15 Uhr Generalprobe auf dem Schiff, danach Freizeit
18.30 Uhr Eintreffen aller Ensemblemitglieder, letzte Absprachen hinter der Bühne; Maske
19 Uhr Publikumseinlass
19.45 Uhr Veronica bringt CJ hinter die Bühne
20 Uhr Beginn der Aufführung
Währenddessen erwischt der Barkeeper einen jungen Mann, der in die Garderobe eindringen will (Benjamin?)
21 Uhr Pause
21.20 Uhr Beginn des zweiten Teils
22 Uhr Ende des Stücks
Kurz danach:
CJ verabschiedet sich
Benjamin verlässt das Schiff (?)
23 Uhr Renie verlässt das Schiff
Irgendwann danach: Veronica schläft in der Garderobe ein
Kurz vor 0 Uhr: Lily verlässt das Schiff, geht zur Nachtschicht
3 Uhr: Veronica wird entdeckt, Alarmierung des Rettungsdienstes, Transport ins Krankenhaus
8.30 Uhr: Julie benachrichtigt Lily zuhause

John legte den Stift weg und alle drei starrten auf das Blatt. Dann hob Geoff an, „Wann hätte die Möglichkeit bestanden, Veronicas Tee mit den Tabletten zu versetzen?"

„Hmm." Renie legte nachdenklich einen Finger auf die Nase.

„Ich habe natürlich nicht besonders darauf geachtet, ob sie ihre Thermosflasche bei der Probe dabeihatte, aber ich glaube schon. Eigentlich kann ich mich an keine Gelegenheit erinnern, wo sie sie nicht bei sich hatte. Sie hat sich das Zeug ja literweise reingezogen. Bei der Aufführung bin ich mir hundertprozentig sicher, dass das Ding in der Garderobe stand. Und dazwischen hat sie sie wohl in ihrer Wohnung wieder aufgefüllt."

Geoff griff nach einem zweiten Papier und notierte in seiner exakten Schrift:

Zugang zur Thermosflasche am Tattag:
Morgens (Wohnung): Veronica und Lily
Generalprobe (Studio):

Er sah auf. „Renie, wo lagerte die Flasche, während ihr Probe hattet? Irgendwo außer Sichtweite oder am Rand der Bühne?"

Sie überlegte. „Jeder von uns legt seinen Rucksack oder seine Tasche auf irgendeinen Stuhl, meistens in der ersten Reihe. Wer gerade in einer Szene nicht dran ist, setzt sich auch dorthin."

„Also hätte jemand, der gerade keinen Einsatz hatte, unbemerkt etwas in die Flasche tun können?"

„Hm ja, ich glaube schon. Die Gefahr, dabei erwischt zu werden, wäre allerdings schon dagewesen."

„Okay." Geoff vermerkte dies.

Generalprobe (Studio): ganze Schauspieltruppe
Danach (Wohnung): Veronica und Lily
Auf dem Schiff:

Fragend sah er Renie an.

„Ich denke, da war es am leichtesten, wenn man etwas in den Tee hineinfabrizieren wollte. Alle waren nervös und in der Garderobe war ein dauerndes Kommen und Gehen, zeitweise war sie auch völlig leer."

„Wer außer eurer Truppe hätte noch Zugang gehabt? Vielleicht jemand von der Crew?"

Sie nickte. „Der Kapitän hat uns dort besucht und der Barkeeper hat uns Getränke und ein paar Snacks hingestellt. Außerdem gibt es dort eine Verbindungstür zur Küche des Schiffs, weil die Garderobe ja eigentlich der Sozialraum für die Schiffsbesatzung ist. Mir ist zwar nicht aufgefallen, dass von dort jemand hereingekommen wäre, aber möglich ist es."

Auf dem Schiff: Schauspieltruppe und Schiffscrew

„Vergesst nicht den Typen, den der Barkeeper verjagt hat. Es wäre auch vorstellbar, dass ein Außenstehender während der Vorstellung unbeobachtet dort eingedrungen ist", warf John ein.

Geoff nickte und fügte hinzu: *Zuschauer?/Benjamin?*

„Ah, und dann waren noch zwei Leute vom Veranstalter da, ich glaube, die Firma heißt Metropolis Events oder so. Und natürlich war auch Celia Chambers an Bord, diese wichtige Dame vom Drama Centre."

Geoff notierte auch das. Dann besah er kritisch alles, was er geschrieben hatte.

„Das bringt uns nicht wirklich weiter. Sagt mal, wann hat Veronica diese Tabletten eigentlich zu sich genommen?"

Renie und John wechselten einen Blick.

„Ich weiß es nicht", gestand John betreten. „Simon hat mir nur Auszüge des pathologischen Berichts vorgelesen. Da ging es hauptsächlich um die Art der Substanzen und ihre Konzentration. Aber wenn ich von dem ausgehe, was ich über die Wirkungsweise dieser Mittel weiß, lässt sich der Zeitpunkt der Einnahme in etwa schätzen."

Er kalkulierte rasch.

„Ich würde sagen, das Schlafmittel muss sie im Verlauf des Abends eingenommen haben. Sonst hätte die Wirkung viel eher eingesetzt, auch wenn die Dosis relativ gering war. Mit dem Beruhigungsmittel ist es schwieriger, das könnte gleichzeitig oder schon im Verlauf des Tages gewesen sein."

Er beugte sich aufgeregt nach vorn.

„Als ich mir das Video nochmal angesehen habe, hatte ich den Eindruck, dass Veronica auf der Bühne ein wenig neben sich stand. Also würde ich annehmen, dass sie das Benzodiazepin bereits zu dem Zeitpunkt im Körper hatte. Was meinst du, Renie?"

Sie zögerte ein wenig. „Ich finde auch, dass sie nicht ganz sie selbst war. Sonst hätte sie nicht diesen einen Satz vergessen."

Geoff sah fragend in die Runde.

„Das würde heißen, sie hat zu verschiedenen Zeitpunkten zwei unterschiedliche Substanzen beigemischt bekommen? Das passt doch überhaupt nicht zu einem geplanten Mord.“

Renie öffnete den Mund, aber Geoff sprach schon weiter.

„Leute, ehrlich gesagt: Könnte es nicht sein, dass es doch einfach genauso war, wie der Pathologe und die Familie meinen: Dass sie selbst sich aus Versehen durch einen misslungenen Medikamenten- und Alkoholcocktail ins Jenseits befördert hat?“

Er erwärmte sich zusehends für diese Theorie.

„Folgendes Szenario: Veronica nimmt vor der Premiere ein Beruhigungsmittel, weil sie eben doch nicht so cool ist, wie sie immer tut. Aus Versehen nimmt sie ein bisschen viel und kann deswegen ihre gewohnte Leistung nicht ganz bringen. Dadurch ist sie enttäuscht und will das Ganze nur noch vergessen. Sie wirft sich irgendwann nach der Vorstellung noch eine Schlaftablette ein, um von dem ganzen Adrenalin wieder runterzukommen. Dabei rechnet sie nicht damit, dass die Wirkung, durch den Alkohol verstärkt, für ihre vorgeschädigte Lunge zu heftig ist. Sie schläft ein und die Atmung setzt aus. Damit sind auch Lilys Fingerabdrücke auf der Schachtel erklärt: Was liegt näher, als dass die Schachtel entweder ihr gehört hat oder sie diese für ihre Cousine aus dem Krankenhaus mitgebracht hat? Ich wette, einige von den Fingerabdrücken, die wir bis jetzt niemandem zuordnen konnten, stammen von Veronica. Voilà.“

Nach diesem Coup de grace lehnte Geoff sich auf dem Sofa zurück und schlug die Beine übereinander. Auf seinem Gesicht lag die Spur eines selbstgefälligen Lächelns.

Während John noch überlegte und zum Schluss kam, dass Geoffs Theorie in der Tat plausibel klang, schlug Renie sich an die Stirn und rief, „Das ist doch Bockmist!“

Geoff zog eine Augenbraue nach oben. „Bockmist? Das ist ja wohl kaum ein sachlich fundierter Einwand gegen meine wissenschaftliche Beweisführung –“

„Du kannst dir deine wissenschaftliche Beweisführung sonstwohin stecken“, fauchte sie. „Veronica hätte nie und nimmer wissentlich diese Pillen eingenommen. Es war Mord und fertig.“

Geoff schüttelte eigensinnig den Kopf. „Du kannst nicht einfach –“

John sah, wie Renies Finger sich in ein Sofakissen krallten und er befürchtete, der Schlagabtausch würde gleich von einem verbalen zu einem handfesten eskalieren.

Er klatschte in die Hände und stand auf.

„Ich denke, wir sollten alle eine Nacht darüber schlafen, bevor wir weiterreden." Er gähnte betont und warf den beiden einen eindringlichen Blick zu.

Renie drückte sich schmollend in ihre Sofaecke. „Geoff, du fährst jetzt besser. Wir sehen uns morgen im Museum."

„Du kommst nicht mit? Na gut, wie du willst." Er stand auf und schritt steif hinaus. „Gute Nacht, John."

„Gute Nacht, Geoff." John schloss die Tür hinter ihm und ging zurück ins Wohnzimmer. „Soll ich dir ein Taxi rufen? Oder nimmst du die U-Bahn nach Hause?"

Renie schob die Unterlippe nach vorn. „Kann ich nicht hier auf deinem Sofa schlafen? Wenn ich jetzt heimfahre und Mum ist noch wach, quetscht sie mich bestimmt aus. *Was ist los, Schätzchen, habt ihr euch etwa gestritten? Dabei ist Geoff doch so ein netter junger Mann.* Da habe ich echt keinen Bock drauf."

Doch John, der für heute genug von seiner Familie hatte, blieb hart. „Nein, Renie, du fährst jetzt bitte nach Hause. Lass uns morgen telefonieren."

Sie gab sich geschlagen und hievte sich grummelnd aus dem Sofa hoch. „Du glaubst aber doch auch, dass Veronicas Tod kein Unfall war, oder?"

„Ich weiß allmählich gar nicht mehr, was ich glauben soll, Renie. Vielleicht sollten wir uns eingestehen, dass wir eben keine professionellen Ermittler sind –"

„So ein Blödsinn! Wir waren doch bis jetzt ganz erfolgreich", begehrte sie auf.

„Bis jetzt war auch jedes Mal Simon mit an Bord und mit ihm ein ganzer Polizeiapparat. Ob es uns gefällt oder nicht: Ohne ihn sind wir eben nur zwei Amateure, die Detektiv spielen. Vielleicht sollten wir diese ganze Sache auf sich beruhen lassen", meinte er müde.

Seine Nichte starrte ihn fassungslos an. Dann machte sie auf dem Absatz kehrt, ging in die Küche und wuchtete sich ihren Rucksack auf den Rücken. Bevor sie die Wohnungstür hinter sich zuschlug, knurrte sie noch abfällig, „Männer! Ihr werdet schon noch sehen."

Tief in dieser Nacht fuhr John schweißgebadet aus dem Schlaf hoch, die Finger in die Bettdecke gekrallt. Er blickte wirr um sich. Dann ließ er sich mit einem abgrundtiefen Seufzer der Erleichterung in die

Kissen zurückfallen. Halleluja, er war zuhause in seiner stillen Wohnung. Es war nur ein Traum gewesen.

Die Szene stand ihm noch deutlich vor Augen: Wie er hinter einer Bühne stand und durch den schweren Vorhang gelinst hatte. Der Saal war von Heerscharen aufgedonnerter Frauen bevölkert, die mit Geldscheinen wedelten und kreischten, als würden sie die Ankunft der Beatles erwarten. Bei ihm stand seine Mutter, die ihn beständig stupste und befahl, „Jetzt raus mit dir, mein Junge. Sei nicht so ein jämmerlicher Feigling. Nimm Haltung an und stell dich der Lage wie ein Engländer!"

Hinter seiner Mutter hatten sich ein paar ältere Damen versammelt, die spöttisch auf ihn zeigten. Er hörte, wie sie kicherten, „Was hat Emmeline denn da für eine traurige Gestalt angeschleppt?"

„Ein echter Ladenhüter, wenn du mich fragst."

„Der bräuchte etwas Aufpeppen, sonst erlösen wir für den keine drei Pfund."

Verzweifelt klammerte er sich an irgendetwas fest, das hinter der Bühne stand. „Nein, ich gehe da nicht raus."

Auf einmal trat Tante Isabel auf und schob die feixenden Gartenclub-Ladies rüde zur Seite.

„Ein Mann vom Schlage der Mackenzies benötigt kein „Aufputzen". Seine Klasse, sein edler Körperbau und seine Ausstrahlung sprechen für sich. Los, John, geh und hol dir den Superveteranenpokal!" Damit riss sie den Vorhang zur Seite.

John war höchst dankbar, dass er genau in diesem Moment erwacht war. Er lag still und wartete, dass sein Herzschlag sich beruhigte und das Rauschen des Blutes in seinen Ohren abflaute. Amüsiert diagnostizierte er bei sich selbst eine ‚Nicht generalisierte soziale Phobie' in starker Ausprägung – umgangssprachlich Lampenfieber genannt.

Renie hatte ihm erzählt, dass es die merkwürdigsten Rituale gab, mit denen Schauspieler versuchten, die Anspannung vor einem Auftritt in den Griff zu bekommen. Sich gegenseitig über die Schulter zu spucken, Talismane oder bestimmte Wäschestücke zu tragen, sich vor einer Premiere gegenseitig Geschenke zu machen, eine bestimmte Anzahl von Malen zu gurgeln … Unversehens dachte er an Veronica: War sie vor der Aufführung auf dem Schiff tatsächlich so nervös gewesen, dass sie Pillen geschluckt hatte? Und hinterher, wie Geoff vermutet hatte, aus Frustration ein Schlafmittel?

Er versuchte, sich bildlich vorzustellen, wie sie die Schachtel aus der Tasche nahm, eine Tablette herausdrückte, sie mit etwas Flüssigkeit hinunterschluckte und – und dann: Die Packung, die noch fast voll gewesen war, über Bord geworfen hatte?!

Aufgeregt richtete er sich auf. Nein, Veronica hätte überhaupt keinen Grund gehabt, die Tablettenschachtel loswerden zu wollen. Jemand anders musste versucht haben, das verräterische Ding zu beseitigen. Wer sonst sollte das sein als die Person, die für den Tod des Mädchens verantwortlich war.

„*Doch still! Mich dünkt, ich wittre Morgenluft*", rief Renie, die am nächsten Nachmittag anrief, und setzte erklärend hinzu, „Hamlet, 1. Akt, 5. Szene. Mensch John, dass uns das nicht gleich eingefallen ist! Ich wusste gleich, dass Geoffs Idee Humbug war. Es tut mir direkt leid, dass ich ihm das nicht auf der Stelle aufs Brot schmieren kann. Aber ich bin gerade im Studio – oder vielmehr habe ich mich auf dem Klo versteckt, um dich anrufen zu können."

Sie senkte die Stimme. „Und um ein Glas, aus dem Harry getrunken hat, in meinen Rucksack zu schmuggeln. Fast hätte ich nämlich vergessen, dass wir seine Fingerabdrücke noch brauchen. Das wäre auch kein Wunder bei dem Stress hier. Chris dreht voll am Rad. Er hätte fast eine Herzattacke bekommen, als ich ihm erzählt habe, dass Lily im Krankenhaus liegt. Aber nicht etwa, weil er sich Sorgen um Lily macht, nein, er denkt eigentlich nur an seine Theaterprojekte, dieser Egomane."

John nickte. „So ein Gefühl hatte ich auch schon, als Veronica gestorben ist. Er wollte auch da offensichtlich so schnell wie möglich zu *business as usual* zurückkehren. Hast du von Lilys Mutter heute schon gehört?"

„Ja, es geht Lily sehr schlecht. Noch dazu ist diese Klinik in Manchester offenbar völlig überfüllt und die Zustände sind erbärmlich. Mrs. Carruthers sagt, dass Lilys Bett draußen auf dem Flur steht und nur alle heiligen Zeiten ein Arzt vorbeikommt. Offensichtlich weiß bis jetzt keiner, was mit ihr los ist. Ist das nicht schrecklich? Ich wünschte, wir könnten etwas für sie tun. Am liebsten würde ich mich sofort in den Zug setzen und zu ihr fahren."

„Das verstehe ich, Renie, aber damit hilfst du ihr wohl nicht viel. Das Wichtigste wäre jetzt eine vernünftige medizinische Versorgung für das Mädchen. Kann denn da ihre reiche Verwandtschaft nichts arrangieren?"

„Das habe ich Lilys Mutter auch schon gefragt. Es ist ihr wohl sehr unangenehm, die van Burstyns um Hilfe zu bitten. Außerdem bin ich immer noch der Meinung, dass man diesen Leuten nicht trauen darf – auch wenn Geoff meint, das wäre eine fixe Idee von mir."

John seufzte.

„Renie, versteh mich nicht falsch – dieser Tee-Clan hat im Lauf seiner Geschichte mit Sicherheit auch mit unsauberen Methoden gearbeitet, um sein Imperium aufzubauen und zu schützen – aber ich kann mir beim besten Willen nicht vorstellen, dass Alexander van Burstyn oder sein Filius bei Veronicas Beerdigung Lily Gift ins Essen gemischt haben."

„Das sagst du nur, weil du die Atmosphäre in diesem Haus nicht erlebt hast. Das ist eine Schlangengrube, sage ich dir", beharrte sie mit düsterer Stimme.

John entfuhr unwillkürlich ein Schnauben.

„Du klingst schon, als würdest du in einer Hochglanz-Soap Opera mitspielen, so à la Dallas oder Denver Clan."

„Was ist das denn? Irgend so ein Fernsehformat aus der Steinzeit?"

„So ähnlich. Der gute Simon war als Kind immer ganz scharf auf diese Serien."

„Ah, dann ging's da wahrscheinlich um Geld, Macht und Intrigen."

„Du hast den Nagel auf den Kopf getroffen."

„Pass auf, John, ich muss wieder zurück zur Probe. Chris macht heute so einen Stress, unglaublich. Er hat versucht, eine Studentin von der Academy als Ersatz für Lily zu bekommen, aber keine hat so kurzfristig Zeit. Jetzt müssen wir alle Szenen umarbeiten und Natalie und ich müssen soweit möglich Lilys Nebenrollenauftritte übernehmen. Wenigstens hatte sie kaum Text, aber trotzdem ist es eine ganz schöne Aufgabe, bis zur nächsten Aufführung am Freitag die neue Fassung hinzukriegen. Ach ja, Chris lässt dir ausrichten, dass diese Woche keine Zeit für deine Entspannungseinheiten bleibt. Dein Ehrenamt hier bist du also vorerst los. Aber du könntest mir einen anderen Gefallen tun."

„Um was geht es?"

„Mrs. Carruthers hat mir gesagt, dass Lilys Fische versorgt werden müssen. Könntest du das übernehmen? Der Hausmeister, der im Erdgeschoss wohnt, hat einen Ersatzschlüssel für die Wohnung."

„In Ordnung, das kann ich machen. Ich kann mich an das Aquarium erinnern, es steht im Wohnzimmer. Was ist da zu tun?"

„Vorerst müssen die Fische nur gefüttert werden. Soweit Mrs. Carruthers das wusste, muss die Futterdose irgendwo im Wohnzimmer oder in der Küche stehen. Sie sagte, man müsste einen Esslöffel voll davon nehmen und einfach ins Wasser werfen. Das reicht dann wieder für ein paar Tage. Und dann müsste man noch schauen, ob Pumpe und Filter funktionieren, sonst können die Fische ganz schnell sterben."

„Ich weiß, Renie. Dein Onkel David hatte als Kind mal eine Zeitlang Fische."

„Ah, dann kennst du dich ja aus, super. Ich muss jetzt echt weg. Wenn Chris uns abends zu einer halbwegs christlichen Zeit gehen lässt, komme ich noch bei dir zur Lagebesprechung vorbei."

Eine Stunde später betrat John die Wohnung, die Lily und ihre Cousine sich geteilt hatten.

Obwohl nur zwei Tage lang niemand hier gewesen war, lag ein abgestandener, etwas schimmliger Geruch in der Luft. John vermutete, dass die Wände des Hauses, das wohl aus der viktorianischen Zeit stammte, feucht waren. Gerade für eine Asthmatikerin wie Veronica war das Raumklima hier drin sicher alles andere als gesund gewesen. Dabei kam ihm ein Gedanke.

Er ging in die Küche und suchte in den Schränken, bis er auf eine Rolle mit Frühstücksbeuteln stieß. In dem Nachttischschränkchen in Veronicas Zimmer fand er ihre Asthmasprays. Da er sich nicht erinnern konnte, welches der Fläschchen ihr Bruder in der Hand gehabt hatte, packte er zwei davon in einen Beutel und steckte sie in die Tasche. Geoff und sein Kollege im Museum konnten damit vielleicht einige der noch nicht identifizierten Fingerabdrücke Veronica zuordnen.

Dann ging er in das enge Badezimmer, dessen wirsinggrüne Kacheln sicher schon ein halbes Jahrhundert auf dem zerfurchten Buckel hatten. Er öffnete die Tür des Spiegelschranks über dem Waschbecken – und ging reflexartig in Deckung, als eine mittelgroße Lawine von Medikamentenpackungen auf ihn einstürzte. Mit einem Fluch machte er sich daran, alles aufzuheben. Während er die Schachteln wieder hineinschlichtete, beäugte er die Aufschriften. Mittel gegen Kopfschmerzen, Bauchkrämpfe, Übelkeit, Reizhusten, Magenschmerzen, Einschlafstörungen, Halsschmerzen, nervöse

Unruhe, Durchfall, Verstopfung, Bindehautentzündung … Mit diesem Arsenal konnte man schon einer kleinen Apotheke Konkurrenz machen. Ob Lily all dies aus dem Krankenhaus mit nach Hause gebracht hatte? Ob die CalmaNox-Packung wohl aus diesem Vorrat stammen konnte? Er hoffte, es würde Lily bald so gut gehen, dass sie sie danach fragen konnten. Vorsichtig schloss er die Tür des Spiegelschranks wieder. Dann riss er jedes Fenster der Wohnung auf und machte sich auf die Suche nach dem Fischfutter.

Wenig später saß er in einem Stuhl vor dem Aquarium und beobachtete versonnen, wie sich ein Schwarm schillernder Guppys über die bunten Futterflocken hermachte. Zwei Putzerfische arbeiteten sich langsam innen an der Scheibe entlang. Aus einer kleinen Felsenhöhle ragten mehrere lange Fühler heraus. Sie gehörten zu einem kleinen rot-weißen Krustentier, das John an Jacques, die Putzergarnele aus *Findet Nemo* erinnerte. Erst, nachdem die ersten Futterstückchen, die anfangs wie Papierschnipsel auf der Wasseroberfläche getrieben hatten, sich vollgesogen hatten und langsam auf den Grund getrudelt waren, tastete das Tier sich aus der Höhle.

Blitzartig durchzuckte John ein Bild: die CalmaNox-Schachtel in Claire Mohanis Hand. Kaum verschmutzt, von der Feuchtigkeit nur leicht gewellt.

Schon hatte er sein Mobiltelefon in der Hand. Glücklicherweise erreichte er die Archäologin sofort und es bedurfte auch nicht vieler Worte, bis sie sein Anliegen verstand.

„Moment, das haben wir gleich. Ich sitze sowieso gerade im Büro.“ Sie rief auf ihrem Computer in Windeseile die Gezeitentabelle der Hafenbehörde für diesen Monat auf.

„So, pass auf, John, Freitagnacht: Gezeiten-Tiefststand am nächstgelegenen Messpunkt, der London Bridge, um 5.24 Uhr. Soweit ich noch weiß, habe ich das Ding recht nahe an der Ufermauer gefunden. Da ich schon ab dem Morgengrauen unterwegs war, muss das gegen sieben, spätestens halb acht gewesen sein. Hmmm. Also, ich würde schätzen, diese Schachtel kann frühestens gegen drei dort auf dem Boden gelandet sein, sonst wäre dort noch das Wasser gestanden.“

John bedankte sich überschwänglich und erinnerte Claire an ihr Versprechen, ihm Bescheid zu geben, sobald sie einen neuen Kurs für ihre ehrenamtlichen Helfer, die Thames Mudlarkers, startete. Dann legte er auf und sah geistesabwesend der Garnele zu, die mit ihren Mundwerkzeugen ein Futterteilchen zerkleinerte.

„Drei Uhr“, murmelte er vor sich hin. Damit konnten sie zwei Personen ausschließen, die die Schachtel ganz sicher nicht vom Schiff geworfen hatten: Veronica, die schon Stunden zuvor in den Schlaf gefallen war und Lily, die um Mitternacht ihren Dienst im Krankenhaus angetreten hatte.

Kapitel 16

„Gott sei Dank, ich bin froh, dass Lily damit aus dem Schneider ist.“ Renie atmete tief durch und griff nach einem der Kekse, die John auf den Tisch gestellt hatte. „Ich habe vorhin noch einmal mit ihrer Mutter telefoniert. Nachdem es Lily heute immer schlechter ging, hat Mrs. Carruthers nun doch beschlossen, ihre Schwester Adelaide um Hilfe zu bitten. Noch heute Abend soll Lily in eine Privatklinik in Liverpool transportiert werden. Oh John, ich hoffe, die Ärzte dort können ihr helfen!“

John nickte und meinte beruhigend, „Bestimmt können sie das. Die van Burstyns können sich die besten Experten leisten.“

„Lily tut mir so leid“, sagte Renie leise. „Am liebsten würde ich sie im Krankenhaus besuchen gehen.“ Sie sah grimmig auf. „Stell dir vor, wie Chris reagiert hat, als er heute mitbekommen hat, wie ich genau das zu Natalie sagte: Er hat mir angedroht, mich aus dem Kurs zu werfen, wenn ich ihn jetzt auch noch im Stich lasse. Im Stich lassen! Als ob Veronica und Lily sich absichtlich vom Acker gemacht hätten!“ Sie schüttelte entrüstet den Kopf.

Auch John war empört. „Könnte er das überhaupt? Dich aus dem Vorbereitungskurs werfen?“

Sie zuckte mit den Schultern. „Keine Ahnung. Kann schon sein. Aber dann würde er sich ja ins eigene Fleisch schneiden, schließlich kassiert er ein Schweinegeld für den Unterricht. Bis jetzt hat es auch wirklich Spaß gemacht, aber heute war es echt unerträglich mit ihm. Keiner konnte ihm etwas recht machen, einen nach dem anderen hat er heruntergemacht. Dabei war er so richtig bösartig. Auch die arme Julie hat ihr Fett weggekriegt. Sie wäre immer noch krankgeschrieben, aber er hat sie so lange bekniet, bis sie mit ihrem immer noch ganz verschwollenen Gesicht zur Arbeit kam. Und dann hat er sie genauso runtergeputzt wie uns alle. Wenn mein Chef so mit mir umspringen würde, dann wäre ich auf der Stelle weg, das kannst du glauben.“

John nickte nachdenklich. „Wahrscheinlich ist es gerade hier bei uns in London sehr schwer, in dieser Branche irgendwie Fuß zu fassen. Da wirft wohl niemand, der einen Job hat, und sei er noch so mies, diesen leichtfertig weg.“

„Du hast recht. Schauspieler, Regieassistenten, Nachwuchsregisseure, genauso wie Musiker und sonstige Kreative – alle kommen sie voller Hoffnungen hierher und halten sich oft genug mit Kellnern oder Taxifahren über Wasser, während sie auf den großen Durchbruch warten. Und selbst die, die ein Engagement haben, werden zum Teil mit Hungerlöhnen abgespeist. Chris hat uns von Anfang an gesagt, dass vielleicht fünf Prozent aller Schauspieler und Regisseure ein vernünftiges Auskommen durch ihren Beruf haben. Fünf Prozent!"

Sie schnaubte.

„Aber für einen echten Künstler dürfte der Gedanke ans Geld natürlich keine Rolle spielen, meint er. Und natürlich hatte er auch gleich das passende Zitat von unserem großen Meister dazu auf den Lippen: *Ein fetter Bauch hat magres Gehirn; je feister die Rippen, um so eher bankrott die Geister.*"

John schüttelte den Kopf. „Fuller hat wirklich für alles und jedes einen Shakespeare-Spruch bereit."

„Das kannst du laut sagen. Und ich muss feststellen, dass diese Angewohnheit, ständig mit Zitaten um sich zu werfen, auch noch ansteckend ist. Kürzlich habe ich mich dabei ertappt, wie ich zu Mum sagte, sie sollte mal die Devise aus Henry VI beherzigen: *Ich sage wenig, denke desto mehr.*"

Beide grinsten sich an, dann wurde Renie wieder ernst.

„Natalie zum Beispiel ist ein Mensch mit dieser Passion, die Chris meint. Sie lebt wirklich für die Momente, wo sie auf der Bühne steht, sie brennt für das Spielen. Dafür ist sie bereit, auf vieles zu verzichten. Aber ich weiß nicht, ob ich diese Leidenschaft in mir habe, John. Ich … weiß es wirklich nicht. Irgendwie ist momentan alles Scheiße."

Zu Johns Bestürzung füllten ihre Augen sich mit Tränen. „Erst stirbt Veronica. Dann wird Lily plötzlich so krank. Und jetzt auch noch diese Sache mit Geoff."

Während John sich auf ein teilnahmsvolles Murmeln beschränkte, sprudelten die Worte wie ein Sturzbach aus ihr hervor, unterbrochen von heftigem Schniefen.

„Ich dachte wirklich … wir würden gut zusammenpassen. Er ist so klug und zärtlich und … viel reifer, als ich es bin. Mum und Dad mögen ihn auch. Aber manchmal treibt er mich zur Raserei. Wenn er so … rational ist und fast von oben herab und wenn er so tut, als wäre ich irgend so ein kleines bambimäßiges Reh, auf das man aufpassen müsste. Da könnte ich ihn erwürgen. Und momentan könnte ich ihn schon erwürgen, wenn ich ihn nur sehe. Ich war direkt froh, dass er heute wegen einer Tagung nicht im Museum war und wir uns so nicht über den Weg laufen konnten. Aber auf Dauer kann das nicht so weitergehen.“

Sie sah John hilfesuchend an. „Was denkst du? Ist er der Richtige für mich?“

John lächelte leicht.

„Ich fühle mich geehrt, dass du deinen alten Junggesellen-Onkel in Beziehungsfragen um seine Meinung bittest. Diese Frage wird dir aber kein Mensch außer dir selbst beantworten können. Vielleicht solltet ihr euch einfach mehr Zeit geben. Ihr seid gerade mal ein paar Monate zusammen. Wer weiß da schon, ob man wirklich zusammenpasst.“

Renie seufzte abgrundtief. „Mhm. Du hast recht. Wahrscheinlich ist es momentan alles ein bisschen zu viel für mich. Mich nervt, dass ich selber nicht recht weiß, was ich will, weder beruflich noch beziehungsmäßig, und vor allem nervt mich das Gefühl, der Lösung des Rätsels um Veronicas Tod keinen Schritt näher zu kommen.“

„Na, ganz so ist es auch wieder nicht“, widersprach John. „Wir kommen zwar nur in kleinen Schritten voran, aber wir können uns zumindest sicher sein, dass es kein Unfall war und Veronica sich nicht selbst umgebracht hat. Wir wissen auch, dass Lily die Schachtel nicht weggeworfen haben kann. Ziemlich sicher können wir auch sein, dass es nicht Benjamin war. Wenn wir der Haushälterin glauben, war er um drei Uhr morgens schon längst wieder zuhause in Liverpool.“

„Na, ob man das glauben kann … Bei allen Informationen, die aus dem Haus van Burstyn kommen, bin ich erstmal skeptisch“, wandte Renie ein. „Ich habe vor, nachher noch schnell auf der Pride of the Thames vorbeizuschauen, wenn sie ihre letzte Fahrt des Tages beendet hat. Ich möchte dem Barkeeper ein Foto von Benjamin zeigen, das ich heimlich mit dem Handy geschossen habe. Vielleicht kann er ihn ja als den Typen identifizieren, der heimlich in unsere Garderobe reinwollte.“

Sie rieb sich unternehmungslustig die Hände. „Und morgen, wenn Geoff wieder im Museum ist, kann er sich mit seinem Kollegen daran machen, Benjamins Fingerabdrücke zu untersuchen. Wenn wir da einen Treffer hätten, hätten wir ihn am Arsch.“

Dieser fromme Wunsch sollte jedoch nicht in Erfüllung gehen.

„Verdammter Mist!“, grollte Renie, die am Dienstag – wieder aus Chris Fullers Toilette – anrief. „Geoff hat mir gerade Bescheid gegeben: Benjamins Abdrücke sind nirgends auf der CalmaNox-

Packung zu finden, weder außen noch innen. Und der Barkeeper auf dem Schiff hat Benjamin gestern auf dem Foto, das ich ihm gezeigt habe, auch nicht erkannt."

Der Frust darüber, dass sich keine Beweise gegen ihren Lieblingsverdächtigen finden ließen, war ihr deutlich anzuhören. „Ich muss jetzt zurück zum Unterricht, John, ich wollte dir nur schnell Bescheid geben."

Sie verabschiedeten sich und John kehrte zu seinem Computer zurück, wo er gerade begonnen hatte zu recherchieren, wie man Käse herstellen konnte. Er war erstaunt über die Vielfalt von Artikeln und Foren, die sich mit diesem Thema beschäftigten. Je mehr Beiträge er überflog, desto komplexer erschien ihm der ganze Prozess, wie aus Milch tatsächlich ein essbarer Käse entstand. Offenbar gab es eine Unzahl verschiedener Fehler, die einem dabei unterlaufen konnten. Fasziniert, wenn auch mit Grausen, las er die verzweifelte Anfrage einer Frau, deren erster selbst produzierter Käse sich während des mehrwöchigen Reifeprozesses einen flaumigen Pelz aus grünem, braunem, gelblichem und rotem Schimmel zugelegt hatte. Bei den Antworten, die dazu geschrieben wurden, gingen die Meinungen weit auseinander. Während der Experte des Forums mit dem Namen „Cheese-Wizard" riet, diesen ersten Versuch als Fehlschlag zu verbuchen und den Käse wegzuwerfen, empfahl ein anderer, den Käselaib gründlich mit Salzwasser zu schrubben und ihn wieder in seiner Reifebox zu platzieren.

„Wenn er fertig ist, würde ich einfach die Rinde großzügig abschneiden und ihn trotzdem essen. Das habe ich selbst schon ein paarmal so gemacht und ich lebe immer noch", endete sein Kommentar frohgemut.

Eine andere Frau berichtete, ihr Käse habe sich in seinem Salzbad aufgebläht wie ein Kugelfisch. Hier diagnostizierte der Experte einen gefährlichen „Frühtrieb", hervorgerufen vermutlich durch Coli-Bakterien, und empfahl, das Produkt sofort zu entsorgen.

Erst, als das Telefon erneut klingelte, sah er vom Bildschirm auf. Draußen war bereits die Dunkelheit hereingebrochen. Er hatte gar nicht gemerkt, wie die Zeit verflogen war.

„Stell dir vor, was Geoff gefunden hat, als er die restlichen Sachen analysiert hat, die ich ihm gegeben hatte", platzte Renie sofort heraus, kaum dass er sich gemeldet hatte. „Es sind keine Fingerabdrücke von Veronica auf der Schachtel – dafür aber Harrys!"

„Harry …“, wiederholte John langsam. „Der Junge, den sie vor kurzem verlassen hatte und der unter der Trennung offensichtlich furchtbar litt. Der sie am Tag ihres Todes beständig angerufen hat –“

„Und der beim harten Kern der Partytiere auf dem Schiff dabei war und locker um drei Uhr morgens die Tablettenschachtel über die Reling geworfen haben kann“, fuhr sie nahtlos fort. „Wir müssen etwas unternehmen, John.“

Während er noch überlegte, wie sie vorgehen konnten, verkündete Renie wild entschlossen, „Ich konfrontiere ihn. Ich bringe ihn schon so weit, dass er sich irgendwie verrät.“

„Das wirst du schön sein lassen!“, konterte John. „Warte. Ich versuche, Simon zu erreichen und wir –“

„Was soll das bringen?“, fiel sie ihm ins Wort. „Du glaubst doch nicht, dass Scotland Yard plötzlich lediglich auf unsere Aussagen hin eine Morduntersuchung ins Laufen bringt? Dass sich ausgerechnet Simon, der auf seine Stellung in der besseren Gesellschaft so großen Wert legt, ohne wirklich handfesten Grund mit dem großmächtigen Tee-Clan anlegt? Das glaubst du doch wohl selbst nicht. Da brauchen wir schon etwas Handfesteres.“

John musste ihr nach kurzem Zögern beipflichten. „Trotzdem trittst du Harry keinesfalls allein gegenüber. Das ist viel zu riskant.“

„Dann komm mit. Oh, ich habe eine Idee: Ich passe ihn ab –“

„Wenn überhaupt, passen *wir* ihn ab.“

„Jetzt hör doch erstmal zu, John. Ich schnappe ihn mir beim Radiosender. Seine Show läuft noch bis sieben. Ich bin jetzt zuhause. Wenn ich gleich losstarte, kann ich ihn noch erwischen. Tommy leiht mir sicher eins von seinen Aufnahmegeräten, das stecke ich mir in die Tasche und schalte es heimlich ein –“

John schüttelte den Kopf. „Renie, das klingt wie eine Idee von Nancy Drew –“

„Na und? Ich habe diese Bücher geliebt. Und außerdem habe ich es satt, mir von dir und Geoff alles madig machen zu lassen. Du wirst mich nicht davon abhalten können, John. Die Würfel sind gefallen.“ Kurzerhand legte sie auf.

John knirschte mit den Zähnen. Jetzt zitierte sie auch noch Julius Cäsar.

Umgehend wählte er ihre Nummer wieder, aber sie meldete sich nicht. Er schlug sich an die Stirn. Dieses Mädchen machte ihn noch wahnsinnig.

Eine Viertelstunde später saß er in der Circle Line. Auf dem Weg zur U-Bahn-Station hatte er mit Geoff telefoniert, der versprochen hatte, sich vom Museum aus ebenfalls sofort auf den Weg zu machen. In Embankment wechselte er in die Northern Line und wartete ungeduldig, bis die Haltestelle Goodge Street kam. Es war ein Glück, dass er sich den Namen des Senders gemerkt hatte, bei dem Harry war: *Star Radio One*. Mithilfe des Internets hatte er schnell herausgefunden, dass die Radiostation in der Tottenham Court Road ansässig war, nicht weit von Fullers Schauspielstudio entfernt.

Als er die Treppe zur Straße nach oben kam, war es fünf nach sieben. Der Sender lag mehrere Blocks entfernt. Er schickte sich an, loszulaufen, als das Bild seiner wutschnaubenden Physiotherapeutin vor seinem geistigen Auge erschien. Joggen war definitiv keine gute Idee, außerdem hatte er in der Eile vergessen, die Stützschiene für sein Bein anzulegen. Da hielt ein alter Hyundai mit quietschenden Reifen neben ihm an.

„Spring rein, John“, rief Geoff. Kaum war John in den Sitz geklettert, als er schon Gas gab. Zwei Querstraßen weiter bremste Geoff scharf, lenkte nach links und ließ das Auto kurzerhand direkt vor einer Einfahrt stehen.

„Sollten wir nicht …“, begann John.

„Ist mir egal, wenn sie mich abschleppen“, unterbrach Geoff ihn und sprang aus dem Wagen. „Wir müssen Renie retten.“ Er griff sich einen Rucksack vom Rücksitz. „Und diesmal bin ich vorbereitet.“

John musste trotz seiner Anspannung grinsen. „Bei unserem letzten Einsatz lief es doch ganz gut mit dem Klappspaten.“

„Heute habe ich etwas Besseres dabei.“ Geoff öffnete eine Schnalle und ließ John in das Innere des Rucksacks blicken. John blickte in den ungewöhnlich langen Lauf einer Waffe. Er prallte zurück.

„Spinnst du, Geoff? Du kannst doch nicht mitten in London mit einem Schießeisen herumlaufen. Das Ding bleibt im Wagen.“

Eigensinnig drückte der Biologe den Rucksack an sich. „Keineswegs. Das ist sowieso nur eine Betäubungspistole. Die habe ich mir noch schnell von einem der Zoologen ausgeliehen. Bei Expeditionen haben wir solche Teile immer dabei.“

Er machte auf dem Absatz kehrt und trabte davon. „Los!“

John seufzte und folgte ihm, so schnell es ging zu einem hohen, ultramodernen Gebäude, an dem in Leuchtbuchstaben der Schriftzug

MEDIA1 prangte. Nach den Schildern im Eingangsbereich zu schließen, hatten einige Verlage, ein paar Spartensender des Fernsehens und eben *Star Radio One* hier ihren Sitz.

„Wo ist sie? Kannst du sie sehen?“ Geoff drehte sich um die eigene Achse und spähte in die Dunkelheit. Dieser Abschnitt der Tottenham Court Road war an diesem nasskalten Herbstabend kaum belebt.

„Wir werden sie doch nicht verpasst haben? Was, wenn sie schon auf diesen Harry getroffen ist und der sie, keine Ahnung, in sein Auto gezerrt hat oder so was –“

„Das kann ich mir beim besten Willen nicht vorstellen, Geoff. Ich würde vorschlagen, wir gehen jetzt da hinein und fragen nach Harry. Vielleicht ist er ja noch im Gebäude und Renie ist noch gar nicht hier eingetroffen.“

John schritt auf die verglaste Drehtür zu. Da packte Geoff ihn am Arm und deutete aufgeregt in die Eingangshalle.

„Da! Da ist sie.“ Schon stürzte er hinein.

Renie stand mit hochrotem Kopf an einer Art Empfangstheke und diskutierte augenscheinlich mit einer elegant gekleideten Frau und einem Mann, der die Uniform eines Sicherheitsdienstes trug. Als John die Lobby betrat, öffnete sich im hinteren Bereich der Halle eine Lifttür und Harry Morland trat heraus.

„Nun glauben Sie mir doch, ich bin keine Stalkerin“, beschwor Renie die Frau. „Ich muss mit Harry hier sprechen. Es ist dringend.“

Harry näherte sich vorsichtig. „Was ist hier los?“

„Wir haben diese junge Frau hier erwischt, wie sie auf unserem Parkplatz herumlungerte. Da wir kürzlich einige Fälle von Sachbeschädigungen hatten, sind wir in diesem Bereich besonders wachsam“, erklärte der Sicherheitsmann in gewichtigem Tonfall. „Als ich die Dame zur Feststellung der Personalien hereinbrachte, hat mich Ms. Abrams hier unterrichtet, dass ein Hausverbot gegen die Betreffende besteht.“

Renie warf der Frau, die einen schicken Mantel und eine Aktentasche trug, einen hasserfüllten Blick zu. Diese erwiderte den Blick ungerührt.

„Ich habe Sie gewarnt, Ms. Hughes. Beim letzten Mal habe ich noch ein Auge zugedrückt, obwohl Sie versucht haben, Eigentum des Senders zu entwenden. Aber jetzt ist das Maß voll. Sie haben gegen das Betretungsverbot, das sich selbstverständlich auch auf das Gelände unseres Firmenparkplatzes bezieht, verstoßen. Wir rufen jetzt die Polizei."

Täuschte John sich oder flackerten Harrys Augen nervös, als Ms. Abrams die Polizei erwähnte?

„Es handelt sich hier um ein Missverständnis", mischte John sich hastig ein. „Wir möchten lediglich mit Mr. Morland ein paar Worte wechseln. Meine Nichte hier wusste, dass Mr. Morlands Sendung um sieben Uhr zu Ende war und wollte sicherlich auf dem Parkplatz auf ihn warten, um ihn nicht zu verpassen."

Ms. Abrams musterte ihn kühl. „Und wer sind Sie überhaupt?"

Bevor John etwas sagen konnte, zog Geoff, der bis jetzt geschwiegen hatte, etwas mit Schwung aus seinem Rucksack. Oh Gott, es war doch wohl nicht die Pistole?

„Dr. Geoffrey Tomlinson", stellte Geoff sich in gewichtigem Ton vor. „Und dies ist Mr. John Mackenzie, der einer Spezialeinheit der Metropolitan Police angehört. Wir möchten mit Mr. Morland über dies hier reden."

John sah erleichtert, dass Geoff nicht die Waffe, sondern einen durchsichtigen Beutel schwenkte, in dem die CalmaNox-Schachtel ruhte.

Ms. Abrams' Augen verengten sich, als sie die Medikamentenpackung erblickte. Sie wandte sich zu Harry um.

„Was hat das zu bedeuten, Harry? Du treibst doch nicht wieder deine alten Geschichten, oder? Als deine Produzentin muss ich dir sagen, dass der Sender dies nicht dulden würde. Wir haben auf unser Image zu achten –"

„Jenny, du weißt, dass diese Zeiten für mich vorbei sind", protestierte Harry. „Ich setze doch meine Karriere hier nicht aufs Spiel."

Ms. Abrams fixierte ihn streng. „Das will ich auch hoffen. Wenn du wieder irgendwelche halbseidenen Geschichten am Hals hast, lasse ich dich fallen wie eine heiße Kartoffel."

Sie drehte sich wieder zu Geoff um. „Liegt gegen unseren Mitarbeiter etwas vor, Dr. Tomlinson?"

Mit todernstem Gesicht schüttelte Geoff den Kopf. „Es handelt sich lediglich um ein informelles Gespräch, reine Routine, Madam. Mr. Morlands Name ist im Zuge einer Ermittlung aufgetaucht. Die Sache lässt sich sicherlich schnell klären, wenn er uns jetzt begleitet."

„Absolut. Harry, du kooperierst mit diesen Herrschaften, ist das klar?“, wies sie den unglückseligen Moderator an, der sichtlich verwirrt von Renie zu John und wieder zurück blickte. Für den Moment erschien es ihm wohl besser, dem Wunsch seiner Produzentin zu entsprechen. Er nickte wortlos und setzte sich in Richtung Ausgang in Bewegung. John und Renie folgten ihm. Geoff blieb noch einen Moment stehen und murmelte Ms. Abrams etwas ins Ohr. Sie lächelte und nickte dann. Während Geoff zackig hinauseilte, beugte sie sich zu dem Sicherheitsmann.

„Von welchem Dezernat waren die, was meinen Sie, Jones?“

Jones zuckte die Schultern.

„Drogen, nehme ich an, zumindest die beiden Herren. Wer das junge Mädchen war, könnte ich nicht sagen.“

„Dr. Tomlinson sagte mir gerade, sie wäre eine etwas übereifrige junge Mitarbeiterin, die für Undercover-Einsätze trainiert wird.“ Sie nahm ihre Brille ab und putzte sie nachdenklich. „Beim letzten Mal, als sie hier war, habe ich sie erwischt, als sie zwei Trinkgläser aus dem Studio stehlen wollte.“

Freddy Jones, der sich jahrelang mit Gelegenheitsjobs über Wasser gehalten hatte und nun nach dem Besuch eines Wochenendseminars als Sicherheitsfachkraft tätig war, erklärte im Brustton der Überzeugung, „Ganz klar. Die Herrschaften wollten ohne Gerichtsbeschluss an Mr. Morlands Fingerabdrücke herankommen. Ich schätze, es gibt Verdachtsmomente gegen ihn, ohne dass es zu einer Anklage reichen würde.“

Jenny Abrams schluckte. „Du liebe Güte, meinen Sie, Jones? Ich hoffe wirklich, Harry ist nicht wieder in etwas Unangenehmes verwickelt.“

Ihr Ton wurde vertraulich.

„Wissen Sie, bevor er bei uns anfing, hatte er einen schwungvollen Handel mit allen möglichen Substanzen aufgezogen. Soweit ich mich erinnern kann, hat er hauptsächlich Ritalin aus irgendwelchen Quellen an Studenten verschachert, die sich das Zeug einwerfen, als wären es Bonbons.“

Während Jones sich auf der Stelle vornahm, sich dieses aussichtsreich erscheinende Geschäftsmodell einmal näher zu betrachten – die Arbeitszeiten im Sicherheitsdienst waren in seinen Augen wirklich unmöglich – sprach die Produzentin weiter.

„Es war meine Idee, Harry dennoch einzustellen und ihn das Spätnachmittagssegment moderieren zu lassen. Ich würde ihn ungern verlieren, da er bei unserer Zielgruppe der Dreizehn- bis Siebzehnjährigen hohe Beliebtheitswerte hat, wie die letzte Umfrage gezeigt hat. Wir konnten die Preise für Werbesekunden während seiner Sendung um vierzig Prozent anheben und trotzdem rennen die Marketingagenturen uns die Türen ein."

Sie runzelte sorgenvoll die Stirn. „Ich dachte wirklich, er hätte seine Lektion gelernt und wäre jetzt sauber. Sollte ich mich so in ihm getäuscht haben? Bisher hatte ich mir immer eingebildet, Menschen gut einschätzen zu können. Gut, diese Rothaarige eben, diese Maureen Hughes, hat es auch geschafft, mich aufs Glatteis zu führen. Damals hat sie sich als abgedrehter Fan von CJ Thomkins ausgegeben, der an dem Tag hier zu Gast war. Und ich bin voll darauf hereingefallen. Keine schlechte Schauspielerin, die Kleine, das muss man ihr lassen."

Kapitel 17

Renie wäre erfreut gewesen, hätte sie die Einschätzung der Produzentin gehört. Stattdessen dachte sie ihrerseits verblüfft darüber nach, dass Geoff bemerkenswerte schauspielerische Qualitäten an den Tag legen konnte, wenn er es darauf anlegte. Sie quetschte sich auf dem Rücksitz von Geoffs Auto neben Harry, der nun zwischen ihr und John eingeklemmt war und zunehmend alarmiert dreinschaute.

„Was geht hier eigentlich ab? Klärt mich mal jemand auf? Also, wenn es hier wirklich um Drogen geht – ich bin so gut wie sauber. Klar nehm ich selber noch gelegentlich was, aber ich verticke überhaupt nichts mehr, keine Medikamente, kein nichts, das schwöre ich. Und ich habe keine Kontakte mehr zu den Großhändlern, also kann ich auch gegen niemanden aussagen, falls es das ist, was ihr wollt."

Er verschränkte die Arme und presste die Lippen aufeinander.

John, Renie und Geoff tauschten stumm Blicke aus. John beschloss, die Scharade, die Geoff angezettelt hatte, zu beenden. Er räusperte sich.

„Harry, zuerst einmal wollen wir den Irrtum ausräumen, dem deine Chefin wohl unbeabsichtigt erlegen ist. Es ist die Wahrheit, dass ich Mitglied einer Sondereinheit der Metropolitan Police bin – die Yeoman Warder des Towers sind tatsächlich Scotland Yard unterstellt. Dr. Tomlinson hier ist Wissenschaftler am Naturhistorischen Museum."

„Und außerdem Renies Freund", ergänzte Geoff in bedeutungsvollem Ton.

Nun schaute Harry vollkommen konfus drein. „Jetzt verstehe ich gar nichts mehr. Was wollt ihr von mir?"

„Wir möchten wissen, ob du Veronica umgebracht hast." Johns Ton war ruhig, aber stählern.

„Und erspare uns irgendwelche Ausflüchte, Harry", mahnte Renie. „Wir wissen, dass du eure Trennung nur schwer wegstecken konntest. Wir wissen, dass du Veronica am Tag ihres Todes andauernd angerufen hast, sie deine Anrufe aber beharrlich ignoriert hat. Und wir wissen, dass du die Tabletten, die sie umgebracht haben, in der Hand hattest. John hat die Schachtel am Towerstrand gefunden und Geoff hat im Labor des Museums die Fingerabdrücke analysiert. Also los, erleichtere dein Gewissen.“

Harry machte ein Gesicht, als wäre er gegen einen Laternenpfahl gerannt.

„W…wie? Was? Ich? Ich hätte Veronica umgebracht? Sagt mal, seid ihr total irre? Oder bin ich in einer Episode der Versteckten Kamera?“ Er sah sich im Wagen um, als suche er tatsächlich nach einer Filmkamera, während drei Augenpaare ihn anstarrten. Schließlich ließ er sich wieder in den Sitz zurücksinken.

„Ihr meint es ernst, was? Ihr glaubt tatsächlich, dass Ronnie … umgebracht worden ist.“ Seine Stimme war nur noch ein heiseres Flüstern.

„Wir glauben es nicht, wir sind sicher. Jemand hat ihr zwei verschiedene Substanzen in ihren Tee gemischt, ein Beruhigungs- und ein Schlafmittel. Die Packung des Schlafmittels, CalmaNox, wurde frühestens um drei Uhr morgens vom Deck der Pride of the Thames geworfen, wohl um das Beweisstück verschwinden zu lassen. Auf der Medikamentenschachtel sind keine Fingerabdrücke von Veronica. Deine dagegen konnten zweifelsfrei identifiziert werden.“

Geoff bekräftigte Johns Aussagen mit einem Nicken.

Harry schüttelte benommen den Kopf. „Ich habe keine Ahnung, wie meine Fingerabdrücke auf diese Schachtel kommen. Oder halt, wartet, kann ich die Packung nochmal sehen?“

Geoff hielt ihm den Beutel hin.

„Natürlich, jetzt fällt es mir ein. Wir hatten eine Party bei Lily und Ronnie zu Hause, ziemlich zu Beginn unseres Kurses bei Chris. Ich hatte letzten Herbst ziemlich viel Stress und konnte kaum schlafen. Das habe ich Lily erzählt und sie hat mir dann aus ihrem Arsenal eine Tablette gegeben. Sie hat Medikamente in Massen zuhause, weil sie im Krankenhaus arbeitet. Sie hat mir aber nicht die ganze Packung gegeben, nein, ich durfte mir nur eine Tablette herausdrücken, weil sie sagte, von den Dingern würde man schnell abhängig werden. Oh Mann, und mit dem Zeug ist Ronnie umgebracht worden?“

„So ist es.“ Einen Moment herrschte Schweigen. John studierte den jungen Mann neben sich nachdenklich. „Wer hatte sonst noch Zugang zu diesen Tabletten?“, fragte er dann.

„Pff, keine Ahnung. Sie lagen einfach im Badezimmerschrank herum. Jeder, der in der Wohnung zu Besuch war, konnte da etwas herausnehmen, schätze ich. Das fiel sicher niemandem auf bei all den verschiedenen Pillen, die da lagern."

„Wer war bei der Party dabei?"

„Hm, soweit ich mich erinnern kann, die ganze Truppe, bis auf dich, Renie, natürlich. Du warst damals noch nicht im Kurs."

Sie sah ihn unzufrieden an. „Warum hast du dauernd versucht, Veronica an unserem Premierentag zu erreichen?"

„Der Manager einer Band, die ich kenne, hat mir erzählt, dass er kurzfristig Backgroundtänzerinnen für ein Video sucht. Den Job wollte ich ihr zuschustern. So läuft das in unserer Branche nun mal. Kontakte sind alles, wenn man an Aufträge ran will. Ich … wollte ihr einfach etwas Gutes tun."

„Obwohl sie dich verlassen hatte? Und sich generell bei jeder Gelegenheit wie ein Biest aufgeführt hat?" Renie blickte skeptisch drein.

„Sprich nicht so über sie!", fuhr Harry auf. „Sie war einfach zu gut für mich. Mir war immer klar, dass sie nicht auf Dauer bei mir bleiben würde, weil ich ein zu kleines Licht für sie war. Ich habe sie trotzdem geliebt. Und natürlich habe ich gehofft, dass sie mir … ein wenig dankbar wäre, wenn ich ihr diesen Job vermittle." Er ließ den Kopf hängen. „Aber … sie hat auf keinen meiner Anrufe reagiert. Naja, abends haben wir dann ja alle gesehen, dass sie längst einen viel dickeren Fisch an der Angel hatte. Was bin ich schon gegen einen MTV-Award-Gewinner?"

Er gab einen abgrundtiefen Seufzer von sich. Dann sah er beschwörend in die Runde.

„Ihr müsst mir glauben. Ich hätte Ronnie nie etwas angetan. Niemals."

John und Renie wechselten stumm einen Blick, dann nickte er unmerklich und stieg aus.

„In Ordnung, Harry. Wenn dir etwas einfällt, irgendetwas, das uns bei der Suche nach ihrem Mörder weiterbringen könnte, lass es uns wissen."

Harry krabbelte mit wackligen Beinen von der engen Rückbank.

„Darauf kannst du Gift nehmen, John", stieß er hervor und ging dann langsam davon.

John setzte sich wieder in den Wagen.

„Was denkt ihr? War das eine oscarreife Vorstellung von Harry oder ist er unschuldig?“

„Ich plädiere für unschuldig“, ließ Geoff sich vernehmen.

„Ich auch. Ich glaube, er war Veronica wirklich mit Haut und Haar verfallen. *Oh, armer, verblendeter Tor*“, deklamierte Renie.

„War das schon wieder ein Zitat?“, erkundigte Geoff sich.

„Mhm. Irgendein deutscher Autor, sein Name fällt mir gerade nicht ein. Aber ich weiß, dass er die Urfassung der literarischen Vorlage für das Nussknacker-Ballett geschrieben hat. Haben wir kürzlich in Theatergeschichte gelernt.“ Sie befingerte geistesabwesend den Plastikbeutel mit der CalmaNox-Schachtel. „Nein, ich glaube wirklich nicht, dass Harry uns etwas vorgespielt hat. Aber wer vorhin eine echt gute Vorstellung abgeliefert hat, das warst du, Geoff. Die Rolle als Zivilfahnder hätte dir wirklich jeder abgenommen.“

Geoff lächelte geschmeichelt. „Danke. Weißt du, wie ich es gemacht habe? Ich habe mir einfach vorgestellt, ich wäre Sergeant Hathaway und habe das gesagt, was ich denke, was er in so einer Situation gesagt hätte.“

John grinste. Die Krimireihe um Inspektor Lewis und seinen blitzgescheiten Assistenten gehörte zu seinen Lieblingsserien und er wusste, dass auch Geoff keine Folge verpasste. Da er in Oxford studiert hatte, kannte er die meisten Drehorte wie seine Westentasche.

John stimmte den beiden jungen Leuten zu. „Ich bin derselben Meinung wie ihr. Harry ist wohl nicht unser Mann.“

Renie knurrte ungehalten. „Ich war mir echt so sicher, dass wir diesmal die Lösung gefunden haben. Und jetzt stehen wir wieder in einer Sackgasse.“ Sie hieb auf das ausgebleichte Polster der Rückbank ein. „Weißt du was, John? Ich hätte es ja nicht für möglich gehalten, aber mir fehlt Simon. Er ist zwar schwer zu ertragen, aber er ist eben doch Polizist und zu dritt hätten wir den Mord an Veronica bestimmt schon aufgeklärt.“

„Ähem“, räusperte Geoff sich vernehmlich.

„Zu viert, meine ich natürlich“, versicherte Renie ihm mit einem Lächeln. „Ohne deine Beiträge wären wir noch nicht mal bis hierher gekommen, Geoff. Trotzdem wären wir mit Simon zusammen ein schlagkräftigeres Team.“

John grinste. „Dasselbe ist mir auch schon durch den Kopf gegangen. Simon müsste mittlerweile wieder in der Stadt sein. Ich denke, ich rufe ihn morgen einmal an. Vielleicht leiht mir ja der zukünftige Chief Superintendent sein erlauchtes Ohr und gibt uns sogar den einen oder anderen hilfreichen Tipp."

Zu Johns unermesslichem Erstaunen hatte sein Cousin am nächsten Tag nicht nur einige freundliche Worte für ihn übrig, sondern bat ihn auch noch zum Abendessen.

„Ganz informell bei uns zu Hause. Nur Patricia, du und ich. Damit wir einmal wieder Gelegenheit haben, uns schön in Ruhe zu unterhalten."

John starrte sprachlos den Telefonhörer an. Eine Einladung in Simons und Patricias exklusives Domizil in Mayfair – das kam ja schon fast einer Ladung zum jährlichen Gartenfest der Königin gleich.

Während sein Taxi in der Dunkelheit am Rand des Hyde Parks entlangfuhr, rätselte John immer noch, was in seinen Cousin gefahren sein mochte. Bewaffnet mit einem großen Blumenstrauß für Patricia klingelte er wenig später an der Videosprechanlage des Anwesens. Das Tor, das in eine übermannshohe Mauer eingelassen war, schwang geräuschlos auf und er schritt die kurze Auffahrt zu dem schmucken georgianischen Herrenhaus entlang, das zum Besitz von Patricias Familie gehörte.

Das letzte Mal, als John hier gewesen war, lag schon lange zurück. Zehn Jahre mochten das schon sein, überlegte er. Damals hatte hier der Empfang zu einer Hochzeit stattgefunden, die auch in vielen Klatschblättern des Vereinigten Königreichs Erwähnung gefunden hatte: Die Vermählung der Ehrenwerten Patricia Armsworth, deren Großvater sich unter Winston Churchill im Kriegsministerium höchste Lorbeeren verdient hatte und die – wenn auch nur weitläufig – mit dem britischen Königshaus verwandt war, mit dem aufsteigenden Star der Metropolitan Police Simon Whittington. Der wiederum konnte seine Ahnengalerie väterlicherseits bis zu dem legendenumrankten Lord Mayor des mittelalterlichen London, Dick Whittington zurückverfolgen. Dieser ruhmreichen Verbindung zu Ehren hatte Patricias Vater an jenem Tag eigens ein Marionettentheater aufführen lassen, in dem die populäre Sage von Whittingtons Katze dargestellt wurde. Als Erinnerungsgeschenk hatte jeder Hochzeitsgast einen gravierten Trinkbecher aus böhmischem Kristall erhalten. Maggie hatte diesem „erlesene Scheußlichkeit" bestätigt und ihn zuhause prompt weggeworfen. Johns Becher stand verstaubt in einer Ecke seines Küchenschranks.

„Willkommen, lieber John. Schön, dass du gekommen bist.“ Patricia selbst hatte ihm die Tür geöffnet, wie immer exquisit gekleidet. John war froh, dass er sich für diesen informellen Abend in einen seiner besten Anzüge geworfen hatte. Luftküsschen rechts, Luftküsschen links.

„Patricia, du siehst wie immer bezaubernd aus. Ich bedanke mich für die Einladung.“

Sie winkte geziert ab. „Simon und ich freuen uns immer, dich zu sehen.“

John musste an sich halten, damit ihm nicht gänzlich ungentlemanlike ein Schnauben entfuhr. Hah! Für gewöhnlich freute Simon sich wohl mehr auf einen Termin bei seinem Proktologen als darauf, seinen Cousin zu treffen.

Er überreichte Patricia den Strauß, den er passend zu ihrer Lieblingsfarbe Lavendelblau ausgesucht hatte.

„Ach, die sind ja herrlich, John“, gurrte sie. „Ich werde gleich Hilda bitten, eine passende Vase für diese Pracht zu finden. Geh doch schon mal vor in den Salon.“

John ging durch die mit einem dicken Teppich ausgelegte Halle zu der angezeigten Tür.

Drinnen goss Simon sich gerade aus einem Dekanter eine satt goldgelb glänzende Flüssigkeit in ein Glas.

„Ah, John. Guten Abend. Komm herein. Kann ich dir einen Aperitiv anbieten? Ach so, nein, ich weiß schon, du bist ja ein Kostverächter. Setz dich doch. Ich sehe mal nach, was Hilda für Säfte im Haus hat.“

John ließ sich in eines der Sofas sinken, die um ein prasselndes Kaminfeuer standen und sah sich um. Neidlos musste er anerkennen, dass Patricia es mit Geld und Geschmack geschafft hatte, einen eindrucksvollen und doch gemütlichen Raum zu kreieren, in dem wohl jedes einzelne Möbelstück eine Antiquität war.

„Ein wunderbares Zimmer“, komplimentierte er ihr ehrlich, als sie mit den Blumen hereinkam.

Sie lächelte. „Danke. Meine neueste Erwerbung ist dieser Queen Anne-Beistelltisch. Ist er nicht wunderschön?“

John stand auf und strich bewundernd über das schimmernde Holz.

„Ein sehr schönes Stück.“

„Mahagoni, 1710, aus einer der besten Werkstätten damals“, schwärmte sie.

„Mango, Cranberry oder Kirsche?“, fragte Simon, der in der Tür stand.

„Mango, bitte“

Als alle drei mit ihren Getränken vor dem Kamin saßen, hob Patricia ihr Glas und lächelte ihren Gatten an.

„Auf den jüngsten Chief Superintendenten der Metropolitan Police.“

Simon lächelte zurück.

„Spätestens bis Ende der Woche muss die Ernennungsurkunde da sein und dann lassen wir die Korken knallen, meine Liebe.“

„Ich finde sogar, wir sollten ein Fest mit der ganzen Familie veranstalten“, gab sie zurück. „Das wäre doch eine herrliche Gelegenheit, einmal wieder eine große Party zu feiern.“

„Gute Idee, Patricia. Das sollten wir wirklich tun. Sag mal, John“, fuhr Simon betont beiläufig fort, während er sinnend ins Feuer sah, „du hast doch mit niemandem über unseren kleinen … Austausch … gesprochen?“

John brauchte einen Moment, um zu kapieren, wovon Simon sprach. Aha, daher wehte der Wind. Sein Cousin bekam plötzlich Angst, John würde ausplaudern, auf welche Weise Simon zu seinen guten Ergebnissen im Lehrgang gekommen war.

Wahrheitsgemäß antwortete er, „Nein, es weiß keiner davon.“

Simon sah auf. „Nicht einmal Maggie? Oder Renie?“

John schüttelte den Kopf.

„Nein. Und das wird auch so bleiben.“ Er sah die Erleichterung in Simons Augen und beschloss, seinen Vorteil zu nutzen.

„Renie, Geoff und ich haben die letzten Tage versucht, etwas über den Tod ihrer Schauspielkollegin herauszufinden. Wir sind dabei aber nicht weit gekommen. Vielleicht könnten wir nach dem Essen die Gelegenheit nutzen und uns ein wenig über die Geschichte unterhalten? Diesmal wäre *ich* für ein paar professionelle Tipps dankbar.“

Bevor Simon etwas sagen konnte, erhob Patricia die Stimme.

„Selbstverständlich nimmt Simon sich gern die Zeit dafür. Er hat mir selbst gesagt, wie sehr er deine fachlichen wie menschlichen Qualitäten schätzt. Und natürlich deinen Sinn für Diskretion. Und nun lasst uns essen.“

Während die Männer Patricia ins Esszimmer folgten, murmelte John seinem Cousin zu, „Deine Frau könnte als Diplomatin Karriere machen."

„Oh, unbedingt. Sie hätte selbst zwischen Margaret Thatcher und dem Anführer der Bergarbeitergewerkschaft eine kuschelige Atmosphäre herstellen können."

Nachdem Hilda die Teller des ersten Ganges abgetragen hatte – ein Maronenschaumsüppchen, das zum Besten gehörte, was John je gegessen hatte – erkundigte Patricia sich, „Wie läuft es mit Renies Schauspielambitionen?"

„Hm, ich bin mir nicht sicher. Momentan ist sie ein wenig desillusioniert. Das Spielen selbst macht ihr offensichtlich schon Freude, aber das ganze Drumherum sowie die unsicheren Berufsaussichten … Außerdem macht ihr der Tod von Veronica Fitch zu schaffen. Renie hat sich die letzten Tage sehr dahinein verbissen. Sie kann sich gar nicht mehr auf etwas anderes konzentrieren."

„Und ihr seid sicher, dass diese junge Frau ermordet wurde?", fragte Patricia.

John warf seinem Cousin einen Blick zu.

Der lächelte.

„Vor Patricia kannst du ganz offen reden. Sie ist mindestens so verschwiegen wie du und durch ihre vielfältigen Kontakte eine unverzichtbare Informationsquelle." Er prostete seiner Frau zu.

„In Ordnung. Tatsächlich könnte die Familie der Toten dir ein Begriff sein, Patricia."

Sie zog die Augenbrauen in die Höhe.

„Wie sagtest du, dass sie hieß? Fitch? Das sagt mir nichts."

„Das war der Name ihres verstorbenen Mannes. Ihr Mädchenname war van Burstyn."

„Van Burstyn? Wie die Teemarke?" Simon sah interessiert auf.

„Natürlich ist mir dieser Name bekannt." Aus Patricias Stimme sprach ein Hauch von Missbilligung.

„Was weißt du über sie?" John beugte sich gespannt nach vorn.

„Nun ja, wenn ich ganz offen sein darf: Diese Leute schwimmen zwar im Geld, aber … ich möchte sagen, sie gehören nicht ganz zu unserer Gesellschaftsschicht, egal, wie sehr sie sich bemühen mögen. Es sind eben Neureiche."

John ließ sich seine Erheiterung über Patricias Einschätzung nicht anmerken. Es hätte die van Burstyns, die nach Lilys Aussage irgendwann in der ersten Hälfte des achtzehnten Jahrhunderts nach England gekommen und damals schon wohlhabende Händler gewesen waren, sicher geschmerzt, als „neureich“ tituliert zu werden.

„Gut, in Liverpool –“, hier klang die Herablassung der geborenen Hauptstädterin durch –“ gehören sie natürlich zur Creme de la Creme. Und dieses Mädchen gehörte zur Familie? Dann wundert es mich, dass darüber gar nichts in der Presse stand.“

„Veronica war die Tochter des derzeitigen Firmenchefs Alexander van Burstyn“, erklärte John. „Nach ihrer Heirat mit einem stadtbekannten Junkie kam es zum kompletten Bruch mit ihrer Familie, wie ihre Cousine Lily mir erzählte. Hier wusste offenbar niemand außer Lily, die auch eine Schauspielschülerin ist, wer Veronica war. Die van Burstyns ihrerseits legen größten Wert darauf, dass auch nicht der Hauch eines Skandals ihr Image schädigt. Deswegen haben sie auch nachdrücklich klargemacht, dass sie keine polizeiliche Untersuchung des Todesfalls wünschen. Bei der Beerdigung – unter dem Ausschluss der Öffentlichkeit im Übrigen – wurde als Todesursache Veronicas Asthma angegeben, das sie schon seit ihrer Kindheit hatte.“

„Wie traurig, wenn man sich so sehr für sein Kind schämt, dass man es möglichst schnell und unauffällig unter die Erde bringen möchte“, meinte Patricia.

„Gibt es weitere Nachkommen?“, fragte Simon.

„Einen Zwillingsbruder, Benjamin. Er war in der Nacht, in der Veronica starb, auf dem Schiff. Sein Großvater hatte ihn hergeschickt, um sie zu bitten, ihre Großmutter an ihrem Sterbebett zu besuchen. Er behauptet aber, er hätte kein Wort mit Veronica gesprochen, weil es in seinen Augen sinnlos gewesen wäre.“

„Der junge Mann dürfte wenig Interesse an einer Aussöhnung seiner Schwester mit der Familie gehabt haben. Das würde ja nur sein Erbe schmälern“, kommentierte Simon scharfsinnig.

„Ich könnte versuchen, ein wenig über diese Leute herauszubekommen. Ganz diskret, natürlich“, bot Patricia mit einem Glitzern in den Augen, das John an seine Nichte erinnerte, an.

„Dafür wäre ich dir sehr dankbar.“

„Dann wollen wir uns jetzt dem zweiten Gang widmen und hernach werde ich ein paar Anrufe tätigen“, beschloss Patricia. „Hilda, bitte bringen Sie das Lammkarree.“

Wohl gesättigt lehnte John sich auf dem Sofa zurück, während Simon die Aufzeichnungen studierte, die er ihm mitgebracht hatte. Am Nachmittag hatte er versucht, alles, was sie bis jetzt über Veronicas Tod wussten, einigermaßen prägnant zusammenzufassen und auch eine kurze Beschreibung aller Personen aus Veronicas Umfeld, die für die Tat in Frage kamen, beigelegt.

Der Superintendent schwieg, während sein Blick konzentriert über die Seiten flog. Schließlich sah er auf und schüttelte leicht den Kopf.

„Also stellenweise erinnert ihr beide mich wirklich an Dick und Doof –“ Er räusperte sich, als Patricia eintrat und ihrem Mann einen scharfen Blick zuwarf. „Ähem. Andererseits ist vor allem Renie immer wieder für eine unkonventionelle Idee gut, auch wenn es mit der Ausführung dann gelegentlich wieder hapert. Und dass ihr jetzt mit dem Equipment und dem Know-How der Wissenschaftler des Museums schon eigene Fingerabdruckanalysen betreibt, ist durchaus beachtlich.“ Er stand auf. „Mit deiner Einschätzung, wann die junge Frau die Wirkstoffe eingenommen haben muss, liegst du übrigens richtig, soweit ich mich erinnern kann. Ich habe den pathologischen Bericht noch irgendwo. Du kannst ihn gerne mitnehmen, wenn ich ihn gefunden habe.“

Während Simon den Salon verließ, übernahm Patricia nahtlos. „Gut, dann kann ich dir ein wenig über die Familie berichten. Wobei das Bemerkenswerteste ist, wie wenig aus dem Innenleben des van Burstyn-Clans tatsächlich nach außen dringt. Es ist, als ob sie eine Art Mauer um ihr Privatleben gezogen hätten.“ Sie rümpfte unzufrieden die Nase.

„Was allgemein bekannt ist, ist, dass Alexander van Burstyn in jüngeren Jahren ein enthusiastischer Tennisspieler war. Da sein Talent jedoch nicht überragend war, reichte es nur für eine Liverpooler Mannschaft, die auf regionaler Ebene antrat. Mit seinem überbordenden Ehrgeiz verscherzte er es sich allerdings relativ schnell mit den Teamkollegen, so dass er sich dann zurückzog und seither auch nicht mehr bei Wettbewerben antrat. Gelegentlich ist er bei Wohltätigkeitsveranstaltungen zu sehen. Bei den Charity-Ladies vor Ort ist er jedoch als ein Mann verschrien, der – wenn überhaupt – nur den Geldbeutel öffnet, wenn es um die Förderung von Kulturinstitutionen geht oder um die Unterstützung begabter Sportler. Definitiv nichts hat er für die glückloseren Mitglieder unserer Gesellschaft übrig. Zu einer Bekannten von mir, die Geld für eine

AIDS-Beratungsstelle auftreiben wollte, muss er einmal gesagt haben: Wer so verderbt sei, dass er überall herumhure, müsse sich über die Strafe Gottes nicht wundern. Dann gab er noch einiges Weitere von sich, was ich nicht wiederholen möchte."

Sie presste missbilligend die Lippen aufeinander. „Nach allem, was ich höre, scheint es mir nicht sehr erstrebenswert, diesen Herrn näher kennenzulernen. Nun ja. Seine Frau wird in der Öffentlichkeit so gut wie gar nicht wahrgenommen. Auch seine Eltern haben sich schon vor Jahren ins Private zurückgezogen. Am ehesten tritt noch der Stammhalter Benjamin in der Gesellschaft auf. Auch er ist ein ambitionierter Sportler, wobei er sich auf das Golfen verlegt hat. Er hat eine makellose Schulkarriere hinter sich gebracht. Nach der Blue Coat-Primarschule in Liverpool ist er nach Eton gegangen und von da aus nach Cambridge, wo er Internationales Businessmanagement studiert. Damit dürfte er optimal darauf vorbereitet sein, wenn er eines Tages die Firma von seinem Vater übernimmt."

„Hat die Familie auch Veronica eine derartige Ausbildung angedeihen lassen?"

„Nein. Blue Coat hat zu der Zeit noch keine Mädchen aufgenommen. Sie war auf einer anderen Primarschule und dann auf zwei verschiedenen Comprehensive Schools in Liverpool." Patricia beugte sich nach vorn und senkte die Stimme.

„Es wird gemunkelt, dass sie eine Schule verlassen musste, weil die Schulleitung nicht länger bereit war, ihre … Verfehlungen hinzunehmen."

Auch John beugte sich zu ihr. „Verfehlungen? Ging es dabei um Drogen oder Geschichten mit Jungs? Veronicas Cousine hat mir erzählt, dass sie ein ziemlich wildes Mädchen war."

„Also, es gibt nur vage Andeutungen. Ich glaube, es ging eher um so etwas wie Mobbing."

„Veronica wurde gemobbt?"

„Nein, es muss umgekehrt gewesen sein. Es muss einige Mitschüler gegeben haben, die wohl ziemlich unter ihr gelitten haben. Genaueres konnte ich nicht erfahren."

„Der Schlüssel zur Aufklärung eines Falls liegt oft in der Persönlichkeit des Opfers", dozierte Simon, der wieder hereingekommen war. „Wenn eure Mrs. Fitch schon in ihrer Jugendzeit durch derartige Eskapaden aufgefallen ist, ist es wahrscheinlich, dass sie sich auch später durch ihre Verhaltensweisen Feinde gemacht hat."

„Bitch", murmelte John geistesabwesend.

Patricia riss die Augen auf. „Pardon?"

„Äh, das ist der Ausdruck, mit dem die anderen Mädchen im Kurs Veronica belegt hatten. Ihr versteht schon: Fitch … Bitch."

„Hm. Ein wenig vulgär, finde ich. Aber nach dem, was ich über die junge Dame gehört habe, wahrscheinlich nicht ganz unzutreffend", kommentierte Patricia.

Simon faltete die Hände und blickte John salbungsvoll an. John machte sich bereit, die Krumen der kriminalistischen Weisheit, die der Superintendent zweifellos gleich fallen lassen würde, aufzupicken.

„Es muss noch eine Verbindung zwischen dem Opfer und jemandem aus ihrem Umfeld geben, die euch bisher entgangen ist, die aber das Motiv für diese Tat liefert. Mein Tipp für euch wäre: Richtet euer Augenmerk auf Veronica van Burstyn."

Kapitel 18

„Ich mache mich sofort daran, John.“ Renie war voller Feuereifer, als sie spätabends noch telefonierten. John hatte gezögert, das offensichtlich wieder glücklich vereinte Paar noch zu stören, nachdem er gegen elf wieder nach Hause gekommen war und so hatte er seiner Nichte vorsichtshalber eine SMS geschrieben. Binnen einer Minute hatte sein Telefon geklingelt.

„Du solltest dich wahrscheinlich lieber aufs Ohr legen, es ist schon spät und du hast morgen sicher wieder ein volles Programm“, meinte er nun.

„Nicht nur morgen“, seufzte sie. „Wir proben wie die Verrückten, damit unsere zweite Henry-Aufführung mit der veränderten Besetzung klappt und daneben habe ich ja auch noch meinen Job im Museum zu erledigen. Aber egal, Schlaf wird überbewertet“, gab sie zurück. „Nein, nein, ich setze mich jetzt sofort an den Computer. Ich liebe es, zu recherchieren. Das habe ich gerade wieder bemerkt, als ich das Material für die Büchlein von Sir Edward und Ms. Evans zusammengesucht habe. Es war echt toll, John. Ich habe nicht nur etliche Mitarbeiter des Museums interviewt, sondern auch als Überraschung für die beiden Beiträge und Fotos von alten Weggefährten und Freunden gesammelt. Mike und ich haben dann das Beste herausgezogen und ich habe das Ganze zusammen mit zwei Fachleuten aus der Abteilung für Öffentlichkeitsarbeit gelayoutet. Die ganze Sache hat mir wahnsinnig Spaß gemacht.“

John hörte im Hintergrund das wohlbekannte Geräusch, das anzeigte, dass sie ihren Computer hochgefahren hatte.

„Kann ich dir irgendwie bei den Nachforschungen zu Veronica helfen?“, erkundigte er sich.

„Wie firm bist du im Umgang mit sozialen Netzwerken?“, wollte sie wissen.

„Ähm …“

Sie kicherte. „War ’ne rhetorische Frage, Onkelchen. Ich denke, ich verzichte auf deine Unterstützung. Wenn Geoff hier wäre, würde ich ihn bitten, mich ein bisschen zu unterstützen. Aber er ist heute Nachmittag nach Oxford gefahren, weil sein alter Doktorvater ihn gebeten hat, sich ein paar Käfer anzusehen, die er im New Forest gefunden hat. Wahrscheinlich bleibt er ein, zwei Tage dort.

Oh, fast hätte ich vergessen, es dir zu erzählen: Mrs. Carruthers hat mich heute angerufen. Es geht Lily immer noch schlecht, aber immerhin wissen sie jetzt, was ihr fehlt: Sie hat eine schlimme Form von Salmonellenvergiftung."

John verzog das Gesicht. „Das ist wirklich scheußlich. Als ich in Kabul stationiert war, hatten wir durch irgendeine Verunreinigung in der Feldküche mal die halbe Einheit flachliegen. Einige haben sich innerhalb kürzester Zeit erholt, aber andere hatte es sehr heftig erwischt und es dauerte lang, bis sie wieder auf den Beinen waren. Wo könnte Lily sich die Keime eingefangen haben? Doch wohl nicht bei den van Burstyns?"

„Nein, es war wohl das Sandwich, das sie sich am Bahnhof gekauft hat, als wir zusammen nach Liverpool gefahren sind. Ich hatte eines mit Käse und Tomaten und Lily hatte sich fatalerweise für eins mit Lachs, Eiern und Mayonnaise drauf entschieden. Irgendeine der Zutaten muss salmonellenverseucht gewesen sein. Naja, wenigstens können die Ärzte Lily jetzt gezielter behandeln, nachdem sie wissen, woher ihre Erkrankung kommt. Aber Mrs. Carruthers meinte trotzdem, dass es noch eine ganze Weile dauern wird, bis sie wieder fit genug ist, um nach London zurückzukommen. Und ob sie dann gleich wieder ihre Arbeit im Krankenhaus aufnehmen kann, ist fraglich. Wenn ich Lilys Mutter richtig verstanden habe, scheidet ein Kranker über Wochen bis Monate nach der Infektion noch diese ekligen Keime über den Darm aus."

John nickte.

„Ja, ich kann mich erinnern, dass das die Truppenführung damals auch vor ziemliche Probleme gestellt hat. Oje, die arme Lily. Vielleicht sollten wir ihr zur Aufmunterung etwas schicken, eine schöne Karte und ein Geschenk vielleicht."

„Das ist ein super Vorschlag, John. Ich kümmere mich morgen gleich darum. Ich habe zwar keine Ahnung, wann ich das noch unterbringen soll, aber es wird schon irgendwie gehen."

„Wenn du möchtest, sehe ich mich nach etwas um", bot John an. „Ich habe morgen Nachmittag Zeit."

„Oh, das wäre toll. Und könntest du auch nochmal in die Wohnung gehen und nach den Fischen schauen?"

John versprach es und wünschte seiner Nichte viel Erfolg bei ihrer Suche im Netz.

Am folgenden Tag begab er sich bestens gelaunt – die Physiotherapeutin hatte ihm eröffnet, dass er voraussichtlich in einer Woche wieder arbeitsfähig sein konnte – in Lilys Wohnung. Nachdem er die Fische versorgt hatte, ging er ein wenig zögernd in ihr kleines Schlafzimmer. Vielleicht konnte er hier irgendeinen Hinweis finden, mit welchem Geschenk sie ihr Freude machen konnten.

Der Kontrast zu Veronicas ehemaligem Zimmer, das direkt daneben lag, hätte nicht größer sein können. Alles war tadellos aufgeräumt, kein Kleinkram lag herum. Anstatt eines riesigen Kleiderschranks hatte Lily nur eine von einem Vorhang verdeckte Kleiderstange in einer Nische, an der alle ihre Sachen säuberlich aufgehängt waren. Daneben – Johns Augen leuchteten auf – gab es ein großes Bücherregal. Er ließ den Blick über die ordentlich aneinandergereihten Buchrücken schweifen. Rita Mae Brown, Ann Granger, Anne George – Lily schien eine Vorliebe für nicht allzu blutrünstige und eher humorvolle Krimis zu haben. Daneben fand John noch eine Reihe leichter Liebesromane, wobei ein ganzes Regalbrett allein schon mit Taschenbüchern der äußerst produktiven Sophie Kinsella belegt war.

Schnurstracks machte er sich auf den Weg zu seiner Lieblingsbuchhandlung, die dem allgemeinen Niedergang der Buchläden bisher erfolgreich trotzte. Bei den Neuerscheinungen fand er schnell drei Romane, die Lily sicher gefallen würden. Da er nun schon mal hier war, sah er sich noch im Regal mit seinem bevorzugten Genre, dem historischen Krimi um. Dort entdeckte er eine vor kurzem erschienene Geschichte um eine Hebamme im siebzehnten Jahrhundert, die in York spielte. Voller Vorfreude auf das nächste Telefon-Date mit Pauline legte er das Buch in seinen Einkaufskorb.

Allerdings würde ihr nächstes Telefonat noch etwas warten müssen, da er am morgigen Freitagabend zusammen mit seinen Eltern und David und Annie – der kleine Christopher blieb über Nacht bei Maggie und Alan – die zweite Aufführung von Henry VIII auf dem Themseschiff besuchen würde. Renie hatte eigens einen Tisch mit bester Sicht zur Bühne reservieren lassen.

Wie sich am Freitag zeigte, sollte John jedoch nicht in den Genuss kommen, gemeinsam mit seiner Familie einen schönen Theaterabend mit mehrgängigem Menü zu erleben.

„John, wir brauchen deine Hilfe, bitte sag nicht nein.“ Renie klang ziemlich aufgelöst, als sie mittags bei ihm anrief.

„Was ist los?“, fragte er alarmiert.

„Es ist wie verhext. Jetzt ist ganz kurzfristig auch noch die Darstellerin von Königin Katharina ausgefallen. Weil das eine sehr wichtige Rolle mit viel Text ist, hatte Chris die einer seiner Academy-Schülerinnen gegeben. Und genau die hat jetzt die Chance bekommen, bei einem Werbefilm für irgendeine Schokolade mitzuspielen und ist Hals über Kopf an den Drehort gereist. Mann, Chris ist rumgesprungen wie Rumpelstilzchen, als er das heute früh erfahren hat.“

„Wie kann ich euch in der Situation helfen? Ich glaube nicht, dass ich als Katharina von Aragon besonders überzeugend wäre.“

Renie gab ein hysterisches Kichern von sich.

„Oh, auf die Idee sind wir noch gar nicht gekommen. Dabei war es zu Shakespeares Zeiten ja immer so, dass alle Rollen von Männern gespielt wurden, also auch die weiblichen. Nein, Scherz beiseite. Julie muss einspringen, auch wenn sie deswegen eine mittlere Nervenkrise hat. Nun haben wir aber keinen, der Julies Job übernehmen kann, also kleinere Sachen hinter der Bühne managen und vor allem soufflieren. Bitte, bitte, John, könntest du das machen? Chris hat schon alle möglichen Leute durchtelefoniert, aber so kurzfristig finden wir für heute Abend keinen. Ich hatte auch schon an Geoff gedacht, aber er ist immer noch in Oxford. Außerdem finden wir alle, du wärst der ideale Mann für uns: Du kennst uns und das Stück. Du wärst heute sowieso vor Ort und was das Wichtigste ist: Du bist ein Fels in der Brandung, wenn alle anderen hektisch werden und so jemanden werden wir gerade heute Abend dringend brauchen –“

„Ja, ja, ist gut“, brummte er. „Ich helfe euch –“

Weiter kam er nicht. Renie quiekte vor Begeisterung wie ein Ferkel. „Oh, danke, danke, tausend Dank, John. Du bist wirklich der Beste. Ich wusste, dass ich mich auf dich verlassen kann. Warte, ich sage ganz kurz den anderen Bescheid.“

Gleich darauf brach am anderen Ende der Leitung vielstimmiges Freudengeheul aus.

„Gibt es vor der Aufführung wenigstens noch eine Probe, damit ich mich ein wenig mit der Sache vertraut machen kann?“, erkundigte John sich schließlich, nachdem er sich wieder verständlich machen konnte.

„Wir können auf dem Schiff eine Durchlaufprobe machen, sobald es seine Nachmittagsfahrt beendet hat. Kurz vor fünf legt es bei dir am Towerpier an und sobald alle Passagiere ausgeladen sind, können wir an Bord. Dann haben wir knapp zwei Stunden Zeit, bis die Besucher um sieben in Greenwich aufs Schiff kommen."

Sie senkte die Stimme.

„Warte kurz, ich suche mir mal ein ruhiges Plätzchen in diesem Tollhaus hier."

John hörte, wie eine Tür ins Schloss fiel.

„Okay, mehr als fünf Minuten werden sie mich sicher nicht in Ruhe lassen, aber ich wollte dir doch noch schnell erzählen, was ich herausgefunden habe. Es ist eine ganze Menge, aber ich weiß nicht, ob uns das irgendwie weiterhilft. Eigentlich wollte ich ja heute Nachmittag noch zu dir kommen, damit wir uns das Material in Ruhe anschauen können. Aber das werde ich nicht schaffen, weil wir hier im Studio bis kurz vor knapp beschäftigt sein werden. Also, in aller Kürze: Patricia hatte recht, Veronica war in ihrer Schulzeit tatsächlich ein ganz schön niederträchtiges Stück."

„Wie hast das herausbekommen?"

Sie kicherte vergnügt.

„*Der Einfluss sozialer Netzwerke auf Qualität und Konstanz von Kontakten* – ist das nicht ein hervorragendes Thema für eine soziologische Bachelorarbeit?"

„Soll das heißen, du hast dich wieder als Studentin ausgegeben?"

„Klar, das funktioniert super. Du hattest mir ja den Namen der Schule gesagt, bei der Veronica rausgeflogen ist, also habe ich die kurzerhand zu meiner Projektschule erklärt und gezielt nach Absolventen von dort gesucht. War kein Problem. Ich habe in kürzester Zeit eine Menge Antworten bekommen. Nachdem ich dreißig Pfund für ein halbstündiges „halbstandardisiertes Telefoninterview" in Aussicht gestellt habe, haben sich etliche als Gesprächspartner angeboten. Ich habe mir drei aus Veronicas Jahrgang ausgesucht und mit ihnen gestern gesprochen. Dabei war es ganz einfach, Veronicas Namen einfließen zu lassen. Ich sagte einfach, ich hätte gehört, dass sie kürzlich gestorben wäre und fragte, ob sie irgendwelche Erinnerungen an diese Schülerin hätten. Und schwupps, schon haben die losgelegt." Sie schnaubte.

„Beliebt war sie schon damals nur bei den Jungs. Gegenüber den Mädchen hat sie sich wirklich mies verhalten. Also, da haben die mir einige Geschichten erzählt, die glaubst du nicht –“ Sie brach ab.

„Oh, Natalie. Ich komme gleich. John, ich muss wieder zur Probe. Ach, eins noch: Harry nervt mich schon seit gestern. Nachdem er etwas Zeit zum Nachdenken hatte, ist ihm aufgegangen, dass Veronicas Tod kein Unfall war, sondern dass jemand seine Traumfrau um die Ecke gebracht hat. Seitdem glüht er förmlich vor Rachegelüsten. Er hat mich beschworen, dass ich es ihm sofort sagen muss, wenn wir herausgefunden haben, wer es war. Aber das kann er sich natürlich in die Haare schmieren – ach, hallo Chris. Ja, ich komme ja. John, ich muss wirklich gehen. Wir sehen uns später“, verabschiedete sie sich hastig.

Kapitel 19

Pünktlich um fünf verließ John den Tower und ging zum Pier. Dort wartete bereits Fullers kleine Schar, umgeben von mehreren Kisten und einem fahrbaren Garderobenständer, der dicht mit Kleidersäcken behängt war. Fuller selbst tigerte fieberhaft an der Uferkante auf und ab und hielt Ausschau nach der Pride of the Thames. Während er John lediglich flüchtig zuwinkte, begrüßten die Schauspielschüler John mit sichtlicher Erleichterung.

„Uff, gut, dass du da bist.“ Renie umarmte ihn stürmisch und raunte ihm zu, „Wenn wir heute den Abend überstehen, ohne dass einer von uns durchdreht, dann ist es ein Wunder.“

„So schlimm?“

Sie zog ihn beiseite. „Du machst dir keine Vorstellung. Nach dem heutigen Tag überlege ich ernsthaft, bei Chris aufzuhören. Von jemand mit einem halben Jahrhundert Bühnenerfahrung hätte ich erwartet, dass er mit Stresssituationen besser umgehen kann. Herrje, es geht hier doch nicht um eine Premiere im Nationaltheater, sondern um eine Darbietung für Touristen. Aber er führt sich den ganzen Tag schon auf, als wäre es der Untergang des Abendlandes, wenn bei der Aufführung etwas schiefgeht.“

Beide sahen zu Fuller hinüber, der zum Befremden der umstehenden Touristen angefangen hatte, lautstarke Flüche abzusondern. Natalie, Julie, Frankie, Harry und zwei weitere junge Männer, die John bereits in Fullers Studio gesehen hatte, hatten sich zusammengedrängt und blickten bänglich zu ihrem Lehrer hinüber.

„Von Motivation hat er auch noch nie etwas gehört“, schimpfte Renie weiter. „Die ganze Zeit meckert er an uns herum. Heute mussten wir uns von ihm schon als Ignoranten, als verwöhntes Pack, als Dilettanten und Schaumschläger bezeichnen lassen. Der Gipfel war dann, als er zu Natalie sagte, sie könnte nicht einmal eine Stehlampe überzeugend spielen. Gut, Natalie kann das wegstecken, aber er hat auch die arme Julie total fertiggemacht. Anstatt, dass er froh ist, dass sie als Katharina einspringt – und das auch nur, weil er sie dazu gezwungen hat – fallen ihm nichts als abfällige Bemerkungen ein. Dabei ist sie ohnehin schon furchtbar nervös, da sie es als Regieassistentin schließlich nicht gewöhnt ist, auf der Bühne zu stehen.“

John spürte Wut in sich aufsteigen.

„Was bildet dieser Kerl sich eigentlich ein? Er denkt offenbar überhaupt nicht darüber nach, was er mit seinen Tiraden bei einer empfindsamen jungen Seele alles anrichten kann. Außerdem kann er euch doch nicht so behandeln, wo er Monat für Monat Hunderte von Pfund von euch kassiert. Pass auf, ich gehe jetzt hin und werde diesem Herrn mal ordentlich Bescheid stoßen –"

Renie griff nach seinem Arm, um ihn zurückzuhalten.

„Nein, John, das hat jetzt keinen Sinn. Bitte. Jetzt lass uns diese Vorstellung hinter uns bringen und dann setze ich mich morgen mit den anderen zusammen und –"

„Alle herkommen, zack, zack!", brüllte Fuller. „Es geht los." Die Pride of the Thames hatte endlich angelegt.

„Auf in den Kampf", murmelte Renie und setzte sich in Bewegung. John folgte ihr langsam. Am liebsten hätte er hier und jetzt Chris Fuller seine Meinung gesagt, aber Renie hatte wohl recht – eine Auseinandersetzung war heute Abend fehl am Platze. So bemühte er sich, seinen Ärger hinunterzuschlucken und sich betont herzlich um die angespannten Schüler zu kümmern, während sie darauf warteten, dass sie an Bord konnten. Fuller stand ganz vorne am Absperrgitter und sah jede halbe Minute auf die Uhr. John hörte, wie er unablässig grummelte. „Diese Schnarchsäcke. Können die ihre fetten Hintern nicht endlich von diesem Schiff herunterbewegen? Was dauert denn da so lang? Verdammt, die Zeit läuft uns davon."

Endlich kam einer der Stewards zu ihnen und öffnete die Absperrung.

„So, meine Herrschaften, Sie können nun an Bord."

Fuller drängte sich mit einem unfreundlichen „Das wurde auch höchste Zeit" an ihm vorbei. Er bellte, „Schafft alles in die Garderobe, packt die Sachen aus und legt alles griffbereit. Und passt mir um Himmels Willen auf die Gewänder auf. Der Requisitenmeister der Academy reißt euch persönlich den Kopf ab, wenn irgendetwas beschädigt oder verschmutzt ist – gerade dieses Jahr, wo diese Kleidungsstücke in vielen großen Shakespeare-Inszenierungen zu sehen sein werden. Die Durchlaufprobe machen wir noch in Zivil. In spätestens zehn Minuten will ich euch vollzählig auf der Bühne sehen."

Er wandte sich zu John. „Sie folgen mir. Wir bauen die Kulisse für die erste Szene auf." Dann schrie er in den Raum, „Wo sind die Vorhänge? Kann mal jemand die Bühnenvorhänge anbringen?"

Der Steward von vorhin eilte herbei. „Wir kümmern uns gleich darum, Sir."

„Nicht gleich, sondern jetzt! Ich brauche jede Minute zur Vorbereitung, wenn ich mit meiner lausigen Truppe nachher eine vernünftige Henry VIII-Produktion für Ihre Gäste auf die Beine stellen soll."

Das Lächeln des Stewards wurde ein wenig angestrengt.

„Nur keine Aufregung, Sir. Es wird sicher wieder ein rauschender Erfolg, ebenso wie die Premiere."

Fuller jaulte auf wie ein getretener Hund.

„Herrgott, Mann! Sie verstehen wohl überhaupt nichts vom Theater, was? Niemals, hören Sie, niemals darf man vor der Aufführung sagen, dass es ein Erfolg wird. Das ist ein schlechtes Omen. Tun Sie das nie wieder!"

„Ich bitte um Verzeihung, Sir. Dessen war ich mir nicht bewusst."

„Los, spucken Sie mir dreimal über die Schulter, vielleicht lässt das Unglück sich noch aufhalten", forderte Fuller ihn auf.

Ergeben tat der Mann, wie ihm geheißen.

„Na, dann hoffen wir, dass die Wirkung Ihres dummen Spruchs damit gebannt ist. Die ganze Sache heute steht ohnehin unter keinem guten Stern. Seit der Premiere hat mich die Hälfte des Ensembles auf schmählichste Weise verlassen –"

Der Steward warf John einen Blick zu, der deutlicher als Worte sagte: Kein Wunder.

„– und der Erfolg der heutigen Vorstellung hängt davon ab, dass wir auf der Stelle eine Durchlaufprobe starten können. Also machen Sie schon und sorgen Sie mit Ihren Lakaien dafür, dass die Bühne bereit ist."

„Ja, Sir", presste der Steward zwischen zusammengebissenen Zähnen hervor und entfernte sich rasch.

„Holen Sie die Kiste da her", wies Fuller John an, während er ein mehrere Meter langes und breites Tuch entfaltete, auf dem kunstvoll eine hölzerne Wandvertäfelung, ein Ölgemälde und ein Kandelaber aufgemalt waren.

„Das wird der Hintergrund. Besorgen Sie sich eine Trittleiter und hängen Sie das Tuch mit diesen Haken dort in die Schiene ein. Und etwas zackig, wenn ich bitten darf."

Mit Hilfe des Barkeepers, der ihm ein mitleidiges Lächeln schenkte, erledigte John seinen Auftrag eilig. Fuller entnahm den Kisten zwei mit rotem Samt bezogene Stühle und einen Tisch, den man aufklappen konnte und der geschmückt mit einer schweren dunklen Tischdecke und einem goldfarbenen Kerzenleuchter ein recht herrschaftliches Aussehen bekam. Als auch die Vorhänge, die die Bühne seitlich begrenzten und den Zugang zur Garderobe verdeckten, schließlich an ihrem Platz waren, blieb ein winziger Raum zwischen Bar und Bühne übrig, in den Fuller einen Hocker und eine kleine Leselampe und das Skript platzierte.

„Sie wissen Bescheid, welche Teile des Stücks wir aufführen?", vergewisserte er sich bei John.

Der nickte. „Ich habe mir die Videoaufzeichnung zweimal angesehen."

„Okay", grunzte Fuller. „Dann kennen Sie ja den Ablauf. Wir beginnen, nachdem die Gäste ihre Vorspeise hatten. Ich spreche den gekürzten Prolog und jeweils eine Überleitung zwischen den insgesamt sieben Szenen, die wir aus dem Stück herausgreifen. Bei den jeweiligen Szenenwechseln müssen Sie den Vorhang betätigen. Sehen Sie, hier haben Sie jeweils eine Zugschnur. Hier geht er auf, hier geht er zu. Verstanden?"

John nickte und Fuller fuhr fort.

„Nach den ersten vier Szenen gibt es eine Pause, in welcher der Hauptgang des Menüs serviert wird. Während wir spielen, sitzen Sie mucksmäuschenstill hier hinten und passen ganz genau auf den Text auf. Wenn einer einen Hänger hat, flüstern – und bitte wirklich flüstern, nicht schreien – Sie die nächste Zeile. Heute Abend erwarte ich, dass einige aufgrund der ganzen Konfusion nicht konzentriert bei der Sache sind, Ihr Einsatz ist also sehr wichtig. Julie wird Ihre Unterstützung nicht brauchen, für sie deponieren wir möglichst unauffällig jeweils den Text der Szene in ihrem Blickfeld. Königin Katharina hat so lange Texte, die konnte sie sich natürlich nicht blitzschnell aneignen, auch wenn sie das Stück durch die vielen Proben sehr gut kennt."

Er zog eine Schachtel heran, in der diverse Utensilien verstaut waren, unter anderem die Puppe, die in der letzten Szene verwendet wurde.

„Sie sind auch für die Requisiten zuständig. Im Skript steht genau, wann Sie wem welchen Gegenstand reichen. Die Schauspieler betreten die Bühne gleich hier durch den seitlichen Vorhang.“ Fuller atmete tief durch.

„So, ich denke, wir sind soweit. Hallo, Sie da, nun fahren Sie die Bühne nach oben“, rief er dem Barkeeper zu. Der antwortete lässig, „Wird gemacht, Chef“ und betätigte einen Schalter, der an der Rückwand der Bar angebracht war. Nichts passierte.

„Was ist los? Wird das heute noch was?“, raunzte Fuller.

„Äh, ich weiß nicht. Irgendetwas scheint mit der Mechanik nicht zu funktionieren.“

Fuller raufte sich die Haare.

„Das gibt es doch nicht! Hat sich denn heute alles gegen mich verschworen? Fürwahr, es muss stimmen: *Die Hölle ist leer, alle Teufel sind hier.“*

Dass er auf diesen Spruch hin nur verständnislose Blicke der anwesenden Schiffsmannschaft erntete, brachte den Regisseur erst recht in Rage. Er rang die Hände.

„Bei Polyhymnia, Erato, Kalliope und Thalia: Wie viele Prüfungen muss ich heute wohl noch bestehen?“

In diesem Moment knarzte es und die Bühne hob sich. Gleichzeitig trat die Schauspieltruppe heran, Renie und Natalie vorneweg.

„Wir sind bereit, Chris.“

Fuller hielt inne. Dann sandte er einen Blick nach oben und murmelte, „Ich danke euch, ihr Musen.“

Während diejenigen, die in der ersten Szene auf der Bühne standen, hinaufkletterten und die anderen sich Stühle heranzogen, reichte Renie John einen Stoffbeutel.

„Da sind ein paar Ausdrucke von meinen Recherchen drin, die ich heute früh noch schnell gemacht habe. Wenn du zwischendrin Zeit hast, kannst du dir die Sachen ansehen.“

John nahm den Beutel an sich und verzog sich in sein Kabuff. Als die Probe losging, merkte er, dass er sich höllisch konzentrieren musste, um die Vorhänge zum richtigen Zeitpunkt auf- und zuzuziehen, die passenden Requisiten bereit zu halten und bei Bedarf die fehlenden Worte vorsagen zu können. Tatsächlich musste er das mehrere Male tun. Vor allem Harry – ausgerechnet in der Titelrolle – verhaspelte sich ein ums andere Mal und auch Frankie, der den Herzog von Buckingham gab, vergaß zwei Mal seinen Einsatz. Julie konnte ihren Text zwar im Notfall ablesen, versprach sich aber mehrfach. Fullers Gesichtsfarbe hatte ein sattes Purpur angenommen, als sie endlich am Ende angelangt waren.

„Und der Rest ist Schweigen", hauchte er und bedeutete seiner Truppe resigniert, zum Umziehen zu gehen. John blieb sich selbst überlassen. Da die Gäste erst in einer Viertelstunde an Bord kommen würden, blieb er hinter der Bühne sitzen und zog den Stapel Papier heraus, den Renie ihm gegeben hatte.

Im Wesentlichen waren es Abschriften der Telefoninterviews, die sie geführt hatte. John überflog den Text, bis er auf Veronicas Namen stieß.

„Das war ein Klasse-Mädchen. Ein heißer Feger und echt clever, auch wenn sie sich für die Schule überhaupt nicht interessiert hat."

John sah nach, wo der Name des Interviewten stand. Roger Matthews.

Die beiden jungen Frauen, die Renie befragt hatte, hatten weit weniger Freundliches zu Veronica zu sagen gewusst.

„Sie war das schlimmste Biest, das mir je untergekommen ist. Sie konnte alle Jungs und auch manche der Lehrer um den Finger wickeln. Uns Mädchen hat sie immer als ihre natürlichen Feinde betrachtet. Wehe, eine hatte irgendeine Schwäche – die hat das ständig auf bösartigste Weise zu spüren gekriegt. Zum Beispiel hat sie Charlene, einer unserer Mitschülerinnen, die extrem kurzsichtig war, gern die Brille geklaut und sich dann daran geweidet, wie hilflos sie war. Eine ihrer ganz schlimmen Aktionen war, als sie einem sehr schüchternen Mädchen, Marian, einen vermeintlichen Liebesbrief zugespielt hat, der angeblich von einem der Jungs in der Klasse kam. In dem Brief wurde Marian zu einem Treffpunkt bestellt, wo aber nur eine Botschaft auf sie wartete, Reingefallen, doofe Kuh! Und natürlich erzählte Veronica die Geschichte überall herum. Marian schämte sich so sehr."

„Es hat ihr Vergnügen bereitet, andere zu kränken, glaube ich. Ich kann mich noch erinnern, wie sie eine von uns, ich glaube, es war Giulia Peretti, immer wegen ihrem Übergewicht gehänselt hat. Fettklops und Qualle waren noch ihre freundlicheren Ausdrücke. Richtig fies war dann, als sie Giulia bei einer Klassenfahrt unter der

Dusche fotografierte und das Foto überall in der Schule verteilte. Wie ich schon sagte, sie war echt grausam.“

John ließ die Papiere sinken und schüttelte angewidert den Kopf.

Dann besah er sich das schwarz-weiße Klassenfoto, das Renie wohl im Schuljahrbuch gefunden und ausgedruckt hatte. Veronica war leicht zu erkennen, obwohl ihre Haare damals noch blond gewesen waren. Sie stand isoliert von allen anderen Mädchen in einer Reihe mit Jungen und strahlte kokett in die Kamera. John ließ den Blick über die Gesichter der abgebildeten Mädchen wandern. Ein ziemlich fülliges Mädchen versuchte offenbar, sich hinter ihrem Vordermann zu verstecken. In ihren Augen stand Furcht. John nahm an, das war die unglückselige Giulia Peretti. Er konnte auch Charlene ausmachen, leicht erkennbar an ihren dicken Brillengläsern. Wer die arme Marian war, auf deren Gefühlen Veronica ebenfalls herumgetrampelt war, ließ sich nicht sagen.

„Oh, das ist aber ein sehr schöner Tisch, danke.“ John horchte auf, als von draußen die Stimme seiner Mutter an sein Ohr drang. Ein Blick auf die Uhr sagte ihm, dass es bereits Viertel nach sieben war. Das Schiff hatte eben von Greenwich in Richtung Tower Pier abgelegt. Er suchte ein wenig, bis er den Schlitz in dem schweren schwarzen Vorhang fand, der den Bühnenbereich vom Zuschauerraum trennte. Dann trat er hinaus und zu seinen Eltern, die es sich eben zusammen mit David und Annie an einem Tisch in der ersten Reihe gemütlich machten.

„Mein Junge, da bist du ja!“ Seine Mutter schloss ihn in die Arme.

„Hi, großer Bruder, ich höre, du bist jetzt unter die Roadies gegangen“, begrüßte David ihn. „Das heißt wohl, keinen Platz in der ersten Reihe und keine Perlhuhnbrust für dich, was?“, feixte er mit einem Blick auf die Speisekarte.

„Setz dich wenigstens einen Moment zu uns“, forderte sein Vater ihn auf.

„Wie geht es Renie? Ist sie schon aufgeregt?“, erkundigte Annie sich, die amüsiert die Servietten musterte. Genauso wie Salz- und Pfefferstreuer zierte sie das Konterfei Shakespeares und die Zahl 450.

„Die ganze Truppe ist heute etwas angespannt, weil sie die Ausfälle von einigen Mitspielern zu verkraften hat und wir viel improvisieren müssen“, erklärte John. „Ich bin auf jeden Fall froh, dass *ich* nicht da auf der Bühne stehen muss, sondern in meinem kleinen Kämmerchen dahinter verschwinden kann.“

„Das würde mir genauso gehen“, schmunzelte sein Vater. „Sir Walter Scott dagegen hat das Rampenlicht noch einmal in vollen Zügen genossen, sagt Isabel. Sie hat vorhin gerade angerufen. Heute war der erste Tag einer großen nationalen Hundeschau und Walter hat dabei in seiner Klasse noch einmal den ersten Platz gemacht. Sie ist wahnsinnig stolz auf ihn.“

John grinste. „Das freut mich für sie. Nun hat sie auch noch einen Superveteranenpokal in ihrer Sammlung.“

„Superveteran!“ Emmeline Mackenzie schnaubte. „Das ist ja ein netter Ausdruck für ein steinaltes Biest.“

Ihr Mann fixierte sie mit zusammengekniffenen Augen.

„Du sprichst von Walter, nehme ich an.“

„Das kannst du interpretieren, wie du möchtest, James. Gibt es nicht den Spruch, dass Hunde und ihre Besitzer sich im Alter immer ähnlicher werden?“

Während ihr Mann resigniert nach seinem Weinglas griff und ihre beiden Söhne sich das Lachen verkneifen mussten, fuhr sie fort, „Patricia hat heute ebenfalls angerufen. Sie lässt fragen, ob wir am ersten Wochenende im Mai schon etwas vorhaben. Offenbar plant sie eine große Party zur Feier von Simons Beförderung. Der gute Junge, er hat seinen Weg immer so zielstrebig verfolgt. Ich wusste von Anfang an, dass aus ihm etwas Großes werden würde. Ach, wenn meine liebe Schwester, Gott hab sie selig, das noch erleben könnte …“

John wechselte einen Blick mit seinem Bruder. Beider Lippen formten unhörbar das Wort *Pestbeule*. Dann stand John auf und entschuldigte sich.

„Ich muss noch die Requisiten bereitlegen. Euch guten Appetit und viel Freude bei der Vorstellung.“ Der Steward mit einem Tablett voll Garnelenschaumsüppchen näherte sich bereits und John sog sehnsüchtig den Duft ein. Ob es für die Schauspieltruppe auch etwas zu essen gab?

Er fragte den Barkeeper, der nach hinten zur Garderobe der Schauspieler wies.

„Unser Koch hat wieder Sandwiches und Häppchen gemacht, wie letztes Mal. Wahrscheinlich sind die noch unberührt, vor der Vorstellung bringen die Künstler wohl nichts hinunter. Bei der Premiere haben sie auch erst hinterher alles aufgefuttert. Holen Sie sich doch etwas.“

John schlängelte sich hinter den Vorhang und tastete sich im Halbdunklen zur Garderobentür vor. Von drinnen war kein Laut zu hören. Vorsichtig öffnete er die Tür einen Spalt und lugte hinein. Alle Schauspieler standen mit geschlossenen Augen im Kreis.

„Gottverdammt, wer stört denn da? Wir zentrieren uns hier. Raus!“, fauchte Fuller. John zog sich eilig zurück.

Mit knurrendem Magen sah er noch einmal das Skript durch und legte die Requisiten griffbereit in der richtigen Reihenfolge neben sich auf den Boden. Wenig später öffnete sich die Garderobentür und die Schauspieler der ersten Szene traten, angeführt von Chris, heraus.

Fuller bedeutete ihnen mit einer herrischen Handbewegung, hinter dem Vorhang stehen zu bleiben und betrat die Bühne.

„Meine sehr verehrten Damen und Herren, geehrtes Publikum! In der Tradition der King’s Men präsentieren Ihnen Fuller’s Men – auch wenn diesen, anders als zu Zeiten unseres großen Dichters nicht nur Männer angehören – eines der Meisterstücke Shakespeares, der einst selbst an den Ufern der Themse lebte, in Southwark und später in Blackfriars: Henry VIII.“

Applaus.

„Vorab sei mir noch eine Bemerkung gestattet: Wie Sie in Ihren Programmen sehen können, mussten wir unsere Besetzung sehr kurzfristig umstellen. Trotz dieser widrigen Umstände hat meine Truppe, die einige der hoffnungsvollsten Nachwuchstalente des englischen Theaters umfasst, unter meiner Federführung eine großartige Aufführung erarbeitet, zu der ich Ihnen nun viel Freude wünsche.“

Während Fuller zu seinem Prolog anhob, meinte John, hinter der Bühne die Spannung förmlich knistern zu hören. Da die Aufführung bei der zweiten Szene einsetzte, würde es Harry zufallen, gleich die ersten Worte zu sprechen. John konnte sehen, wie seine Lippen unablässig Worte formten, wahrscheinlich ging er im Geist nochmal seinen Text durch. Auch seine zu Beginn des Stücks noch angetraute Katharina würde mit auf der Bühne stehen. Julie, im prachtvollen Ornat der Königin, zitterte am ganzen Leib. In ihren Augen stand nackte Angst. John überkam der Impuls, sie in den Arm zu nehmen, aber da sprach Fuller seine letzten Worte und Harry setzte sich in Bewegung.

„Toitoitoi“, raunte John den jungen Leuten zu und hoffte inständig, dass alles glattgehen würde.

Bis auf einen verpassten Einsatz von Julie, den Fuller als Kardinal Wolsey gekonnt überspielte, lief der erste Durchgang erstaunlich gut und als der erste Vorhang sich schloss, war die Stimmung auf und hinter der Bühne schon wesentlich gelöster.

In der nächsten Szene kam es zur ersten Begegnung Henrys mit Anne Boleyn und Harry gelang es einigermaßen überzeugend, den vom Liebreiz Annes sofort gefangenen König zu geben. *„Die schönste Hand, die ich berührt! O Schönheit, dich ahnet ich bis heut noch nie."*

Auch den Dialog zwischen Anne Boleyn und ihrer Hofdame brachten Natalie und Renie professionell auf die Bühne und John hörte durch den darauf folgenden Beifall hindurch Pfiffe und begeisterte Ausrufe, die eindeutig aus Richtung des Mackenzie-Tisches kamen. Renie grinste breit, als sie von der Bühne kam.

Die letzte Szene vor der Pause bestritten hauptsächlich Chris Fuller und Julie. Auch wenn sie weniger an Ausdruckskraft mitbrachte und ihre Texte eher zaghaft sprach, brachte sie nach Johns Meinung doch eine beachtliche Leistung. Fuller jedoch schien anderer Auffassung zu sein. Während das Publikum die Schauspieler mit einem warmen Applaus in die Pause verabschiedete und sich den sogleich aufgetragenen Tellern mit dem Hauptgang widmete, schob er seine Assistentin mit finsterem Gesicht nach hinten zur Garderobe.

John folgte ihnen.

Als er die Tür öffnete, knurrte Fuller gerade in bösartigem Ton, „Was war das denn?" Julie stand mit dem Rücken gegen die Wand, erstarrt wie das Kaninchen vor der Schlange. Sie schien sich in den Falten ihres Gewandes unsichtbar machen zu wollen. Als John den Ausdruck in ihren Augen sah, blieb er stocksteif stehen. Das Blut rauschte in seinen Ohren. Blitzartig wurde ihm klar, was zu Veronicas Tod geführt hatte.

Die restlichen Schauspieler hatten sich in der anderen Hälfte des Raums zusammengedrängt, wobei John an Renies angespanntem Kiefer sehen konnte, dass sie sich nur mühsam beherrschte.

„Das war eine ausgezeichnete Leistung der gesamten Truppe, würde ich sagen", schnitt John Fuller das Wort ab. „Insbesondere Julie hat die Herausforderung toll gemeistert, nicht wahr?"

Sofort stimmten Renie, Natalie und ihre Kollegen lautstark zu. An Chris Fullers Hals wurde eine pochende Ader sichtbar und er öffnete den Mund.

„Sie haben jetzt Sendepause, Fuller.“ Johns Stimme war leise, aber schneidend. „Ich werde nicht zusehen, wie Sie diese jungen Leute, um die ich mich – in *Ihrem* Auftrag! – gekümmert habe, und die ihr Bestes geben, seelisch zugrunde richten. Wenn Sie dieses verdammte Stück nachher in Würde zu Ende bringen wollen, gönnen Sie Ihren Leuten jetzt eine Verschnaufpause. Für Manöverkritik ist auch morgen noch Zeit. Julie, ich glaube, Sie könnten etwas Frischluft gebrauchen. Ich begleite Sie an Deck.“

Julie Walker nickte stumm und kam zu ihm herüber. John hielt ihr die Tür auf, griff noch schnell nach einer Jacke aus dem Kleiderhaufen auf dem Tisch und folgte ihr aufs verlassene Hinterdeck. Dort legte er ihr die wärmende Jacke um die Schultern und ließ sich auf einer großen Holzbox nieder, in der die Rettungsreifen aufbewahrt wurden. Sie murmelte, „Danke, John“ und ging zur Reling, wo sie auf das nachtschwarze Wasser der Themse blickte.

„Wie fühlen Sie sich, Julie?“

Sie schwieg einen Moment. Dann flüsterte sie heiser, „Ich fühle mich schrecklich. Nichts mache ich richtig.“

John behielt seinen freundlich-gelassenen Ton bei.

„Sie wollten Veronica nicht töten, nicht wahr?“

Julie fuhr herum, die Finger in die Reling gekrallt.

„Was … was sagen Sie da?“

„Ich denke, Ihr Plan war, Veronica in einen Zustand zu versetzen, in dem sie nicht sie selbst war. Das Benzodiazepin, das Sie ihr gegeben haben, verursacht bei manchen Patienten eine ziemlich läppische Stimmung und führt dazu, dass Situationen schnell verkannt werden. Nicht umsonst wird es gern vor Operationen gegeben, um den Leuten die Angst zu nehmen. Sie haben es vor der Premiere in ihren Tee gegeben – in der Hoffnung, dass Veronica sich auf der Bühne und noch dazu vor Celia Chambers, von der Sie wussten, dass sie da sein würde, lächerlich machen würde. Nur leider hat Veronica auf das Mittel nicht sehr stark reagiert –“

„Es wäre so schön gewesen! Sie sollte so richtig neben der Spur sein und sich zur Idiotin machen. Ich wollte, dass die Leute sie auslachen und verspotten – genauso wie es mir gegangen ist. Sie sollte endlich am eigenen Leib spüren, wie es ist, vor aller Augen lächerlich gemacht zu werden. Sie sollte sehen, was sie mir angetan hat, damals in der Schule“, brach es aus Julie heraus.

„Es hat ihr ja nicht genügt, mich bei jeder Gelegenheit zu verhöhnen, nein, sie musste mich heimlich fotografieren, als ich nach einem Wanderausflug der Klasse unter der Dusche stand und dieses Foto überall aufhängen. Fetti Peretti haben die anderen Kinder mir nachgebrüllt, Fetti Peretti." Ihre Augen füllten sich mit Tränen.

„Ich habe es dort nicht mehr ausgehalten, auch wenn Veronica nach dieser Aktion von der Schule verwiesen wurde. Danach wurde ich krank, begann mich zu erbrechen, ach was, ich kotzte mir die Seele aus dem Leib. Ich wechselte die Schule, wurde durch meine Essstörung schlanker, meine Mutter heiratete Fred Walker und aus Giulia „Fetti" Peretti wurde Julie Walker. Endlich nahm keiner mehr Notiz von mir. Auch Veronica nicht – sie erkannte mich nicht, als sie ausgerechnet in Chris' Studio hereinschneite. Aber ich wusste natürlich sofort, wer sie war, auch wenn sie jetzt nicht mehr van Burstyn hieß. Ich dachte wirklich, dieses Zusammentreffen wäre ein Wink des Schicksals, eine Chance für mich, es ihr heimzuzahlen."

Nun wurde ihr Gesichtsausdruck wieder hart.

„Aber nein – sie schien immun zu sein gegen das Mittel, es machte sie lediglich etwas geistesabwesend. Ich hatte keine von meinen Benzos mehr übrig, aber ich hatte zufällig eine Packung Schlafmittel dabei, die ich bei einer Party aus Lilys Wohnung mitgenommen hatte. Die habe ich ihr in der Theater-Pause in ihre Kanne gegeben. Ich war sicher, dass Veronica wie immer ihre Kräuterbrühe austrinken würde. Sie sollte zumindest keine Chance haben, Celia Chambers mit dem Charme einzuwickeln, den sie bei Bedarf so großartig entfalten konnte. Aber dann … ist sie eingeschlafen und nicht wieder aufgewacht. Als wir sie dann fanden und der Rettungsdienst kam, habe ich die Schachtel mit dem Schlafmittel in Panik über Bord geworfen. Sie müssen mir glauben, ich wollte nicht, dass sie stirbt."

John nickte. „Ich glaube Ihnen –" Da spürte er eine Bewegung hinter sich.

„Du Mörderin! Du hast Ronnie getötet! Ich habe alles gehört." Die Tür zum Innendeck öffnete sich vollends und Harry trat heraus. Bevor John reagieren konnte, war er mit wenigen Schritten bei Julie, hatte sie am Hals gepackt und halb über die Reling gedrückt. Sie rang nach Luft und versuchte in Panik, Harrys Hände wegzudrücken, aber gegen den blindwütigen jungen Mann hatte sie keine Chance.

John wollte zu ihr springen, aber Harry schrie, „Keinen Schritt weiter, sonst werfe ich sie über Bord!"

Hinter Johns Rücken ertönte eine Stimme.

„Mach keinen Unsinn, Harry! Denk dran: *Es ist mehr Würde in großmütiger Vergebung als in Rache.*“

Harry gab einen unwilligen Laut von sich und knirschte, „Schnauze, Chris. Deine ewigen Zitate kotzen mich an. Außerdem pfeife ich auf Vergebung.“ Damit gab er Julie einen letzten Stoß, der sie über die metallene Reling beförderte und in das eiskalte Wasser des Flusses.

John spurtete zum Rand des Decks und streifte in höchster Eile die Schuhe ab, während Chris kreischte, „Du dreimal vermaledeiter Hornochse! Wie sollen wir ohne Königin Katharina unser Stück zu Ende spielen? Außerdem ist das Kostüm jetzt ruiniert!“

John kämpfte gegen den Impuls, Fuller seinerseits in die Themse zu befördern. Er entschied, dass es wichtiger war, Julie zu retten und sprang mit einem Satz über die Reling. Ein erstickter Hilfeschrei drang an sein Ohr. Dann traf er auf die Wasseroberfläche auf. Die Kälte raubte ihm den Atem. Er tauchte unter und strampelte sich japsend wieder an die Oberfläche.

„Einen Rettungsring!“, brüllte er. „Los, schnell!“ Er wischte sich eine Schliere vom Gesicht – was das war, wollte er lieber nicht wissen – und versuchte zu erkennen, ob an Bord jemand auf das Geschehen aufmerksam geworden war. Harrys Silhouette zeichnete sich vor dem erleuchteten Inneren des Schiffs ab. Er stand reglos an Deck.

„Julie!“, schrie John. Verzweifelt hielt er in der Dunkelheit Ausschau nach der jungen Frau. Dabei merkte er, wie er sich schnell vom Schiff entfernte und auf die Tower Bridge zutrieb.

„Hilfe!“ Ein schwaches Rufen kam aus der Mitte des Flusses. Der Strom hatte Julie dorthin gerissen. Mit Schaudern dachte John an eine Statistik, die er erst kürzlich im Radio gehört hatte: Pro Woche gab es in der Themse mindestens einen Toten. Ein Sprecher der Polizei hatte gesagt, nach einem Sturz ins Wasser blieben einem gerade in der kalten Jahreszeit rund zwei Minuten zum Leben. John sah sich bereits dort stranden, wo die letzte Reise einer Wasserleiche oft endete: in der Krümmung des Flusses draußen an der Isle of Dogs.

Er zwang sich, ruhig zu bleiben und in die Richtung zu schwimmen, aus der er Julies Stimme zuletzt gehört hatte. Da traf ihn etwas am Kopf. Jemand hatte von Bord einen Rettungsring geworfen. Er klammerte sich daran und kämpfte sich weiter, während ein Strudel an ihm zerrte.

„Julie! Wo sind Sie?“ Er befürchtete, ihr schweres Gewand hätte das Mädchen bereits in die Tiefe gezogen.

„John! Hier!“ Nun konnte er ihr Gesicht sehen, geisterbleich über der schwarzen Wasseroberfläche. Noch ein, zwei Schwimmzüge, dann hatte er sie erreicht. Mühselig stülpte er ihr den Rettungsring über den Kopf. Von Bord der Pride of the Thames drangen Rufe zu ihnen herüber.

„Wir versuchen, einen der Brückenpfeiler zu erreichen“ keuchte er. Er umfing mit einem Arm Julies Taille und strampelte mit letzter Kraft. Aber die Kälte raubte ihm zunehmend den Atem. Er spürte, dass er Arme und Beine kaum noch bewegen konnte. Die Gewalt des Wassers schleuderte sie unter der Brücke hindurch. Julie hing wie eine Puppe in Johns Arm, die Augen geschlossen.

Mit einem Mal wurden sie von einem gleißenden Licht geblendet. Ein Boot näherte sich mit hoher Geschwindigkeit.

„Bleiben Sie ruhig! Wir sind gleich bei Ihnen“, ertönte es aus einem Megaphon. Wenig später fand John sich an Bord eines Schiffs der Flusspolizei, seiner nassen Kleider entledigt und eingewickelt in eine Decke. Dennoch hörten seine Zähne nicht auf zu klappern und ein Zittern ließ ihn von Kopf bis Fuß erbeben, so dass er den Becher mit heißem und süßem Tee, den ein Officer ihm gebracht hatte, nicht halten konnte.

Der junge Mann lächelte ihn an. „Sie hatten Glück, Sir, dass unser Hauptquartier in Wapping nur einen Katzensprung entfernt ist. Wir bringen Sie jetzt ins Krankenhaus.“

„W…w…wie g…g…geht es d…d…dem Mädchen?“

„Es hätte nicht viel gefehlt, und sie wäre Leichnam Nummer Siebzehn dieses Jahres geworden. Sie war bereits bewusstlos, als wir sie bargen, aber wir konnten sie reanimieren. Ich denke, sie wird es schaffen. Und nun ruhen Sie sich aus, Sir. Alles andere wird sich klären, wenn Sie wieder bei Kräften sind.“

Bei Kräften fühlte John sich keineswegs, als er im Morgengrauen des nächsten Tages in einem Krankenhausbett die Augen aufschlug. Eher kam er sich vor, als hätte man ihn durch die Mangel gedreht. Er hustete und tastete nach einem Glas Wasser.

„John, du bist wach! Wie geht es dir? Ich hatte solche Angst um dich und Julie“, kam Renies Stimme aus dem Halbdunkel. Sie goss ihm etwas Wasser ein und reichte ihm das Glas.

„Schön, dich zu sehen. *Ich bin nicht sehr krank, ich kann noch drüber reden*“, scherzte er mit heiserer Stimme.

Sie lachte hell auf. „Jetzt fängst du auch noch damit an.“ Sie legte ihm die Hand auf die Stirn. „Aha. Ich diagnostiziere: Der Patient leidet unter einem grassierendem Shakespeare-Virus.“

Sie zog den Besuchersessel näher ans Bett.

„Bitte erzähl mir von gestern Abend. Ich habe ja den Hauptakt des Dramas so gut wie verpasst und sterbe vor Neugier.“

Unterbrochen von Niesattacken erzählte John ihr, was geschehen war. Während Renie den Faden aufnahm und ihm das Chaos schilderte, das auf dem Schiff und insbesondere unter der Schauspieltruppe ausgebrochen war, nachdem Chris Fuller Alarm gegeben hatte, nickte er immer wieder ein. Vage bekam er mit, dass Renie die Polizei gerufen hatte, während der Kapitän über Funk eine Rettungsmannschaft angefordert hatte.

„Simon selbst kam und hat Harry verhaftet. Und er konnte Grandma soweit beruhigen, dass sie sich von David und Annie nach Hause bringen ließ, ansonsten hätte sie sicher die ganze Nacht hier bei dir gewacht. Julie liegt auch hier, aber keiner darf zu ihr, ein Polizist hält Wache vor ihrer Tür. Sie sagen aber, dass sie sich von der Unterkühlung wieder erholen wird.“ Sie hielt inne. „Sie tut mir leid, John, auch wenn sie schuld an Veronicas Tod ist. Mit Sicherheit wollte sie das nicht.“

„Mhm …“, murmelte John.

„Sie hat eine Entscheidung getroffen, deren Auswirkungen sie nicht überblicken konnte …“ Renie sah zum Fenster hinüber. Draußen färbte der Horizont sich rötlich.

„John, ich muss dir etwas sagen. Die letzte Nacht hat mich in meinen Zweifeln bestärkt, ob die Bühne wirklich meine Welt ist. Ich … wünsche mir irgendwie etwas Substanzielleres für mein Leben. Wieder muss ich unseren alten Meister zitieren: *Mehr Inhalt, weniger Kunst.*“

John öffnete mit Mühe ein Auge. „Renie …“

Sie warf ihm einen liebevollen Blick zu und stand auf.

„Schlaf dich aus, John. Du hast es dir verdient. Alles andere hat Zeit.“

Als John das nächste Mal erwachte, stand Chief Mullins vor ihm und maß ihn mit strengem Blick.

„Ah, Mackenzie. Guten Tag. Es scheint sich zu einer Gewohnheit zu entwickeln, dass ich Sie im Krankenhaus besuchen muss. Sie tun wohl alles, um Ihren Dienst nicht wieder aufnehmen zu müssen?“

„Äh …“

Auf Mullins’ Gesicht machte sich ein Grinsen breit.

„Ach was, Scherz beiseite. Sie sind ein Held, Mackenzie! Ihre Aktion letzte Nacht direkt vor unseren Mauern hat sich wie ein Lauffeuer in der Einheit herumgesprochen. Heute in aller Herrgottsfrühe hatte ich auch schon Anrufe einiger Zeitungen deswegen. Königlicher Beefeater rettet Mädchen – so eine Schlagzeile ist hervorragende Publicity für uns, Mackenzie, hervorragende Publicity.“

„Und wenn erst herauskommt, wer dieses Mädchen war, wird die Geschichte noch mehr Aufsehen erregen. Dann steht mindestens die BBC vor der Tür“, ertönte von der Tür her eine Stimme.

„Simon!“, krächzte John.

Sein Cousin und sein Kommandant, die bei ihrem letzten Aufeinandertreffen vehement die Klingen gekreuzt hatten, musterten sich mit kaum verhohlener Abneigung.

„Chief Mullins“ Simon nickte dem größeren Mann zu.

„Superintendent“ erwiderte Mullins steif.

„Simon ist jetzt Ch –“, hob John an.

Whittington winkte ab. „Das ist jetzt nicht wichtig. Wenn du dich in der Lage fühlst, lieber Cousin, möchte ich dir jetzt einige Fragen stellen. Heute Nachmittag steht die erste Pressekonferenz zu diesem Fall an. Außerdem wartet draußen ein Fotograf der Times, der ein Bild von uns machen möchte.“

„Von uns beiden?“, schnaufte John.

„So ist es. Von dir, weil du wegen deiner Rettungsaktion der Held des Tages bist und von mir, weil ich nicht nur die Person verhaftet habe, die den Tod der Industriellentochter Veronica Fitch, geborene van Burstyn, zu verantworten hat, sondern auch den bekannten Radiomoderator, der wegen seiner Obsession mit besagter Industriellentochter fast selbst zum Mörder wurde. Er kann froh sein, dass du diese Julie Walker gerettet hast, sonst hätte er eine Anklage wegen vorsätzlichen Totschlags am Hals. Ah, das wird ein Rauschen im Blätterwald geben, wenn die Details dieses Falles an die Öffentlichkeit kommen, sage ich dir.“

Simon rieb sich die Hände.

Mullins sah verwirrt von einem zum anderen.

„Ich verstehe nur Bahnhof. Aber Sie werden mir sicher Rapport erstatten, Mackenzie, sobald Sie wieder im Tower sind. Sehen Sie zu, dass Sie möglichst schnell wieder auf die Beine kommen. Alles Gute. Ich werde die Herren nun allein lassen.“

„Danke, Sir. Ich melde mich, sobald die Ärzte mich entlassen.“

Mullins nickte und verließ das Zimmer. Simon winkte den Fotografen herein. John fuhr sich verlegen über seinen zerzausten Haarschopf und strich die Bettdecke glatt.

„Das macht nichts, Sir, wenn Sie etwas derangiert aussehen“, meinte der Fotograf fröhlich. „Man darf Ihnen ruhig ansehen, dass Sie unter den Nachwehen Ihrer Rettungsaktion leiden. Das rührt die Herzen unserer Leser.“

Simon setzte eine staatstragende Miene auf und schüttelte Johns Hand, während der Auslöser einige Male klickte.

„Alles klar, meine Herren, morgen können Sie sich im Lokalteil der Zeitung bewundern.“ Der Fotograf ging. Simon setzte sich auf den Besucherstuhl und schlug die Beine übereinander.

„Es freut mich, dass eure etwas unkoordinierten Bemühungen durch meine fachliche Supervision doch noch zum Erfolg geführt haben. Ich sagte dir ja, dass der Schlüssel für die Lösung dieses Falls im Opfer selbst liegt.“

Selbstzufrieden strich er seine Krawatte glatt.

„Und nun erkläre mir aber, wie du auf Julie Walker gekommen bist. Ich habe zwar bereits in der Nacht Renie als Zeugin vernommen, aber sie wusste auch nicht, wie es zu diesem dramatischen Showdown kam.“

John richtete sich in seinem Bett auf und stopfte sich ein Kissen in den Rücken. Dann schenkte er sich aus einer Thermoskanne Tee ein und räusperte sich.

„Renie hatte sich mit einigen früheren Mitschülern Veronicas unterhalten, die über mehrere unangenehme Episoden in ihrer Schulzeit erzählt haben. Ich las ihre Aufzeichnungen dazu gestern Abend hinter der Bühne. Sie hatte auch ein altes Klassenfoto beigelegt, auf dem einige der Mitschülerinnen zu sehen waren, die sie besonders gedemütigt hatte. Wohl am meisten unter ihr gelitten hatte ein stark übergewichtiges Mädchen namens Giulia Peretti.“

Er nahm noch einen Schluck Tee.

„Als ich in der Theaterpause in die Garderobe kam, erkannte ich plötzlich, dass Julie Walker dieselbe Person war. Auch wenn sie sich äußerlich stark verändert hatte – der Ausdruck in ihren Augen war derselbe. Scham, Angst, das Bedürfnis, sich unsichtbar zu machen. Dann fiel mir noch ein, dass Geoff auf der Tablettenpackung noch einen Satz Fingerabdrücke gefunden hatte, die wir niemandem zuordnen konnten. Tatsächlich hatten wir von Julie auch keine Vergleichsabdrücke, was uns aber nicht aufgefallen ist. Es müssen ihre sein, sie hat mir gegenüber zugegeben, dass sie die Schachtel aus Lilys und Veronicas Wohnung entwendet hat."

„Renie hat mir das gesamte Material bereits übergeben und unser kriminaltechnisches Labor wird sich darum kümmern – nicht, dass ich erwarte, dass die Ergebnisse von Geoffs Analyse falsch waren", fügte Simon schnell hinzu. „Ich werde in meinem Bericht nicht unerwähnt lassen, dass die Hinweise, die von dir, Renie und Geoff kamen, entscheidend zur Klärung dieses Falls beigetragen haben. Wobei es nach meiner ersten Einschätzung wohl eher zu einer Anklage wegen fahrlässiger Tötung denn vorsätzlichem Mord kommen wird."

John nickte zustimmend. Dann wurde er von einem erneuten Niesanfall gepackt. Simon stand auf.

„Ich schicke dir später einen Beamten, der deine Aussage schriftlich aufnimmt. Einstweilen kuriere dich gut aus." Er machte ein paar Schritte in Richtung Tür.

„Ach, eins noch: Ich bleibe im Rang des Superintendenten. Eine Beförderung in die nächste Stufe hätte mir nur mehr Verwaltungsaufgaben eingebracht. Mir ist jedoch klar geworden, dass meine überragenden Fähigkeiten in der Ermittlungsarbeit am besten eingesetzt sind. Daher verzichte ich auf die Beförderung."

John starrte seinen Cousin ungläubig an.

„Ach, was soll's", meinte dieser verdrossen.

„Dir kann ich es ja sagen. Dieses kleine Miststück, das Zimmermädchen, konnte ihren Mund nicht halten. Meine Vorgesetzten waren wenig erbaut von meiner kreativen Art und Weise, wie ich meine herausragenden Lehrgangsergebnisse erzielt habe."

Er klang ein wenig verschnupft. „Anstatt meine zweifellos zielführende und individuelle Herangehensweise zu würdigen, hat die Führungsetage mir mitgeteilt, dass ich noch froh sein könnte, nicht degradiert zu werden. Diese Kleingeister. Aber es ist nun mal so, wie einst ein weiser Mann sagte: Große Geister haben stets heftige Gegner in den Mittelmäßigen gefunden."

Damit verließ er den Raum.

„Kein schlechter Abgang", dachte John und schlief wieder ein.

Printed in Poland
by Amazon Fulfillment
Poland Sp. z o.o., Wrocław

91326532R00139